에디션 **F**
09

다무라 도시코
작품선

단념

에디션 **F 09**
다무라 도시코 작품선

단념

1판 1쇄 찍음 2024년 3월 25일
1판 1쇄 펴냄 2024년 4월 1일

지은이 다무라 도시코
옮긴이 유윤한

주간 김현숙 | **편집** 김주희, 이나연
디자인 이현정, 전미혜
마케팅 백국현(제작), 문윤기 | **관리** 오유나

펴낸곳 궁리출판 | **펴낸이** 이갑수

등록 1999년 3월 29일 제300-2004-162호
주소 10881 경기도 파주시 회동길 325-12
전화 031-955-9818 | **팩스** 031-955-9848
홈페이지 www.kungree.com | **전자우편** kungree@kungree.com
페이스북 /kungreepress | **트위터** @kungreepress
인스타그램 /kungree_press

ⓒ 궁리출판, 2024.

ISBN 978-89-5820-879-2   04830

에디션 **F**
09

다무라 도시코
작품선

단념

斷念

다무라 도시코 | 유윤한 옮김

궁리
KungRee

일러두기

· 본문 속 괄호에 있는 주석은 모두 옮긴이가 작성한 것입니다.

차례

구기자 열매의 유혹

　·

지사코(智佐子)는 오늘도 구기자를 따려고 혼자 들에 왔다. 어제는 친구 노부코(延子)가 함께 왔지만, 오늘은 머리가 아프다며 가자고 해도 오지 않았다.

지사코는 들 한구석에서 우연히 빨간 구기자를 발견한 뒤부터 매일 여기로 열매를 따러 왔다. 구기자 나무는 크고 넓게 퍼져서 자라고 있었다. 빨간 산호 같은 열매가 잔뜩 달린 가지는 지사코의 손이 닿지 않는 곳에 늘어져 있었다. 그 가지가 담쟁이덩굴과 엉켜 모밀잣밤나무의 밑동 근처까지 뻗어 있었다. 누가 쳐놓았는지 네모난 칸살로 성기게 엮은 대나무 울타리가 들판을 둘러 있었다. 구기자 나무의 줄기도, 담쟁이덩굴도, 이름 모를 덩굴풀도 모두 이 울타리에 어지럽게 엉켜 자랐다. 울타리는 나무줄기와 담쟁이덩굴의 무게 때문에 절벽 쪽으로 휘어져 있었다. 주변에는 잡초가 자라 지사코의 오비(허리 부분의 장식 띠)를 덮을 만큼 무성했다.

절벽 아래로는 기차가 지나갔다. 아이를 업은 여자가 흰 앞치마를 가을 바람에 나부끼며 아이에게 달리는 기차를 보여주고 있었다. 이곳에서 구기자를 발견한 사람은 지사코만이 아니었다. 들에 놀러 온 아이들은 누구나 이 모밀잣밤나무 구석에서 구기자 열매가 깜박깜박 빨간 빛을 흘리는 것을 발견하고 따러 왔다. 지사코도 얼마 전 이곳에서 노부코와 함께 우연히 구기자가 열매를 발견했다.

"꽈리로 만들려면 초록색이 좋아."

이렇게 말하고 두 사람은 아직 초록색이 남은 큰 구기자 열매를 찾았다. 열매를 따려고 가지를 끌어당기던 노부코는 가시에 손이 찔리고 말았다.

"가지를 통째로 꺾어버리자."

아이답게 흥분한 노부코는 나뭇가지를 몸통에서 억지로 잡아떼려 애썼다. 하지만 무리하게 꺾인 가지는 오히려 탄력을 받았다. 모밀잣밤나무에 얽혀 있던 강력한 힘으로 휙 튕겨오르며 아이의 손에서 빠져나갔다. 그 충격으로 나뭇잎들이 한꺼번에 흔들리며 쏴아쏴아 소리가 났다.

노부코는 두세 걸음 앞으로 끌려가며 비틀거렸다. 간신히 멈추어 자신의 손에 남은 잔가지를 바라보는데, 가슴이 덜컹 내려 앉았다. 지사코는 그토록 애를 쓰며 달려드는 노부코의 모습이 어쩐지 무서웠다. 구기자의 나뭇가지가 휙 하고 튕겨 제자리로 돌아가는 모습에도 깜짝 놀랐다.

"우와, 무서웠어."

노부코는 웃었다. 하지만 나뭇가지에 질질 끌려갔던 것은 생각만 해도 여전히 무서웠다.

노부코가 꺾은 잔가지에는 가는 잎들이 달려 있었고, 그 사이사이로 빨간색과 초록색을 띤 구기자 열매가 가득 숨어 있었다. 두 사람은 복숭아색 모슬린 헤코오비(兵児帯, 어린이나 남자가 매는 한 폭으로 된 허리띠)를 풀 위에 질질 끌며 웅크리고 앉았다. 그리고 나뭇가지에서 손가락으로 하나하나 구기자 열매를 떼어냈다. 지사코는 그것을 작은 손으로 한 주먹 쥐었다. 길이가 짧고 배래가 동그란 옷소매 안에도 구기자 열매가 조금씩 들어가 있었다.

"내일도 오자."

지사코가 이렇게 말했고, 둘은 사이좋게 집으로 돌아갔다.

두 사람은 다음 날도, 그 다음 날도 함께 구기자 열매를 따러 들에 왔다. 들 가운데에선 남자아이들이 모치자오(黐竿, 새나 곤충을 잡기 위해 끈끈이를 칠한 장대)를 들고 잠자리를 쫓고 있었다. 그중에 나이가 많아 보이는 아이가 장대로 지사코의 주홍색 비단 리본을 건드리려 했다.

"큰 나비다. 큰 나비."

아이들은 지사코 주위로 몰려들어 놀려댔다. 지사코는 양손으로 얼굴을 가리며 움츠리고 서서 울었다. 이를 지켜보던 노부코가 나서서 아이들을 쫓아냈다.

"아버지한테 이를 테니까 두고봐. 너희 집에 찾아갈 거야. 집을 알고 있으니까."

그중 나이 들어 보이는 아이는 미안한 듯 웃으며 장대를 당겨들었다.

아이는 보라색 헤코오비를 메고 있었는데, 기모노가 땅에 끌리지 않게 줄여 입느라 허리 부분이 부풀어 있었다. 종아리를 반 정도 드러낸 채 조리를 신은 아이의 뒷모습이 다른 네다섯 명 아이들 그림자와 함께 들 저쪽으로 멀어져 갔다.

"저 아이의 집을 알고 있어. 협박을 해서 그런지 가버렸어."

"나 이 리본 풀어버릴래."

지사코는 땋은 머리를 묶었던 리본을 노부코에게 풀어달라고 한 뒤, 접어 호주머니에 넣었다.

"나도 했어. 자, 봐."

노부코는 한 번 빨고서 주름을 제대로 펴지 않은 흰 리본을 하고 있었다.

"내 것은 더럽지? 네 리본은 예쁘니까 놀린 거야."

둘은 손을 잡고 구기자 나무 쪽으로 걸어갔다. 풀을 밟으며 큰 목소리로 노래도 불렀다. 메뚜기가 지사코의 옷자락에 날아와 붙었다.

"엄마가 모자를 쓰고 가라고 했어. 그런데 까먹고 그냥 나왔어."

지사코는 눈부시게 반짝거리는 햇살을 올려다보며 말했다.

두 사람의 부드럽고 붉은 머리카락이 강한 햇살을 빨아들여 불타오를 것처럼 보였다. 팔랑팔랑 어지럽게 날리는 머리카락 끝이 금색으로 섬세하게 빛났다. 속이 빈 관처럼 둥글고 가는 두 아이의 상반신만 위로 드러난 채 풀 속을 나란히 걸어가고 있었다. 두 아이는 다리를 메뚜기처럼 하고 폴짝 뛰기도 했다. 작은 발의 발부리에는 조리의 빨간 끈이 묶여 있었다. 지사코의 둥글고 보들보들한 백옥 같은 종아리가 말려올라간 옷자락 아래로 드러나 강한 가을 햇볕에 녹아버릴 것만 같았다. 바닥에 웅크리고 앉자, 통통한 두 허벅지가 기모노의 옷자락 사이로 보였다. 메뚜기가 허벅지에도 날아와 붙었다. 불에 달구어지는 솥바닥처럼 풀숲은 가을 한낮의 뜨거운 햇볕 아래 익어가고 있었다. 뜨거울 대로 뜨거워진 풀에 묻었던 먼지가 두 사람의 발에 날아와 앉으며, 살짝 숨을 내쉬었다.

그날도 가늘고 작은 손가락으로 오랫동안 구기자를 땄다. 구기자 열매는 따도 따도 끝이 없었다. 나뭇가지가 두 사람의 작은 눈이 닿는 곳을 뛰어넘어 위아래로 엉켜서 올라가기도 하고, 내려오기도 하면서 자라고 있었기 때문이었다. 아주 높은 곳에 달려 있는 구기자를 두 사람은 언제까지고 바라보기도 했다.

"저기 저렇게 많이 있어. 저렇게."

노부코는 말은 이렇게 했지만, 2, 3일 전처럼 가지를 잡아당겨 꺾으려고는 하지 않았다. 어느 정도 지치자 두 사람은 돌아가기로 했다. 들판 위로 석양이 지고, 먼 하늘가로는 붉은 저녁놀이 타올랐다. 두 사람의 머리 위로 새 몇 마리가 날아갔다.

두 사람은 가까이 살았지만, 다른 학교에 다녔다. 지사코는 노부코가 다니는 학교보다 조금 더 낫다고 알려진 학교에 다녔다. 두 학교는 서로 5, 6초(町, 1초는 약 109미터) 떨어진 곳에 있었다. 두세 집 건너에 사는 두 사람은 학교 밖 놀이 친구였다.

학교에서 돌아와 둘이 얼굴을 맞대면, 누구든 곧 구기자 열매부터 떠올렸다. 들에 나가 구기자를 따오는 것이 두 사람에겐 무엇보다 재미있는 일과였다. 그래서 늘 그 시간을 기다렸다. 따온 구기자는 꽈리로 만들지도 않고, 그대로 집 안 어딘가에서 잃어버리고 말았다. 그래도 다시 얼굴을 맞대면, 들판에 있을 구기자를 향해 두 사람만의 소녀다운 흥미가 금방 일어났다.

"따러 가자."

두 사람은 누가 먼저랄 것도 없이 손을 잡고 들로 나갔다. 빨간 구기자 열매가 둘 사이를 더욱 가깝게 만들었다.

사실 노부코는 4, 5일 계속되자, 구기자 열매에 질렸다. 하지만 지사코가 가자고 하면, "응. 가자. 잔뜩 따오자."라면서 따라 나갔다. 학교에서 돌아오면, 꼭 지사코가 찾아왔다.

"이제 재미없어."

돌아올 때 노부코는 이렇게 말하며, 들에 구기자 열매를 버리고 올 때도 있었다. 하지만 지사코는 계속 구기자 열매를 그리워했다. 밤이 되어 잠자리에 들 때면, "내일도 노부코와 들에 가야지. 구기자 열매를 따러 갈 거야."라고 기대하면서 잤다.

여자가 보석을 사랑하는 것과 비슷한 마음이 지사코가 구기자를 생각하는 마음 위로 모였다. 지사코는 구기자 열매가 예뻐서 견딜 수가 없었다. 아름다움을 감상하려는 지사코의 어린 마음은 모밀잣밤나무 그늘에서 넓게 자라는 구기자 나무 속으로 들어가 떠날 줄 몰랐다. 지사코는 노부코와 둘이 사이좋게 구기자 열매를 따러 가는 즐거움과 기쁨에 대해 생각하면, 가슴이 두근거렸다.

일요일에 지사코는 점심을 먹고서 노부코 집으로 갔다. 노부코는 바로 나오지 않았다. 지사코는 창문 아래에서 노부코가 나오기만을 기다렸다. 노부코의 집에서는 무엇 때문에 화가 났는지 막냇동생이 큰 소리로 울고 있었다.

"나 머리가 아파서 안 갈래. 내일 놀자."

노부코는 창문으로 얼굴을 내밀고 거절하는 말을 했다. 조금 있다가 연한 분홍색 장미가 달린 지사코의 밀짚모자가 창문에서 떠나갔다.

"미안해. 지사코."

노부코가 나른하고 쉰 목소리로 말했다.

"응."

지사코는 고개를 끄덕이며 그곳을 떠났다.

지사코는 혼자 언덕길을 올라갔다. 언덕 위에서 지사코는 모자 끈을 입에 물고, 한바퀴 돌아 아래를 내려다보았다. 언덕 위쪽엔 아무도 다니지 않았다. 지사코는 쓸쓸했다. 집에 돌아갈까도 생각해보았다. 지사코는 그렇게 끈을 입에 문 채 몸을 흔들며 잠시 서 있었다.

하지만 지사코는 다시 걷기 시작했다. 문득 구기자 열매가 보고 싶었기 때문이다. 구기자 열매를 볼 수 있었던 울타리와 근처에 무성하게 자라던 풀이 지사코의 눈에 어슴푸레하게 보이는 듯했다. 지사코는 잠깐이라도 거기에 가서 열매를 보고 싶어 골목길을 빨리 달리기 시작했다.

살림집의 담장을 세 번인가 네 번 돌고 돌아 지사코는 들판 입구로 갔다. 빈 공간으로 내리쬐는 강렬한 햇빛을 들 전체가 빨아들이고 있었다. 한낮의 가을 햇살이 풀 위로 흘렀고, 풀잎 끝은 연한 붉은 빛을 내며 타오르는 것처럼 보였다. 하늘은 파랬고, 청명한 대기의 밑바닥으로부터 어딘지 낯설고 어색한 떨림이 퍼져나와 들판 주위를 떠돌았다. 뜨겁게 달군 동판에 찬물을 붓듯이 조용하고 쓸쓸한 바람이 들판 위로 불어왔다. 지사코는 풀을 밟으며, 혼자 들을 가로질러 갔다.

지사코는 깜짝 놀랐다. 며칠 전 자신의 리본을 장대로 건드리려고 쫓아다녔던 남자아이가 그곳에 서 있었기 때문이다. 오늘은 끝에 흰 주머니가 달린 장대를 가지고 있었다. 혼자 서 있는 모습이 추워 보였다.

지사코를 보더니, 남자아이는 빙긋 웃었다. 지사코는 지금도 모자 끈을 입에 물고 있었지만, 남자아이가 먼저 미소 지었기 때문에 자신도 미소 지었다.

"어디 가는 거야?"

남자아이는 얼굴을 가까이 들이밀며 지사코에게 물었다. 아이는 검은 바탕에 잔 무늬가 든 겹옷 기모노를 입고, 그 위에 보라색 헤코오비를 둘렀다.

"여기서 자라는 열매를 따러."

지사코는 대답했다.

"그렇구나."

남자아이는 이렇게 말하고 지사코를 잠시 살펴보더니 제 갈 길로 가버렸다. 검은 날개에 노랑 무늬가 있는 나비가 팔랑팔랑 아이의 뒤를 쫓아갔다.

지사코는 구기자가 있는 곳으로 걸어갔다. 뜨거운 풀숲 안에서 뿜어져나오는 듯한 숨결이 지사코의 발에 닿았다. 지사코는 발을 모래투성이로 만들며, 풀을 밟았다. 작은 노랑나비가 지사코의 발밑에서 날아올랐다. 지사코는 쓸쓸한 기분이 들어 낮은 목소리로 노래를 부르며 나아갔다. 걸을 때마다 지사코의 축 늘어뜨린 손이 복숭앗빛 헤코오비와 함께 흔들렸다. 빨간 줄무늬 플란넬 기모노는 살짝 색이 바랬는데, 햇빛을 받으니 왠지 아련하고 흐릿하게 보였다. 지사코는 점점 구기자 열매가 있는 곳에 가까워졌다.

모밀잣밤나무 쪽에서 바람이 갑자기 불어왔다. 지사코는 바람을 맞으며 구기자 나무 아래로 가서 빨간 열매를 찾았다. 모밀잣밤나무의 그늘이 물처럼 아래쪽 구기자 나무에게 흘러 응달이 져 있었다. 구기자의 빨간 열매는 아주 높은 곳에 달려 지사코의 마음에 그리움만 키워주었다. 손이 닿을 정도로 가까운 곳에는 열매가 거의 남아 있지 않았다. 지사코는 팔을 뻗어 겨우 몇 개를 땄다. 하나를 따서 그 열매를 손 위에 올려놓기도 했고, 겨우 딴 빨갛고 큰 열매를 떨어뜨리는 바람에 풀 위에서 주워 올리기도 했다.

지사코는 노부코가 함께 오지 않아 쓸쓸하고 재미도 없었다. 혼자서 이것도 해보고 저것도 해보는 사이에 점점 더 외로워졌다. 구기자 나무도 말없이 고개를 숙이고 있었다. 지사코는 그 사이에 조금 딴 열매를 폭넓은 옷소매 안에 넣고 그만 가려고 했다.

지사코가 돌아서자, 언제 왔는지 거기에 남자 한 명이 서 있었다. 작은 보자기를 안은 채 흰 하카마(袴, 품이 넓은 길고 주름 잡힌 하의로, 메이지 시대에는 학생들이 교복으로 입는다)를 두른 남자는 지사코에게 "혼자 뭐해?" 하고 물었다. 남자가 모르는 사람이라고 생각한 순간, 지사코는 무서웠다. 그래서 아무 대꾸도 하지 않고, 그 옆을 지나가려고 했다. 남자의 뒤쪽에선 햇빛이 붉게 흔들리고 있었다.

"뭘 하고 있었어?"

남자는 다시 지사코에게 물었는데, 그 목소리가 떨렸다. 지사코에게는 이 남자와 비슷한 나이의 오빠가 있었다. 문득 오빠가 생각났고, 순간 지사코의 마음이 조금 부드러워졌다. 지사코는 작은 목소리로 "구기자를 따고 있어요."라고 말했다.

"딸 수 있어?"

남자는 다시 물었다.

지사코는 고개를 흔들었다. 마른 장미 조화가 모자 위에서 바삭바삭 소리를 냈다.

"내가 따줄게."

남자가 이렇게 말하고, 한 손으로 구기자 나뭇가지를 꺾었다. 그것은 지사코가 노부코와 함께 늘 올려다보던 높은 곳에 있는 나뭇가지였다. 두 사람의 손이 닿지 않아 단념했던 바로 그 나뭇가지였다. 그런데 그것이 남자의 손에서 가볍게 꺾였다. 나뭇가지는 언젠가 노부코가 꺾었을

16

때처럼 무서운 소리를 내며 튕겨나가지도 않았다. 나뭇가지의 힘보다 남자의 힘이 셌기 때문이다. 남자는 꺾은 나뭇가지를 지사코에게 건네주었다.

"좀 더 따줄까?"

"아니요."

지사코는 다시 고개를 저었다. 나뭇가지에는 가지가 휠 정도로 많은 구기자가 열려 있었다.

누구의 손에도 닿지 않았던 새빨간 열매가 익을 대로 익어, 알알이 부딪혀 달그락거리는 구슬 목걸이처럼 빽빽이 달려 있었다. 노부코와 둘이서 쳐다보기만 했던 나뭇가지가 이제 이렇게 자신의 손에 있었다. 담쟁이덩굴과 얽혀 자라던 가지가 꺾이면서 울타리에 둥그런 빈 자리를 만들었다. 그곳을 통해 먼 하늘이 하얗게 조금 보였다. 구기자 나뭇가지를 손에 든 지사코는 기뻤다. 그래서 남자에게 "고마워요."라고 인사했다.

남자는 수건을 꺼내 검게 더러워진 손을 닦았다. 지사코가 걸어가자 남자도 함께 따라왔다. 지사코는 큰 가지를 땅에 끌면서 말없이 걸어갔다. 조심하며 종종 걷는 지사코의 걸음걸이가 귀엽게 보였다. 남자가 지사코의 손을 잡더니, "여기에서 저쪽으로 돌아서 가자."라고 말했다.

"어느 쪽으로요?"

"저쪽으로. 날 따라와. 더 좋은 구기자가 있을지도 몰라."

남자가 상냥하게 떨리는 목소리로 지사코에게 말했다. 나뭇가지를 든 지사코의 모습이 남자의 큰 몸 뒤에서 그늘처럼 따라갔다. 지사코의 등 뒤로 가늘고 부드러우며 윤기 나는 검은 머리가 파도처럼 넘실거렸다. 모자의 차양 아래에서 의심하는 빛을 띤 지사코의 별처럼 아름다운 눈이 때때로 나란히 걷는 남자의 얼굴을 살짝살짝 쳐다보고 있었다. 남자의 흰 이마에는 햇살이 비추고 있었다. 두 사람은 들판 뒤쪽으로 뒤쪽으로 길을 멀리 돌아서 내려갔다.

태양이 새파란 도깨비불의 불꽃처럼 빙글빙글 회전하고 있었다. 내려가는 길에서 철길 너머 저편으로 지붕들이 보였다. 새파란 태양에서 지붕 위로 노란 햇빛이 독처럼 흘러내렸다. 기차가 지나갔다. 검은 매연이 구기자 나무 옆으로 우뚝 솟은 모밀잣밤나무에 부딪히며 나부꼈다. 매연으로 뒤덮인 들판이 잠깐 동안 어두워졌다.

그 후 이삼십 분 지난 뒤부터였다. 지사코의 날카로운 울음소리가 뒤쪽 들 한구석에서 시작되어 울타리를 따라 좁은 길에 울려 퍼졌다. 마침 길을 지나던 우편배달부는 울음소리를 들었지만, 그대로 지나쳐버렸다. 지사코의 집 근처에 사는 여자가 장을 보고 오는 길에 마침 우편배달부와 마주쳤다. 여자는 지사코의 울음소리에 멈췄다가 울타리를 따라가며 소리 나는 곳을 찾아보았다. 구석이 무너진 채 방치된 헛간 옆쪽의 울타리에서 안을 들여다보니 지사코가 입고 다니던 기모노의 빨간 줄무늬가 보였다. 하지만 여자는 안으로 들어갈 수가 없어 그대로 지나가버렸다. 여자는 울음소리가 아무래도 지사코 같다고 생각했다. 그 여자가 지사코의 집으로 가서 알려주자, 지사코의 젊은 이모는 놀라 뛰쳐나왔다. 여자한테 들은 대로 들을 멀리 돌아서 헛간 옆까지 달려왔더니,

모르는 남자가 지사코를 돌보고 있었다.

"지금 학생 같은 남자가 도망갔어요."

남자는 그렇게 말하며, 달려오느라 히사시가미(庇髪, 메이지 말기부터 유행하기 시작한 여자 머리로, 앞머리와 옆머리를 부풀려 올린 것)가 흐트러진 젊은 이모를 바라보았다.

"어떻게 된 일이에요?"

이모는 숨을 가쁘게 쉬며, 남자에게 따지듯 물었다. 남자는 여자아이의 비명 소리에 놀라 울타리를 부수고 들어온 참이라고 했다.

"지사코. 어떻게 된 거야?"

이모가 어깨에 손을 올렸을 때 지사코는 스며들듯 울고 있었다. 모자는 떨어져 짓밟힌 채로 뒹굴었고, 구기자 나뭇가지가 헛간 판자벽에 기대어 세워져 있었다. 빨간 구기자 열매 위로는 햇살이 강렬하게 비추어 들었다.

이모는 지사코의 발밑에 피가 두세 방울씩 똑똑 떨어지고 있는 것을 재빨리 알아차렸다.

"어머 피가….."

이모는 어떤 하나의 사건을 직감했다. 그리고 뜻하지 않은 수치심에서 끓어오르는 증오와 분노 때문에 가슴을 떨며, 지사코를 빤히 쳐다보았다. 지사코는 소리를 높여 울었다.

"다치기라도 한 것 아닐까요?"

마흔이 훨씬 지난 듯한 남자는 어서 아이를 집으로 데려가라고 이모에게 일렀다. 그리고 자신은 떨어진 우산을 주워 가던 길을 갔다.

"불쌍해라."

근처에서 서너 사람이 달려오자, 돌아가던 남자는 그들에게 이렇게 중얼거리며 지나갔다. 들에서 나가는 출구쯤에서 경찰관을 만나자 이쪽을 바라보고 손짓해가며 무언가를 설명했다.

젊은 이모는 지사코를 업고 그곳을 떠났다. 한 손에는 땅에 떨어진 모자의 끈을 들고 있었다. 지사코는 이모의 등에서 계속 울었다. 근처에서 온 사람들이 다가와 "무슨 일이에요?"라고 돌아가며 물었지만, 이모는 아무 말도 하지 않았다. 다만 수치심으로 질린 파란 입술을 꽉 다물었다.

이모는 달려온 경찰관과 마주쳤다. 경찰관은 지사코를 업고 있는 이모를 사건 현장으로 다시 데려갔다. 판자벽에 세워둔 구기자 나뭇가지가 경찰관의 칼에 닿아 옆으로 넘어졌다. 잎이 시들시들 생기를 잃어가고 있었다. 지사코의 비밀은 구기자 열매의 빨간색 안에 언제까지나 묻혀 있었다.

지사코는 얼음 주머니를 머리에 대고 매일 자리에 누워 있었다. 뜻하지 않게 열이 오르는 바람에 꿰맨 상처가 좀처럼 낫지를 않았다.

"너무 어처구니 없는 일을 당해서…."

지사코의 어머니는 병문안 오는 사람에게 부끄러워하며 언제나 얼굴을 붉혔다. 오빠는 기절하다시피 잠든 지사코의 베개를 발로 찼다. 그리고 지사코가 깨어나자 다시 그 얼굴을 발끝으로 찼다.

"어머, 그 일로 병이 난 애를…."

어머니가 말려도 오빠는 듣지 않았다. 꺾이고 찢어진 꽃을 더욱 밟아 뭉개주고 싶은 반감 같은 것이 스무 살 오빠의 마음에 숨어 있었다. 오빠는 여동생을 볼 때마다 불끈불끈 가슴속에서 화가 치밀었다.

"죽어버려."

오빠는 이렇게 말하며 지사코에게 침을 뱉었다. 친척이 찾아오면 특히 그들 앞에서 더욱 요란하게 화를 냈다.

젊은 이모는 그때 현장에 있었기 때문에, 모두가 그 일에 대해 다시 물었다. 묻는 사람들의 눈에는 비열한 호기심이 빛나고 있었다. 하지만 젊은 이모는 누구에게도 먼저 그 일에 대해 이야기하려 하지 않았다.

"싫어요. 그때 이야기를 하는 것은. 너무 정신이 없기도 했고요."

"피가 떨어져 있었다면서요. 피를 보고 깜짝 놀라셨겠어요."

"네. 깜짝 놀랐어요."

아직 미혼인 이모는 그 이야기가 나오자 얼굴이 새파래졌다. 그때처럼 수치심으로 질린 입술을 꽉 다물고, 더 이상 대꾸하지 않았다.

그런 와중에 아버지만은 어찌되었든 지사코를 불쌍히 여겼다. 그리고 이 일이 영원히 마음의 상처로 남지 않을까 두려워했다. 앞으로 1, 2년 후 지사코의 마음이 어떻게 변해가는지를 지켜보며, 이 아이가 평생 가야 할 길을 정해야겠다고 생각했다. 종교의 길은 어떨까 하는 생각이 갑자기 아버지의 머리에 번득 떠올랐다.

"저 아이는 이미 자유롭지 못한 상황이 되었어."

이렇게 말하는 아버지의 마음에는 딸에 대한 연민이 가득 차올랐다.

가슴속엔 눈물이 그치지를 않았다. 친척이 들르면, 모두가 불량한 젊은 남자들의 난폭한 행동이 문제라고 한 마디씩 했다.

"그러니까 말이에요. 여자아이는 정말 걱정이에요."

여자들은 이렇게 말했다.

친척들 사이에 좋은 이야깃거리가 생겼구나 싶은 어머니는 지사코가 원망스러웠다.

"그런 놈에게 대낮에 당하다니. 대여섯 살 먹은 어린 애도 아니고 열세 살이나 되어 얼마나 추잡한 계집애냐. 멍청하니까 그런 거지."

어머니는 이모를 향해 이렇게 말했다. 그때 지사코가 흉기로 협박당했다는 사실은 어느 정도 시간이 지나서야 알려졌다. 지사코가 겨우 자리에서 일어날 수 있게 되어 입을 열었기 때문이었다. 지사코는 어딘가 아픈 사람 같은 낯빛으로 툇마루에 앉아 멍하니 뜰을 보며 하루하루를 보냈다.

"얘, 무슨 귀신이라도 씌인 것 같아. 멍하니 앉아 있기만 해."

젊은 이모는 언니에게 이렇게 속삭일 때도 있었다. 학교도 갈 수 있을 정도로 몸이 나아지고 있었지만, 지사코는 싫다며 집 밖으로 나가려 하지 않았다.

"가기 싫어하면 쉬게 해."

아버지는 집안 사람들에게 지사코의 기분을 너무 상하게 하지 말라고 일러두었다. 아직 지사코의 마음에는 그 일을 당했을 때의 공포와 충격이 그대로 남아 있었다. 아버지는 될 수 있으면 지사코의 주변을 조용하게 만들어주고 싶었다.

하지만 아버지가 하루만 집을 비워도 지사코는 집안 사람들로부터 끊임없이 괴롭힘을 당했다. 어머니는 흥분하며 "넌 이제 내 자식이 아니야."라고 쏘아붙였다. 그녀의 감정은 여전히 지난 사건에 대한 원망과 증오로 타올랐다. 그리고 그렇게 들끓는 감정을 지사코에게 정면으로 퍼부었다.

"나는 너를, 그렇게 경박한 아이로, 키우지 않았어. 넌 친척들 사이에 웃음거리야. 나도 웃음거리가 되었어."

어머니는 막내딸을 무릎 근처로 끌어당기면서 화가 풀리지 않은 눈으로 지사코를 노려보았다. 지사코는 그럴 때면 집 안 한구석에 숨어 혼자 울며 시간을 보냈다.

"넌 불구자야. 아버지도 그렇게 말씀하셨어."

집안 사람들은 저마다 지사코를 향해 이렇게 말했다. 젊은 이모도 일부러 지사코와 가까이 하지 않으려고 했다. 누구든 지사코의 옆에 다가는 것을 수치스러워했다. 아무도 지사코에게 다정하게 대해주지 않았고, 장난을 걸지도 않았다. 엄하고, 가혹하고, 심술궂은 얼굴로 지사코를 괴롭힐 뿐이었다.

지사코는 누구에게도 말을 하지 않았다. 낮이나 밤이나 사람들이 자신을 딱딱한 돌 속에 가두고 굴리는 것 같았다.

"불구자."

이 말이 지사코의 영혼 속에서 슬프게 움츠러들어 있었다. 지사코는 그저 멍하니 구석에서 아무 말도 하지 않고 있었다.

어느 날 아침, 지사코의 마음에 빨간 구기자 열매가 문득 되살아났다. 11월로 접어들려는 그날 아침엔 밝고 화창한 햇살이 뜰의 붉은 흙에 스며들고 있었다. 손을 씻기 위해 가져다놓은 커다란 사기 그릇에 담긴 물엔 살랑살랑 차가운 물결이 일었고, 엽란의 그늘에는 쓸쓸한 만추가 찾아와 있었다. 하녀가 막내 여자아이를 업고 뜰에서 밖으로 나갔다. 지사코는 툇마루 기둥을 붙잡고 그 뒷모습을 바라보았다. 지사코는 무서운 일을 겪고 난 뒤부터는 집 밖의 땅을 밟지 않았다. 지사코가 나가지 않으려 했다기보다는 집안 사람들 누구나가 나가지 말았으면 했기 때문이었다.

"학교도 안 가고 있잖아. 밖에 나가면 안 돼."

어머니는 이렇게 말하며 지사코의 외출을 허락하지 않았다.

그 일이 있고서 벌써 3주일이나 지나고 있었다. 지사코는 오늘 아침 처음으로 빨간 구기자 열매를 다시 친근하게 떠올렸다. 들판 구석에 아직 빨간 구기자 열매가 있을까 하는 생각이 들었다. 지사코는 들판으로 가보고 싶어 참을 수가 없었다.

오후가 되자 햇빛이 강하게 집 주변을 비추었다. 온화하고 따뜻한 햇살을 흠뻑 받으며 뜰에 앉아 있던 지사코는 문득 일어나더니 발걸음을 떼었다. 오늘 아침 하녀가 나간 것처럼 뜰에서 대문 쪽으로 돌아 밖으로 나가기 위해서였다.

지사코는 언덕길을 올라 혼자 들판으로 갔다. 모밀잣밤나무 곁의 구기자 나무는 그대로 가지를 넓게 뻗으며 자라고 있었다. 빨간 열매가 익을 대로 익어 검은 빛을 띤 것도 있었다. 아직 빨간 빛을 띤 열매들은 평소와 달리 세상을 슬퍼하기라도 하듯 작은 나뭇잎 그늘 아래로 움츠리며 시들어 있었다. 차가운 바람이 열매들 사이를 훑고 지나갔다.

지사코는 그리운 듯 구기자 열매를 바라보았다. 하지만 손으로 따지는 않았다. 그저 빨간 열매를 바라보기만 하다가 금방 집으로 돌아왔다. 지사코는 그 사건을 잊고 있었다. 구기자의 귀엽고 사랑스러운 그림자에 남자의 손이 닿았던 것을 잊고 있었다. 그리고 말없이 밖으로 나온 것은 나쁜 짓이라는 생각이 들자, 괴로워하며 서둘러 집으로 돌아갔다. 거리는 오가는 사람들로 활기에 넘쳤다. 지사코는 대문을 지나 뜰로 들어갔다.

지사코가 몇 분간 사라졌다는 사실을 집안 사람들은 알고 있었다. 모두가 지사코에게 어디에 갔던 거냐고 물었고 지사코는 들에 갔다고 사실대로 대답했다. 그 말을 들은 어머니와 이모는 가만히 서로 얼굴을 마주 보았다.

"들에 뭐하러 갔어?"

이모가 이렇게 묻자, 지사코는 "구기자 열매를 보러 갔어."라고 대답했다. 하지만 어머니도 이모도 그 말을 진실이라 믿지 않았다. 지난번 사건을 일으켰던 남자가 지사코를 불러낸 것이 아닐까 의심했다.

"사실대로 이야기해. 진실을 말해야지."

어머니와 이모는 지사코를 이렇게 몰아세웠지만, 더 이상 말할 진실은 없었다. 지사코는 울었다.

"절대 밖에 나가면 안 돼."

의심으로 가득 찬 집안 사람들의 눈이 지사코의 주변에서 떠나질 않았다. 아버지도 지사코가 들에 무엇을 하러 갔는지 이해가 되지 않았다. "구기자 열매를 보러 갔어."라는 말을 도저히 믿기 어려웠다. 집에 있기 싫증 난 지사코가 바깥으로 어슬렁어슬렁 놀러 나갔을 거라고 생각했다.

새학기부터 지사코를 다른 학교로 전학 보내자고 집안 사람들은 의논했다. 그리고 그때까지는 학교를 쉬기로 했다. 아버지는 배운 것을 잊어버리지 않게 잘 복습해두어야 한다고 지사코에게 말했다.

지사코는 혼자 쓸쓸히 공부했다. 그런 지사코에게 붉은 구기자 열매의 진짜 유혹이 곧 찾아왔다. 구기자의 붉은 그림자로부터 남자의 손이 점점 진하게 나타나 지사코를 사로잡았다. 지사코는 남자의 손이 닿는 느낌에 확실히 눈뜨게 되었다. 내리누르려는 듯한 손이 점점 커져, 그리운 붉은 열매 위로 점점 넓게 펼쳐지고 있었다.

태워 죽여줄게

.

집 안으로 들어가는 문은 아직 꼭 닫혀 있지만, 바깥 햇살은 이미 한낮에 가까웠다. 문틈으로 들어온 햇살이 장지문에 발린 종이로 스몄다.

일꾼들은 벌써 일을 하고 있었다. 하지만 어디에서도 물건 부딪는 소리나 말소리는 나지 않았다. 밤새 피라도 볼 것처럼 싸우던 주인 부부 때문에 혼이 나가버린 하녀들은 침만 삼키면서 쩔쩔맸다. 무지한 마음속에 자신을 묻어버리기라도 한 것처럼 모두가 죽은 듯이 조용했다. 오늘 안에 무언가 불길하고 무서운 일이 일어나리라고 말해주듯 어두운 그늘이 집 안을 덮었고, 어디나 음울한 기운으로 막혀 있었다. 밖에선 슬피 우는 듯한 바람이 사납게 불어댔다.

혼란스러운 마음으로 잠에 빠져 있던 류코(龍子)는 한 번씩 깜짝 놀라 눈을 떴다. 그때마다 심장이 방망이질치듯 두근거렸고, 베개를 누른 귓속에서 피가 머리로 치솟는 소리가 고막을 찢을 듯 울렸다.

류코는 갑자기 자신을 향해 짓누를 듯 덮치는 검은 그림자에 놀라 가끔 깨기도 했다. 눈을 감으면 그림자는 사라졌고, 눈을 뜨면 그림자가 덮칠 듯 또 다가왔다. 눈을 크게 뜨자, 한층 짙어진 그림자가 류코의 얼굴을 확 덮어버렸다. 그것은 자신을 엿보려고 가까이 다가온 남자의 얼굴이었다. 류코는 소리를 지르며 일어났지만, 거기에는 아무도 없었다. 어슴푸레한 방 안은 음울하고 조용했으며, 사방의 장지문과 칸막이 문도 빈틈없이 닫혀 있었다.

지금도 류코는 무언가에 부딪힌 것 같다고 생각하며, 놀라 잠에서 깼다. 역시 방 안은 음울하고 조용했고, 아무것도 없었다. 그러나 그때 옆방에서 희미한 소리가 났다. 펜으로 종이 위에 무언가를 쓰는 소리였다. 류코의 귀에 그 소리는 마치 살인을 저지른 남자의 숨소리처럼 들렸다. 절망과 참회와 회한의 울림이 엉키고 엉켜, 거칠고 광적으로 끊어질 틈도 없이 계속되고 있었다.

'게이지(應次)가 뭔가를 쓰고 있어. 무얼 쓰는 걸까?'

류코는 얼굴을 들어 주변을 보았다. 펜 소리가 더욱 가까이 들렸다. 저것은 게이지가 글 쓰는 소리라고, 류코는 다시 한 번 확신했다. 칸막이 문 하나를 사이에 두고, 저쪽에서 무언가를 쓰는 게이지의 모습을 상상해보려는데, 갑자기 조금 전까지 무섭게 화를 내던 모습이 떠올랐다. 류코의 가슴이 두근두근 울렁거렸다. 그 울림이 누워 있는 그녀의 허벅다리에서 차가운 무릎까지 부들부들 떨리게 했다.

류코는 게이지가 무엇을 쓰고 있는지 상상할 수 있었다. 게이지 자신이 말한 것처럼 그녀를 죽인 뒤 세상에 남겨둬야만 하는 이야기를 쓰고 있는 게 틀림없었다. 가만히 있어선 안 된다고, 류코는 생각했다. 자기를 죽이려는 남자의 손에서 달아나야만 했다.

'도망치지 않으면 안 된다. 나는 도망갈 테다. 도망가버릴 것이다. 도망치지 못할 것도 없다. 도망쳐버릴 것이다. 저 남자는 결코 나를 용서하지 않겠다고 했다. 나의 죄악을 용서하지 않겠다고 했다. 스스로 저지른 하나의 행위 때문에, 무섭고 참혹한 보복을 당해야만 한다. 바로 나 자신이 저지른 그 일 때문에 인생의 파멸이라니! 자신이 저지른 일 때문에 그런 벌을 받아야 한다니!'

반쯤 잠에 취한 류코의 머릿속에 좀 전까지 격렬했던 싸움이 꿈처럼 펼쳐졌다. 지난 밤 내내 여자의 행위에 대한 수치스러운 폭로와 징벌적인 모욕이 있었다. 남자는 여자를 짐승이라고 욕하며, 짐승을 대하듯 발로 찼다. 그리고 무참히 때렸다.

"내가 뭘 했다고 그래? 무슨 짓을 했냐고?"

그 청년을 사랑하는 것도 게이지를 사랑하는 것도 모두 내 의지가 아니었던가. 나는 결코 나쁜 짓을 하지는 않았다. 나는 게이지를 깊이 사랑하고 있었다. 내가 저지른 일이 게이지의 생각처럼 증오해야 할 죄악이라 해도, 그 죄악 속에도 단 하나의 진실은 있지 않은가. 내가 어떤 일을 하고 있든 누구보다 게이지를 사랑한다는 것은 내가 가진 단 하나의 진실이었다.

"당신을 사랑해요."

류코는 이 말이 자신의 마음에 항상 진실로 살아 있다고 생각했다. 그렇지만 게이지는 그것도 음란한 여자의 헛소리라며 욕했다.

"당신은 그걸 죄악이라고 생각하지 않는 거야? 당신이 저지른 행동을 뭐라고 생각하는 거지? 그건 관계를 한 것이나 마찬가지야. 그래 놓고 죄악이라 생각하지 않는 건가? 내 앞에서 그 입술을 잘도 내놓고 있군. 정말 뻔뻔한 여자야."

류코는 그 말을 몇 번이나 곱씹다가 눈물이 핑 돌며 울컥했다. 피가 솟구치기라도 한 듯, 허공을 보는 류코의 눈언저리가 새빨개졌다. 미워하고, 또 미워하고, 아무리 미워해도 모자라는 남자에 대한 증오가 점점 더해졌다.

"죄악이 아니야. 나는 절대로 사과하지 않을 거야. 결국 난 당신 손에 죽겠지. 그래 차라리 나를 죽여. 죽이라구."

이렇게 욕을 하며, 류코는 남자의 분노 앞에 몸을 내던졌다. 온몸을 흔드는 격분 속에서 그때의 반항심이 류코의 마음에 다시 싹트기 시작했다.

정말 미운 남자였다. 그런데 그 남자가 나를 죽일 것이다. 어떻게든 죽인다고 했다. 내가 무슨 짓을 했던 것일까. 어떤 일을 저질렀던 것일까. 왜 나는 남자의 분노 속에서 죽임을 당해야만 하는 것일까. 누구도, 누구도 경험해보지 못했을 것 같은 무섭고도 참혹한 손안에 왜 나 혼자 처박혀야만 하는 것일까. 왜 저 남자, 게이지가, 오랫동안 같이 살아온 게이지가 나를 죽여버리는

무서운 짓을 하려는 걸까. 저 남자의 분노를 나로서는 어찌해볼
수 없다.

등줄기에 질투와 격노의 갈고랑이가 꽂힌 듯, 나로서는 그것
을 어떻게도 할 수가 없다. 나는 무섭다. 하지만 그것이 얼마나
무서운 일인지 알 수 없다.

나는 그를 사랑하지 않는 것일까? 아니다. 나는 거짓말을 하지
않는다. 나는 정말로 그를 사랑한다. 그런데 왜 그는 나한테 이
토록 무참한 짓을 하려는 걸까? 단지 그것 때문에? 내가 다른 남
자를 사랑했기 때문에? 그 때문에?

하지만 나는 단지 그의 화를 풀어주려고, 내가 한 일을 사과하
지는 않을 것이다. 결코 그건 싫다. 내가 한 일은 내가 한 일일 뿐
이다. 나는 그것을 죄악이라고는 전혀 생각하지 않는다. 끝까지
죄악이 아니라고 주장할 것이다. 그렇다. 죽임을 당할 때까지 말
이다. 다른 사람 손에 죽는 것이 내 숙명이라면 어쩔 수 없다. 나
는 죽을 때까지 그에게 독설을 퍼부을 것이다. 욕을 하고 악을
쓰며, 그렇게 살해당할 것이다.

나는 그를 사랑하고 있다. 사랑하는 이에게 살해당한다는 것
은 얼마나 무서운 일일까? 그가 내게 덤벼들 때조차 나는 너무도
무서워 벌벌 떨었다. 왜 그는 나를 죽이려는 걸까? 왜? 내가 이렇
게 무서워하고 있는데, 왜 나를 죽이려는 걸까? 무섭다. 살해당
하기는 싫다. 어째서 게이지, 그 사람이 나를 죽이려는 걸까? 내

가 무슨 짓을 한 것일까? 어떤 짓을 벌인 것일까? 나는 살해당하고 싶지 않다. 나는 그를 사랑하고 있다.

　게이지가 무언가 말하고 있다. 나를 보고 웃고 있다. 평소처럼 미소 짓는 얼굴이다. 무슨 말을 하고 있는 걸까? 화났을 때의 얼굴이 아니다. 늘 보던 얼굴이다. 평상시 얼굴이다. 당신은 화난 얼굴을 해서는 안 된다. 결코 화난 얼굴을 해서는 안 된다. 그것이 얼마나 무서운 얼굴인지 모른다. 얼마나 무섭고도 무서운 얼굴인지.

류코는 또 무언가에 위협을 느끼며 눈을 떴다. 그녀의 의식은 곧 예리하게 방 안과 주변의 소리로 향했지만, 아무것도 들리지 않았다. '펜 소리를 들으며 몽롱한 가운데 무언가를 생각했었는데.' 하고 류코는 '잠들기 전의 기억을 더듬었다. 펜 소리는? 귀를 기울여보았지만, 그 소리는 더 이상 들리지 않았다.

　류코는 똑바로 누운 채 숨을 죽였다. 무언가 갑자기 덮칠 것 같은 불안한 그림자를 가만히 노려보았다. 그러나 아무 소리도 나지 않았다. 쿵쾅거리는 심장 박동이 머리에서 발끝까지 전해졌다. 그대로 2분 정도 지나자 방 입구 발판에서 삐걱거리는 소리가 났다.

　방문 앞에 게이지가 서 있었다. 류코는 자기도 모르게 요기(夜着, 솜을 넣어 지은 옷 모양의 이불) 위에 일어나 앉았지만, 그 발자국 소리는 계단을 조용히 내려가고 있었다. 류코는 한 손으로 요기 자락을 움켜쥔 채 문쪽으로 몸을 뻗어 아래층으로 내려간 게이지의 소리를 들으려고 했다. 아래층에서는 그 이상 어떤 소리도 들리지 않았다. 류코의 입술은 차갑게 굳은 채 계속 떨렸다.

그녀는 이렇게 자고 있을 때가 아니라는 생각에 손을 뒤로 돌려 요기를 고정시켜놓은 끈을 풀려고 했다. 그러나 살이 아플 정도의 오한이 요기가 벗겨진 어깻죽지로 스며들어 참을 수 없이 불쾌했다. 류코는 손을 멈추고 자리에 앉은 채 잠시 멍하니 있었다. 머리가 깨질 듯 아팠고, 몽롱하고 무감각한 데다가 묵직하기까지 했다. 살이 한 층씩 한 층씩 쌓이며 부어오르는 것처럼 온몸이 아프고 저렸다. 그녀는 갑자기 자신의 생활이 격랑에 휘말렸다고 생각하며, 요기의 붉은 빛깔을 뚫어지게 바라보았다.

밖에서 부는 세찬바람 소리가 류코의 귀에 들렸다. 오늘이 며칠인지 잠시 생각해봤지만 정확히 생각나지 않았다.

류코는 일어났다. 밤새 뒤척이느라 흐트러진 기모노의 끈을 풀고 다시 고쳐 입었다. 그리고 하녀를 불러 주위 방문을 열게 했다. 문을 다 연 하녀는 류코 옆으로 오더니, 걱정스러운 얼굴로 서 있었다.

"게이지는?"

류코는 작은 소리로 하녀에게 물었다.

"어디론가 나가셨어요."

생각지도 못한 대답이었다. 류코는 겉옷을 걸치려던 손을 놓고, 하녀의 얼굴을 물끄러미 보았다. 그리고 곧 그가 갈 만한 데를 추측하기 시작했다. 설마 흉기를 구하려고 돌아다니는 것일까? 류코의 뇌리에 살기 등등하던 게이지의 얼굴이 또렷하게 떠올랐다.

"그래. 그가 돌아오기 전에 지금 이 집을 나가자."

거칠게 부는 바람 소리에 잠깐 귀 기울이던 류코의 눈에 힘이 넘치기 시작하더니 강하게 빛났다. 갑작스런 결심 때문인지 일시적으로 흥분한 탓일까. 갑자기 시커먼 어둠 속으로 비틀거리며 들어가기라도 한 것처럼 의식이 흐려졌다. 하지만 다행히도 곧 모든 것이 명료해지면서 정신이 또렷하게 돌아왔다. 마음에 드리웠던 어두운 그림자가 조금씩 걷히자, 문득 히로조(宏三)의 모습이 떠올랐다. 그녀의 생각이 꽤 오랫동안 히로조를 향하고 있었다.

"어디 아프신가요?"

류코가 왠지 잘 움직이지 못하는 것처럼 보이자, 하녀가 서둘러 버선을 집어주며 이렇게 물었다. 류코는 하녀에게 물을 데워달라며, 아래층으로 보냈다. 그리고 서둘러 방 한쪽 구석에 있는 책상 앞으로 가 편지를 썼다.

갑작스럽겠지만, 이제 당신과 헤어져야 해요. 모두 들켜버렸어요. 제가 당신을 사랑한다는 것을 알고, 게이지가 얼마나 화를 냈는지요. 저는 무서운 일을 당했어요. 게다가 그 남자는 제게 복수하겠다고 했어요. 그리고 당신에게도.

지금 바로 이 집을 나갈 거예요. 조선의 아버지에게 갈 작정이에요. 당신을 만나 모든 것을 이야기한 뒤 떠날까도 생각했지만, 뵙지 않고 갑니다. 지금 헤어지면 당분간은 만나지 못하리라 생각해요. 조선으로 건너간 뒤 저는 어떻게 될지 모르겠어요.

갑작스러운 이별을 너무 슬퍼하지 마세요. 못 만나고 가는 것을 원망하지도 말고요. 저는 지금 당신을 생각하는 것이 너무 싫고, 당신을 만나는 것도 싫어요. 안정이 되면 당신에게 한 번 더 편지를 쓸 생각이지만, 이제 완전히 헤어졌으면 해요. 그러니 이 편지가 마지막일지 모릅니다. 부디 어떤 일도 슬퍼하지 마세요. 그리고 그냥 버려주세요.

류코는 편지를 봉투에 넣고, 히로조라는 이름과 주소를 썼다. 화사하고 아름다운 히로조의 손끝이 문득 류코의 눈에 보이는 듯했다. 몸집이 작고, 우울한 눈빛으로 햇살을 바라보는 버릇이 있는 청년이었다. 그녀는 헤어지고 떠나온 사람을 뒤돌아보듯 그 남자의 아름다운 눈을 마음속에 그려보았다. 환영 속에 떠오른 남자의 눈은 류코의 마음으로 들어와 이런저런 일을 하도록 강요했지만, 류코는 그것을 외면했다. 이제 다른 생각은 하지 말아야겠다고 결심했기 때문이다.

2

류코는 서둘러 떠날 준비를 했다. 언제 갑자기 게이지가 눈앞에 나타나더라도 맞설 수 있을 것 같은 오기가 생겼다. 잔뜩 긴장하며 작은 가

방에 몇 가지 짐만 꾸려 넣고 덮개를 꽉 닫았다. 화장대 위의 앵초 꽃에는 평화로운 지난날들의 원망이 남아 있었다. 버리고 가려는 물건들이 드리우는 그림자에도 차가운 파멸의 색이 스며들었다.

막 나서려는데 방금 머리 올릴 때 보이지 않던 장식 핀이 생각났다. 류코는 근처에 떨어진 것은 아닐까 해서 옆방 문을 열어보았다. 큰 핀은 도코노마(床の間, 방의 윗부분 바닥을 한층 높게 만들어 벽에 족자를 걸고, 바닥에 꽃이나 장식물을 두어 꾸민 곳)의 기둥 앞에 떨어져 있었다. 그리고 그 순간 책상 위에 놓여 있는 편지 봉투 하나가 눈에 들어왔다. 류코는 핀을 주워 쪽 지은 뒷머리에 꽂아 고정시키면서 봉투 겉면을 바라보았다. 수신인은 류코 자신이었다. '노시로 류코(野代龍子)에게'라고 적힌 글자는 게이지의 필체였다. 류코는 이상하게 생각하면서 봉투를 뜯었다.

왜 당신이 그런 일을 했을까? 나한테 왜 그런 일을 저질렀을까? 나는 이런 말을 되풀이할 수밖에 없어.

나는 더 이상 화낼 힘도 없어. 너무 화가 나 당신을 때리고 욕한 것을 후회해. 당신같이 약한 사람에게 난폭하게 군 것이 스스로에게 부끄러워. 그런 나의 행동을 용서받고 싶어.

당신은 당신이 저지른 일은 죄악이 아니라고 했어. 당신 입장에선 그 생각이 정당할지도 모르겠지. 하지만 나는 어디까지나 그 일은 큰 죄악이라고 믿을 수밖에 없어. 당신은 나쁜 짓을 저질렀어. 나의 사랑을 배신했지. 천지가 개탄할 대죄를 저지른 것과 다름없다고 나는 생각해.

새벽녘이 되어, 나는 당신이 잠든 것을 알았어. 칸막이 문 밖에서 오랫동안 당신의 숨소리를 들었지. 그때 나는 당신을 죽여도 모자랄 정도로 미운 여자라고 생각했어. 당신은 다른 남자의 입술에 닿은 그 입술로 내 앞에서도 태연했지. 도대체 이 정도로 큰 죄악이 또 있을까? 당신은 죄악이 아니라고 했지만.

지금 나는 어떻게도 할 수 없어. 연애는 독립된 존귀한 것인데, 그것을 파괴한 나 역시 죄인일지도 몰라. 나는 그저 침묵하는 방법밖에 없어. 당신에게 무서운 벌을 내릴 거라고 맹세했지만, 지금 난 당신에게 아무것도 할 수 없어. 당신을 때린 것조차 후회하고 있어. 당신을 어떻게도 할 수 없는 나는 비열한 남자야. 나는 어리석은 남자야. 하지만 어쩔 수 없어. 나는 당신을 어떻게도 하지 못하니까.

당신은 지쳐 잠들었지만, 나는 한잠도 잘 수 없었어. 여러 가지 생각으로 머리가 복잡했지. 당신을 용서할까도 생각했어. 마음으로부터 용서하고 만약 당신이 기뻐해준다면 당신과 새로운 생활을 시작해보자고도 생각했지. 과거는 잊자. 그 사건을 잊어버리자. 그리고 당신도 그 남자를 잊어버리도록 만들자. 이런 생각도 해보았지.

당신은 당신의 행위를 죄악이 아니라고 생각하는 사람이니까, 그 죄를 용서받는다는 게 오히려 모욕일지 모르겠군. 당신은 분명히 그렇게 생각할 거야. 하지만 나는 어쨌든 당신을 용서하려고 생각했어.

당신에 대한 미련 때문에 이런 생각을 한 것이지. 하지만 결국 나로서는 할 수 없는 일이야. 나의 이런 질투를 어찌하면 좋을까.

나는 역시나 당신이 미워. 도저히 이 질투를 떨쳐낼 수 없어. 현재 우리 두 사람의 상태에서, 당신의 눈을 보고, 입술을 보면서, 과거를 잊고 예전으로 돌아간다는 것은 내겐 고통이야. 당신의 모든 것은 이제 내 것이 아니야.

나는 부끄러워. 당신이 나를 향해 자신의 행위는 죄악이 아니라고 대담하게 말하는 것을 보고, 나의 비열함을 부끄럽게 생각했어.

하지만 나는 당신을 어떻게 할 수가 없어.

당신은 나를 사랑한다고 했어. 하지만 지금 당신의 사랑은 이중적인 모습을 보이고 있어. 일찍이 나의 사랑이 당신에 대해 이중적이고 도리에서 벗어난 모습을 보였을 리 없었을 텐데…

나는 당장에 이 문제를 철저하게 해결할 수가 없어. 어찌하면 좋을까? 이런 무서운 일이 일어난 것을 내가 저지른 무엇인가에 대한 하늘이 내린 참형으로 받아들이고, 가만히 있을 수밖에 없을까?

나는 단지 분노에 떨며 당신의 육체를 바라보고 있지 않으면 안 돼. 이 무슨 지독한 고통인가. 그 몸을 괴롭히며 파괴하지도 못하고, 난 그저 바라봐야만 해. 나로서는 감당할 수 없는 일이지.

당신과 헤어지려고 해. 당신이 내게 요구한 대로, 난 당신과 헤어지겠어.

나는 도쿄를 떠나 여행을 할 거야. 지금부터 정처 없이 여행 다니며, 당신을 잊으려고 해.

류코는 조용히 편지를 책상 위에 올려놓았다. 좀 전에 들리던 펜 소리는 이 편지를 쓰던 소리였다. 몸이 움츠러들 정도로 광폭하고 불쾌하게 들리던 그 펜 소리가, 이제는 류코를 부드럽게 훑고 지나가듯 상냥하고 그립게 느껴졌다. '아까 이걸 쓰고 있었어, 이 편지를 쓰고 있었던 거야.'라고 류코는 생각했다. 펜 소리에 이어 삐걱하고 들렸던 발판 소리도 그녀의 귀를 때리듯 강하게 떠올랐다. 그것이 집을 나가 자신과 헤어지려는 게이지의 마지막 소리였다고 류코는 깨달았다.

류코는 입술을 조금 벌리고 눈을 크게 떴다. 책상 위에 두었던 한쪽 손은 팔꿈치까지 둥실 떠 있는 것처럼 힘이 없었다. 갑자기 얼굴 가운데서 아득하게 하얀 것이 넓게 퍼져나가는 기분이 들었다. 하늘에 보이는 환영도 아니고, 들판에 보이는 환영도 아니었다. 그저 끝없이 아득한 하얀 것이 넓게 퍼져갔다. 류코는 그것을 뚫어지게 바라보았다. 가버린 사람의 뒤를 좇아가며 무작정 소리쳐 부르는 자신의 불안한 목소리가 메아리치고 있었다.

어느새 머릿속을 덮었던 하얀 환상이 잠잠히 가라앉기 시작했다. 류코의 마음에 잠깐 동안 슬픔이 밀려들었다. 절규하고 싶을 정도로 큰 슬픔이 들이닥쳤지만, 가슴이 메말라 있었다. 가죽 끈 같은 것으로 심장을 졸라매는 듯한 고통이 아직도 사라지지 않았기 때문이었다. 입술도 눈도 메말라 있었다. 입꼬리부터 귓불까지 근육이 굳어버린 것처럼 느껴졌고, 울 수도 없었다. 뺨에서 눈꺼풀까지 살이 떨렸지만 눈물은 흐르지 않았다. 류코는 정신없이 소맷자락에 얼굴을 대고 책상 위에 엎드렸다. 자신의 몸을 구기고 구겨, 더 이상 구길 수 없을 만큼 초조한 마음으로 몸을 누르며, 소매에 얼굴을 깊이 또 깊이 묻었다.

하지만 그렇게 있을 수만은 없었다. 류코는 다시 고개를 들고, 당황해하며 일어섰다. 게이지를 그리워하는 마음이 강렬하게 밀려들었다. 그녀는 오로지 무언가 한 생각에 빠져들고 있었다. 얼굴이 새빨개지면서, 핏기 없는 눈의 안쪽에서부터 험악한 빛이 뿜어져나오고, 눈동자가 흐려졌다.

류코는 편지를 품 안에 넣고 게이지를 쫓아가기 위해 아래층으로 내려갔다. 마주친 하녀에게 게이지가 나간 시간을 물어보았다. 하녀는 그때부터 딱 한 시간 정도 지났다고 대답했다.

"어떤 차림새로 나갔지?"

"평상시 그대로요. 외투를 입으시고."

"게이지가 어디로 갔는지를 모르겠어."

류코는 그렇게 말하며 하녀의 얼굴을 보았다. 이런 말을 하고 나니 게이지가 어디로 갔는지를 모른다는 당혹감이 더욱 확실하게 의식 위로 떠올랐다.

"어쩌지? 어디로 간 걸까? 벌써 한 시간이나 지났으니 근처엔 없겠지."

류코는 눈을 파르르 떨며 하녀에게 의논하듯 물었다.

"바로 돌아오실 것 같은 모습이었어요."

"아니야. 이제 안 와. 그 사람은 돌아오지 않겠다고 말하고 나갔으니까."

류코는 그렇게 말하고 잠깐 생각에 빠졌다.

하녀는 류코의 말을 이해할 수 없었다. 다만 불안해하는 주인의 모습을 가만히 지켜볼 뿐이었다.

"정류장에 가봐야겠어. 거기서 물어보면 어느 방향으로 갔는지 알 수 있을지도 몰라."

류코는 또다시 하녀에게 의논하듯 말했다. 게이지가 나간 지 아직 한시간 정도밖에 지나지 않았다는 사실에 그녀는 기대를 걸어보았다. 밖으로 나가면 꼭 게이지를 만날 수 있을 것 같은 기분이 들었다. 아무리 생각해봐도 게이지를 다시 한 번 만나 꼭 할 말이 있었다.

그녀는 좀 전에 버리고 나가려 했던 집을 하녀에게 잘 보라고 단단히 일렀다. 그리고 자신이 당분간 집에 오지 않아도 걱정하지 말라는 말도 하며, 약간의 돈을 맡겨놓고 집을 나왔다.

류코의 집에서 정류장까지는 14, 15초(町) 정도를 가야 했다. 언덕 위에 서자, 바람이 허공으로 소용돌이치듯 감아올리며 불었다. 류코의 기모노는 아래쪽부터 벗겨질 것처럼 펄럭거렸다. 군데군데 무리지어 줄

41

지어 선 교외의 목조 가옥들이 찬 바람에 휩쓸리며 잿빛으로 바싹 말라 있었다. 하늘을 보니, 가장자리로부터 검게 덮쳐오는 불안한 구름 속을 여리고 차가운 햇빛이 지나가면서 언덕 위로 또 하나의 그림자를 던지고 있었다. 류코의 청신경에는 삐걱 하고 울리던 발판 소리가 예민하게 새겨져 있었다. 언덕를 두르고 있는 검은 울타리를 따라 그녀는 이따금씩 숨을 헐떡이며 뛰었다.

3

작은 정류장에 들어선 류코가 잠시 서 있으려는데, 안쪽에서 개찰원이 나왔다. 류코에겐 낯익은 얼굴이라, 미소 지으며 남자 옆으로 다가갔다.

이 정류장은 교외에서 도쿄로 가는 전차의 작은 승강장이었다. 개찰원은 부근에 사는 주민들의 얼굴은 낯익어도 이름은 알지 못했다. 류코는 정류장 근처에 사는 누구라고 자신의 이름을 알려준 뒤, 한 시간 정도 전에 게이지란 사람이 이곳에 왔는지를 물어보았다. 개찰원은 모른다고 했다. 류코는 게이지의 생김새와 옷차림을 얘기해주며, 개찰원이 아는 승객들의 얼굴 중에서 떠올려보도록 애썼다. 하지만 개찰원은 좀처럼 아무도 떠올리지를 못했다. 그러다가 겨우 생각 난 듯 반 시간 정도 전에 그와 닮은 사람이 우에노(上野) 행 표를 끊었다고 말했다. 물론 미덥지 못한 대답이었다.

그래도 류코는 개찰원의 말에 희망을 걸고, 우에노로 가는 표를 끊어 전차 승강장으로 내려갔다. 장갑을 낀 손에 표를 쥐고, 류코는 기둥 그늘에 서 있었다.

찬바람이 류코의 얼굴을 때렸다. 바람이 언덕 위 나무들을 뿌리째 뽑아버릴 듯 사방에서 방향을 바꾸며 세차게 몰아쳤다. 류코는 바람에 어지럽게 요동치는 잡목림의 죽음과도 같은 검은 그림자를 올려다보았다. 류코는 갑자기 염세적이고 침울한 기분이 되었다. 영혼의 밑바닥에 묶어두었던 슬픈 무엇인가가 하나씩 하나씩 풀려나며 헝클어지고 있었다. 눈꺼풀에 눈물이 맺히는가 싶더니, 이내 주르륵 흐르기 시작했다.

류코는 발을 움직이며 눈물을 멈추어보려 했다. 뒤쪽 의자에 앉아보기도 하고, 일어섰다가 걷기도 했다. 그리고 다시 기둥의 그늘에 멈추어 자신의 상황에 대해 명료하게 생각해보려고도 했다.

하지만 모든 것이 소용돌이에 휘말리듯 엉키어, 판단은 흐려졌다. 뭐가 뭔지 알 수가 없었다. 그저 어두운 슬픔만이 연달아 그녀를 덮쳤다. 류코는 눈물이 흐르는 대로 맡겨두고, 얼굴을 들어 잡목림을 올려다보았다.

10분 정도 지나 전차가 왔다. 전차에 올라타자, 문득 이 안에 히로조가 있을 것 같은 기분이 들었다. 히로조가 사는 곳과는 완전히 다른 방향으로 가는 전차인데도 류코는 가슴이 철렁 내려앉기까지 했다. 정말 두려워 다리가 후들거릴 정도였다. 전차 안으로 들어갈 수 없을 정도로 공포가 밀려와 입구에서 머뭇거렸다. 하지만 이번에는 입구 근처 사람들이 자신을 바라보는 것만 같아 어쩔 수 없이 안으로 들어가야 했다. 그녀는 제일 끝 자리에 앉아 숄로 얼굴을 반쯤 가리고, 전차 안을 살짝 둘러보았다.

전차 안은 비어 있었다. 히로조를 닮은 듯한 남자는 어디에도 보이지 않았다. 류코는 그제야 안심하고, 달리는 전차에 실려 모든 감각이 흔들리도록 두었다. 불안과 공포로 요동치던 감정의 외곽지대만 평소대로 돌아온 기분인 채로 멍하니 앉아 있었다. 전차에 가로막혀 요란한 바람소리가 들리지 않는 것이 그녀에겐 다행이었다. 소리가 들리지 않으니 달리는 차창 밖으로 보이는 숲과 나무들도 바람을 맞지 않는 것처럼 보였다. 그래야 전차 안 사람들이 조용히 침묵하고 있는 모습도 눈에 들어왔다.

그러나 그런 평온함도 잠시뿐이었다. 우에노에 도착한 뒤 게이지의 행선지를 어떻게 확인해야 할지를 생각하자, 불안감이 일면서 다시 기분이 엉망이 되었다. 무턱대고 찾아 헤맬 수는 없었다. 게이지와 친한 사람들에게 전보라도 쳐서 행선지를 알아낼까 하는 생각도 했다. 그러나 남들에게까지 두 사람의 불화를 알리며, 소란을 피울 수는 없었다. 무엇보다 "게이지가 왜 집을 나갔나요?"라는 질문에 일일이 대꾸하고 싶지 않았다. 게이지에게 죄악이라고 욕 먹었던 자신의 행위가 뜻하지 않게 세상을 좁히고 있음을 깨닫자, 류코는 모든 게 싫어졌다.

'어쨌든 우리 둘 사이는 깨져버린 것 아닌가. 그것도 나 스스로 깨버리지 않았던가. 처음에 결심한 대로 게이지를 떠나, 일단은 내가 했던 일을 숨기지 않고 당당하게 드러내며 살아가는 것이 맞지 않을까. 왜 이제 와서 그런 결심을 뒤집으려고 하는 걸까? 게이지는 나와 헤어졌기 때문에 오히려 지금보다 더 나은 삶을 살 수 있을지도 몰라. 그것을 방해하고 싶지는 않다. 게이지를 가게 내버려두면 좋지 않을까. 그리고 나는 나대로 살아가면 돼. 그렇게 두 사람이 끝나버리면, 그대로 괜찮은 것이야. 그런데 도대체 지금 나는 무엇을 하고 있는 거지?'

류코가 이런 생각으로 마음을 달래려는 순간, 게이지에 대한 그리움이 불같이 타올랐다. 그리움은 다른 모든 감정을 지워버렸다. 오직 게이지를 만나고 싶다는 어린아이 같은 바람으로 그녀의 가슴은 터질 것 같았다. 그리고 게이지를 찾아 허둥지둥 헤매고 다니는 자신의 모습을 생각하니 저절로 눈물이 글썽거렸다. 만약에 이대로 게이지를 만날 수 없는 운명이라면 어떻게 하면 좋을까, 그런 생각도 들었다. 그녀는 더욱 슬퍼져 자꾸만 자살이란 단어를 떠올리고 있었다.

류코는 정말 죽을 것 같은 기분이 들었다. 이대로 게이지를 만나지 못한다면 삶을 감당해내지 못할 것이 분명했다. 쓸쓸하고 슬퍼 견딜 수 없었다. 귀에서 떠나지 않는 삐걱거리던 발판 소리를 생생하게 떠올리며, 그녀는 이를 악물고 슬픈 생각을 참았다.

우에노에 도착하자 그녀는 곧바로 큰 기차역을 찾아갔다. 기차가 막 출발하기 직전이었다. 대합실에 있던 사람들이 술렁거리며 개찰구 쪽으로 나갔다. 역무원이 '닛코(日光)행'이 출발한다고 큰 목소리로 알려주고 있었다.

류코는 급히 기둥 옆에 멈춰섰다. 그리고 주위의 소란스러움에 정신을 빼앗긴 채 저쪽으로 밀려가는 군중의 뒷모습을 보고 있었다. 짐을 안은 짐꾼이 류코의 팔에 부딪히며, 그 옆을 지나갔다.

군중 속에 게이지가 있을 것만 같았다. 가까이 가서 찾아볼까 생각하며 앞으로 쑥 발걸음을 떼어놓으려 할 때였다. 갑자기 류코가 서 있던 자리의 옆쪽 대합실에서 한 남자가 나왔다. 외투 아래로 검은색 목면에 가죽을 잘라붙여 모양을 낸 손가방이 보였다. 눈에 익은 가방이었다. 류코는 자기도 모르게 깜짝 놀라 기둥 뒤로 몸을 숨기듯 뒷걸음질쳤다. 그 남자는 게이지였다.

류코의 가슴은 두근두근 방망이질치기 시작했다. 피가 일시에 솟구쳐 얼굴은 빨개졌다. 순식간에 눈앞의 모든 것이 가루로 흩어질 것 같은 기분이 들었다. 텅 빈 곳에서 혼자 무방비 상태로 버려진 기분이었다. 그녀는 간신히 정신을 차리고, 몸을 반쯤 내밀어 한 번 더 살펴보았다. 게이지는 이미 그곳에 없었다. 주위를 살피며 걸음을 떼니 개찰구 근처에 있는 그의 뒷모습이 보였다.

쫓아가듯 대여섯 걸음 앞으로 나아가던 류코는 다시 멈춰 게이지의 뒷모습을 바라보았다. 어느새 게이지의 모습은 무리 속으로 섞여들어 보이지 않았다. 플랫폼 위로 우르르 달려가는 사람들만 게이지를 찾는 류코의 눈에 들어왔다.

류코는 후회했다. 왜 가까이 다가가지 못했던 걸까. 어째서 주눅이 들었는지 자신도 알 수 없었다. 순간 후회만 하고 있을 수는 없다는 생각이 들었고, 마음이 급해졌다. 곧바로 닛코행 표를 사서, 게이지의 뒤를 쫓기로 했다.

게이지가 몇 호차에 탔는지 알아보려고, 류코는 기차 앞에서 머뭇거렸다. 하지만 어서 타라는 역무원의 재촉에 조금 당황하며 이등석 객차 안으로 들어갔다.

4

기차는 곧 움직이기 시작했다. 류코가 탄 칸은 중앙에 쿠션 칸막이가 있는 좁은 객차였다. 저쪽에 평상복 차림을 한 스님 같은 사람이 혼자 앉아 있는 모습이 보였다. 류코 바로 앞에는 아래에 비단 하카마를 두른 덩치 큰 남자가 반듯하게 누워 자고 있었다.

류코는 자신의 무릎 앞, 30센티미터도 되지 않는 곳에서 자고 있는 이 남자가 너무도 지저분해 참을 수가 없었다. 가능한 한 얼굴을 돌려 맞은편의 입술 두꺼운 남자를 보지 않으려고 애썼다. 그러다 보니 몸을 구석 쪽으로 잔뜩 움츠린 자세가 되었다.

게이지가 이 기차를 타고 어디까지 갈지 류코로서는 예측이 되지 않았다. 정차할 때마다 게이지가 내리는지 살펴보면서, 류코는 빗을 꺼내 헝크러진 머리를 빗기도 했다.

기차가 도시에서 멀어질수록 정류장 사이의 거리가 길어졌다. 창밖으로는 누렇게 메말라가는 밭이, 숲 위쪽으로는 우듬지들도 보였다. 덤불가로 움푹 팬 땅에는 하얀 매화 노목에 넘칠 듯이 많은 꽃이 흐드러지게 피어 있었다. 여자아이 세 명이 양손을 품에 넣고 곧장 내달리는 논둑길의 막다른 곳에 신사로 들어가는 빨간 기둥문이 보였다.

게이지도 차창 밖으로 이 풍경을 바라볼 것이라고 생각했다. 정류장에서 뜻하지 않게 게이지를 발견한 것은 지금 생각하면 신기한 일이었다. 5분만 늦었어도 만날 수 없었을 것이다. 운명의 실이 두 사람을 아주 미묘하게 연결하고 있다는 느낌이 들었다. 두 사람의 약속은 영원한 것일지도 몰랐다.

기차가 흔들릴 때마다 게이지도 같은 진동을 느낄 것이라는 생각이 들었다. 마침내 자신이 게이지 앞에 나타나게 될 순간을 상상하니, 오늘 처음으로 기쁨이라는 감정이 찾아왔다. 요 며칠 동안 이렇게 잔잔히 떨리는 감정을 맛본 적이 없었다는 생각도 들었다. 게이지와 얼굴을 마주보며 손을 맞잡으면, 그것으로 게이지의 고통도 사라질 것 같았다. 찰나의 기쁨 속에 두 사람 사이의 모든 것이 용해되어버릴 것 같다는 생각도 들었다. 처음 만났을 때 느꼈던 사랑이 또다시 찾아올지도 모른다. 류코는 그것을 꿈꾸었다.

기차를 타고서 꽤 시간이 흘렀다. 류코는 기차가 정류장에 멈출 때마다 창문을 열고 누가 내리는지 바라보았다. 스님 같아 보이던 남자는 한참 전에 내렸고, 건너편 의자에서 잠든 남자만 아직 안 내리고 있었다. 류코는 게다를 벗고 쿠션 칸막이를 넘어 자리를 옮겼다. 그리고 그곳에 혼자 있었다. 지난밤부터 아무것도 먹지 않았지만, 배가 고프지도 않았다. 벌써 오후 3시가 지나고 있었다.

기차가 달리면 달릴수록 류코의 마음은 평온해져갔다. 창밖으로 큰 강이 잠자듯 조용히 흐르고 있었다. 흐린 서쪽 하늘가로 흐리게 보이던

산 그림자가 점점 진해졌다. 어느새 산은 북쪽 하늘에도 보였다. 류코는 가슴속에 있는 그리움이란 그리움은 모조리 담아 산을 바라보았다. 산에서 느껴지는 웅장한 기운이 류코의 기분을 새롭게 하면서 느긋한 마음이 되었다. 자유로움이 느껴졌고, 마음에 쌓였던 온갖 피로들이 밑바닥에서부터 사라져가는 기분이었다. 산의 넓고 큰 마음이 영혼을 울리는 듯했다. 자연스럽게 류코의 정신이 아주 깊은 곳까지 환하게 밝아져갔다.

"뭐지? 너무 친숙한 빛을 띠고 있네."

류코는 그렇게 생각하며, 환상적인 적갈색 주름이 잡힌 것처럼 보이는 산의 계곡들을 바라보았다. 기분이 상쾌했다. 류코는 당분간 산을 보며 살고 싶다고 생각했다. 누구의 얼굴도 보지 않고 단지 산만 바라보며, 하루하루를 보내고 싶었다. 그리고 조용히 생각하며 하루를 살더라도 자신의 진정한 마음을 찾으며 살아보고 싶어졌다.

기차가 서자, 류코는 예민하게 곧바로 얼굴을 내밀고 누가 내리는지 살펴보았다. 기차가 출발하고 나서 벌써 세 시간이나 지난 것 같은데 게이지는 아직 내리지 않았다. '닛코까지 가려는 것일까. 아니면 이미 다른 정류장에 내렸는데 보지 못하고 놓친 것일까. 만약 그렇다면 이대로 혼자서 닛코까지 갈 수밖에 없겠지?'라고, 류코는 생각했다.

'그곳에서 혼자 있으면서 생각해보자. 누구의 얼굴도 보지 않고, 누구의 감정에도 휘둘리지 않고, 나 자신에 대해서만 생각할 거야. 나는 혼자서, 내 행위에 대해 깊이 생각해보아야 해.'

어젯밤부터 일어났던 모든 일이 조용히 그녀의 뇌리에 떠올랐다. 자신의 주변에 굴욕이 점점이 흩뿌려져 있었다.

K라는 큰 마을에 기차가 멈추었을 때였다. 류코는 자신이 탄 객차 뒤쪽 칸에서 내린 게이지가 창밖으로 지나가는 것을 보았다. 그 순간 문득 이대로 게이지를 만나지 않고 그냥 헤어져버릴까 하는 생각이 들었다. 하지만 류코는 기계적으로 문을 열고 기차에서 내리고 말았다. 그리고 몰래 게이지 뒤를 쫓으며 계단을 올라갔다. 네다섯 명의 발소리에 섞여 두 사람의 발소리가 발판 위에서 서로 장단을 맞추어 울렸지만, 게이지는 뒤돌아보지 않았다. 류코는 일부러 뒤처져 앞지르지 않으려 했고, 개찰구로 나올 때까지도 게이지 옆에 다가가지 않으려고 속도를 조절했다. 역무원에게 표를 건넬 때 우연히 뒤를 돌아보던 게이지는 류코를 발견했다. 게이지는 놀란 눈으로 류코의 얼굴을 보았다.

류코는 게이지를 따라 개찰구를 나와 그의 옆에 서서 말없이 얼굴을 바라보았다. 게이지의 얼굴은 푸를 정도로 창백했다. 얼굴이 하루 사이에 까칠해져 있었다.

"어디로 가시는 거예요?"

류코가 평소와 다르게 얌전한 존댓말로 천천히 물었다.

"어떻게 알고 왔어?"

"뒤따라서…."

게이지도 옆에 선 류코의 얼굴을 물끄러미 바라보았다. 하지만 곧 아무 말 없이 마을 쪽을 향해 걸어가기 시작했다. 류코도 그 옆에서 나란히 걸었다. 대로를 따라 저쪽으로 큰 여관 건물이 몇 동인가 이어져 있었다. 건물 처마 밑에는 등이 켜져 있었다. 살을 에는 듯한 산바람이 류코의 얼굴과 다리를 덮쳤다. 류코는 추위에 몸을 떨며 시골 마을의 등불을 신기하게 쳐다보았다. 해는 아직 완전히 지지 않았다. 마을의 대지와 지붕들은 황혼의 저무는 햇빛을 적절히 반사하며 석양이 저물지 않도록 붙잡고 있었다. 어슴푸레한 빛은 언제까지나 떠돌 것처럼 보였다.

게이지는 큰길에서 오른쪽으로 꺾었다. 걸음걸이를 꽤 늦추며 어슬렁어슬렁 걸어가고 있었다. 무언가를 생각하는 듯 아닌 듯한 얼굴로 앞을 똑바로 보고 있었다. 그리고 이따금씩 작은 한숨을 내뱉고, 발소리를 뚜벅뚜벅 내며 걸었다. 도로의 폭이 좁아지자, 양쪽으로 처마가 낮은 작은 식당이 쭉 늘어서 있었다. 한자가 아닌 가나로 상점 이름을 쓴 간판이 보였다. 간판을 밝히려고 켜둔 사방등(원통형이나 직육면체 나무틀에 종이를 바르고 그 안에 기름 접시를 놓아 불을 켜는 등)은 연붉은 빛으로 감싸여, 사람들이 오가는 땅 위로 그림자를 드리우고 있었다. 류코는 그 그림자를 쫓으면서 말없이 걸었다. 온몸에 피로감이 훅 밀려들었다.

식당이 늘어선 곳을 벗어나자, 작은 하천이 흐르고 그 위로 다리가 놓여 있었다. 류코는 다리를 건너면서 하늘을 보았다. 흐린 하늘엔 뜻하지 않게도 반달이 스미듯 빛을 내고 있었다. 주위가 어두워졌다. 등불 같은 것도 보이지 않는 어두운 벽이 이어지는 마을 길을 쭉 지나갔다. 게이지는 계속 말 없이 걷고 있었다. 류코에게는 말 한 마디 걸지 않았다. 류코는 몇 번이나 멈춰 서려 하다가도 무작정 끌려가는 사람처럼 게이지의 뒤를 따라갔다. 그녀는 어두운 마을이 참을 수 없을 정도로 싫었다. 몇백 미터 정도 구불구불한 마을 길을 걸어갔을 때 엔니치(縁日, 신령과 부처에게 제사를 올리는 날)라도 맞은 것처럼 화려하게 등을 밝힌 노점들이 보였다. 걸어가는 쪽으로 보이는 사거리의 한 모퉁이에서 노점들이 켠 환한 등불 덕분에 어두운 공간이 차차 밝아지고 있었다.

두 사람은 번화한 시장이 선 곳의 옆길을 가로질러 다시 어두운 마을로 들어섰다. 게이지는 곧 걸음을 멈추더니 류코 쪽을 보았다.

"볼일이 있어 동생 집에 온 거야."

게이지가 쉬고 갈라진 목소리로 말했다.

류코는 그제야 생각났다. 이 마을에는 게이지의 여동생이 시집 와 살고 있었다.

"하지만 당신과 함께 오늘 밤 그 집에 묵을 수는 없어. 그건 당신도 싫을 거야."

게이지는 그렇게 말하고 잠시 생각에 잠겼다. 류코는 시선을 떨어뜨려 어두운 땅을 보며 가만히 있었다. 게이지의 목소리가 멀리서부터 울려 퍼져 귀에 닿는 것처럼 느껴졌다.

"어디 이 근처 여관에라도 가지."

게이지는 이렇게 한 마디 하고 다시 뒤로 돌아 걷기 시작했다. 류코는 그 뒤를 따라갔다.

5

정류장 부근까지 되돌아온 두 사람은 여관에 들어갔다. 안내받은 방은 2층에 있었고, 복도를 오른쪽으로 돌아 막다른 곳이었다. 다다미 여섯 장 짜리 방의 칸막이 문 맹장지에는 사군자화가 붙어 있었다. 묵으로 당지에 그린 그림이었다.

류코는 코트도 벗지 않고, 여종업원이 가져온 화로 앞에 앉아 손을 쬐었다. 길에서 서로를 놓친 두 사람이 다시 만난 듯 가볍게 들뜨기도 했지만, 둘 다 아무 말을 꺼내지 않은 채 한동안 그냥 앉아 있었다. 게이지는 류코의 얼굴을 보지 않으려고 고개를 숙인 채 담배를 피워 물었다. 서로 모른 체하는 두 사람을 나무라기라도 하듯 전등 불빛이 천장에서 공허한 빛을 내고 있었다.

"이제 돌아가지 않을 작정이에요?"

"응."

이런 간단한 말을 주고받은 뒤 두 사람은 또다시 침묵했다. 류코는 머리가 지끈지끈 아프기 시작했다. 여종업원이 올라와 입욕 준비가 다 되었다고 하자, 게이지는 방을 나갔다.

방 주위가 조용했다. 한두 칸 건너 앞방에서 노트를 다음 장으로 한 장씩 한 장씩 계속 넘기는 것 같은 소리가 들렸다. 누군가 조용히 깊은 생각에 빠져 있는 듯했다. 멀리서 악대의 흥을 돋우려는 반주 소리가 났다. 살며시 귀를 기울여보니 말할 수 없을 정도로 엉망인 악대의 장단 속에서 노예의 대답과도 같은 저음이 둥 하고 울렸다. 여기에 어떤 소리가 와자지껄한 잡음 속에서 어우러지자, 군중의 높고 날카롭게 흐르는 듯한 사투리와 함께 시골 마을의 산만한 공기가 흔들렸다.

류코는 좀 전에 걸었던 마을의 모습을 떠올려보았다. 어두운 등이 곳곳에 켜져 있었다. 작은 다리가 있었다. 흐르는 물은 검게 보였다. 검은 판자로 된 벽이 길게 이어져 있었다. 그 속을 돌아다녔던 자신과 게이지의 모습을 떠올리자, 류코의 마음엔 쓸쓸함이 가득 차올랐다.

류코는 게이지를 생각했다. 자신을 보고 놀라던 그 게이지의 표정이 떠올랐다. 의외로 까칠해져 있던 얼굴이 안쓰러웠다. 게이지를 만나 한마디씩 주고받은 순간부터 이미 류코의 마음에는 반항심 같은 감정이 아주 약하게 싹트기 시작했다. 하지만 이렇게 있자니 역시나 오히려 그가 더욱 그립게 생각되었다. 떨어지기 싫어 육체적으로 매달리고 싶은 감정이 바싹 다가왔다. 게다가 오랜만에 그와 여관에서 쉬어가려니 추억이 떠올랐다. 류코는 예전에 둘이 여행했을 때의 감정을 다시 느꼈다.

그 후 벌써 8년이 지났다고 류코는 생각했다. 두 사람은 도쿄를 도망쳐 나와 교토의 기온(祇園) 지역에 있는 한 여관에 숨은 적이 있었다. 마침 5월 초였다. 마루야마(円山) 공원에 이미 잎이 난 벚나무에 철 늦은 벚꽃이 피어 있었다. 매일매일 비가 왔다. 류코는 안감이 든 기모노를 입고 있었다. 방의 양쪽 하얀 벽에는 서양식 건물에서 볼 법한 창문이 두 개씩 나 있었다.

류코가 창틀에 팔꿈치를 대고, 석등에 조용히 내리는 비를 바라보고 있으면, 게이지가 다가와 어깨에 손을 얹으며 오래오래 뒤에서 끌어안기도 했다. 그 방에 붙은 다다미 네 장짜리 기다란 방에서 류코는 여종업원에게 교토풍으로 머리 손질을 받았다. 게이지의 스승이 돈을 가지고 찾아왔을 때 류코는 그 방에 들어가 반나절이나 숨어 있었다. 류코가 빗속에 여종업원과 함께 기요미즈(清水)에 가서 참배하고 돌아와도 게이지는 그때까지 아무 데도 나가지 않고 잠만 자고 있었다. 두 사람은 그곳에서 무슨 일이 있어도 꼭 함께하자는 약속을 했다. 무슨 일이 있어도 헤어지지 않겠다는 맹세를 했다.

그것은 두 사람의 과거를 그린 아름다운 그림들 중 하나였다. 그 그림만은 시간의 힘에 좀먹지 않아 신선한 진홍색 복숭아 꽃처럼 언제나 사랑스럽게 빛나고 있었다. 그림 속에 그려진 인물은 자신과 게이지밖에 없었다. 하지만 두 사람만의 세계를 그린 그림은 그저 그림일 뿐이었다. 모두 그림이 되어버렸다. 당시 두 사람의 숨결도, 미소 짓던 입술도 그림 속에 다시 살아나올 수는 없었다. 류코는 계속해서 그림들을 하나씩 펼치며 가만히 바라보았다. 하지만 아무리 보고 또 봐도 그림은 그림일 뿐, 결국 둘둘 되감기고 말았다.

"탕에 들어갔다가 오는 게 어때?"

욕탕에서 돌아온 게이지가 류코를 보더니 이렇게 말했다. 류코는 고개를 숙인 채 가로저었다.

곧 여종업원이 밥상을 들고 왔다. 류코는 하루 종일 먹은 게 없다는 것을 생각하며 젓가락을 들었다. 하지만 입안의 음식들이 퍼석퍼석하게만 느껴져 맛이 없었다. 대충 먹고는 연신 젓가락질을 하면서 밥 먹는 게이지를 조금 얄미운 기분으로 바라보고 있었다.

"안 먹는 건가?"

게이지가 도중에 류코에게 물었다.

식사가 끝나자 두 사람은 작은 화로 옆으로 가 손을 쬐었다. 류코는 아직도 머리가 지끈지끈 아팠다. 겨우 두통을 참으면서 여동생 집은 어디쯤인지 게이지에게 물어보았다. 게이지는 여동생 집이 어떤 모습인지를 들려주기도 하고, 시골 마을의 쓸쓸하고 초라한 풍경에 대해서도 이야기했다. 그 사이사이에 실 끊기듯 이야기가 이어지지 못해 서로 말없이 생각에 잠기는 순간도 있었다.

사실 두 사람은 생각에 잠긴 것이 아니었다. 어젯밤부터 몸과 마음에 모두 피로가 쌓였기 때문에 몽롱하게 덮쳐오는 병적인 수면에 빨려들고 있었다. 그러나 류코는 잠이 온다는 사실을 인정하고 싶지 않았다. 때때로 정신이 몽롱해지면 스스로 바늘로 찌르기라도 한 듯 정신을 바짝 차리려고 했다. 그리고선 게이지의 까칠해진 얼굴을 보았다. 게이지가 아무 말도 하지 않고 있는 게 너무 고통스러워 견딜 수 없었다. 하지만 자신이 먼저 입을 열기는 싫었다. 한 마디라도 하게 되면 그 문제에 대한 이야기를 하게 될 것 같아 골치 아팠기 때문이다.

게이지는 조금 행복했다. 류코가 쫓아왔다는 사실이 기뻤다. 그 마음만은 틀림없는 여자의 진실인 것 같았다. 이제 이것으로 모두 해결될 것 같았다. 류코의 죄악도, 자신의 질투와 격노도 모두 지나가버린 것 같았다. 과거가 사라지고 새로운 사랑의 인연이 두 사람 사이에 이어지고 있는 듯했다.

하지만 게이지는 무언가 해결해야 할 일이 남아 있다는 생각을 떨치기 어려웠다. 뭔가 확실히 매듭지어야 할 것이 있는 듯 여겨졌다. 이대로는 두 사람 사이가 예전으로 돌아갈 수 없지만, 그 일만 제대로 해두면 모든 게 잘 풀릴 것이라고 생각했다.

그것은 단지 한 마디, 바로 여자의 사과였다. 그 말만 들을 수 있다면, 완전히 다시 태어난 듯한 기쁨 속에서 여자를 안을 수 있다고, 게이지는 생각했다. 하지만 류코는 계속 아무 말도 하지 않았다.

"오는 길에 교통사고로 죽은 사람들의 센닌즈카(千人塚, 전쟁이나 재해 등으로 많은 사람들이 죽은 땅에 영혼을 위로하기 위해 만든 무덤)가 보이더군."

게이지가 문득 생각해냈다.

"못 봤는데. 어디쯤이었어요?"

"꽤나 이쪽으로 와서야."

잠시 무서운 환상이 서로의 가슴속에 떠올랐다. 류코는 게이지의 얼굴을 뚫어지게 바라보고 있었다.

"난 그걸 봤을 때 소름이 쫙 끼쳤어."

"어째서요?"

게이지는 아무런 대답도 하지 않았다. 그리고 오늘 아침 집을 나와 몇 번이나 죽어야겠다는 생각을 했을 정도로 자신의 마음이 약해졌던 일을 생각했다.

미워해야 마땅한 여자! 게이지는 마음속으로 몇 번이나 되뇌었다. 갑자기 어젯밤처럼 미칠 듯한 분노가 솟구치며 피가 끓어올랐다.

"왜 내 뒤를 쫓아온 거지? 어째서 같은 기차를 탄 거지?"

게이지는 류코에게 물었다.

"당신을 찾으러 우에노 정류장에 갔어요. 마침 당신이 거기 있더군요. 하지만…."

류코는 이렇게 말하고, 도저히 게이지를 부를 수 없었을 만큼 기가 죽어 있던 자신을 떠올리며 말을 멈추었다.

게이지는 그제야 류코의 얼굴을 찬찬히 들여다보았다. 류코의 눈은 충혈되어 있었고, 까칠해진 뺨은 붉은 기를 띠고 있었다. 눈썹도 거칠고 윤기가 없었다. 꼭 과음한 사람의 얼굴처럼 거친 혈류가 얇은 피부 위로 추하게 드러나고 있었다.

그 방으로 남자 종업원이 숙박계를 가지고 들어왔다. 게이지가 숙박계 쓴 뒤 남자 종업원 앞으로 던져줄 때까지 류코는 도코노마로 몸을 돌려 거기에 장식된 매화 그림을 바라보았다. 남자가 나가자 류코는 다시 무릎을 게이지 쪽으로 향한 뒤 그의 얼굴을 물끄러미 쳐다보았다.

"만약 당신을 못 만나면 난 죽으려고 했어요."

류코는 고개를 숙인 채 중얼거리듯 말했다. 그 목소리가 떨리고 있었다.

"어째서?"

"너무 그리워서. 어떻게 해야 좋을지 몰랐으니까."

고개 숙인 류코의 눈에서 눈물이 뚝 떨어졌다. 류코는 손수건을 꺼내 눈물을 닦았다. 닦아도 닦아도 눈물이 넘쳐흘렀다.

"당신은 결국 나와 헤어져야겠다고 생각한 거예요? 나를 잊으려고 집을 나와버린 건가요?"

게이지는 대답이 없었다.

"당신은 그게 가능할지 모르지만 난 헤어지기 싫어요. 어디라도 당신을 따라 갈 거예요. 헤어지는 건 싫어요."

"하지만 당신이 나한테 요구한 거잖아. 당신이 헤어지자고 하지 않았어? 자신이 무슨 일을 저질렀는지 생각을 좀 해보라고."

"아뇨. 난 무슨 일이 있어도 헤어지는 건 싫어요. 그건 안 돼요. 당신과 헤어질 수 없어요. 이별할 수 없어요."

목소리가 떨렸고, 분한 듯 내뱉는 탄식이 말 끝에 감겨들었다. 류코는 계속 무슨 말을 하려고 했지만, 흐느끼느라 목에 메어 목소리가 나오지 않았다. 가슴이 터질 듯 요동치고 있었다.

류코가 흥분해서 하는 말을 들으며, 게이지는 팔짱을 낀 채 말없이 있었다.

'이 여자는 나쁜 짓을 했어. 나를 버리고 다른 남자를 사랑했지. 내가 상상도 할 수 없을 정도로 달콤한 사랑의 언어로 다른 남자의 마음을 빼앗고서 기뻐했을 거야. 게다가 그 사실을 내가 알았는데도 태연했지. 자기 일은 자기가 알아서 한다며, 그것이 마음에 들지 않으면 헤어지자고 했지.'

게이지의 생각이 여기에 미치자, 갑자기 극단적 분노와 증오가 치밀었다. 가슴이 터질 듯했고, 입술은 부들부들 떨렸다.

"당신, 생각은 하고 말하는 거야? 아니면 아무 생각 없이 내뱉는 거야?"

"생각하고서 하는 말이에요. 오늘은 내가 어떤 생각을 했는지 당신은 상상도 못할 거예요. 어떤 생각을 하며 당신 뒤를 쫓아왔는지."

류코의 눈물이 겨우 그쳤고, 목소리도 분명해졌다. 류코는 그런 자신의 목소리가 낯설었다. 마치 다른 사람의 목소리인 것 같아 재빨리 그 목소리를 삼키며, 게이지를 보았다. 갑자기 어떤 감각이 엄청난 힘으로 그녀의 육체 위를 덮쳤다. 류코는 그 힘을 어떻게 할 수 없었다. 팔다리에 경련이 일어나고 숨이 가빠졌다. 류코는 입술을 깨물면서 계속 게이지의 얼굴을 뚫어져라 쳐다보았다.

"나는 어떻게서든 헤어지려고 했어. 이제 더 이상 안 보며 살자고 생각했지."

"날 죽이겠다고 하지 않았어요? 왜 그렇게 하지 않았어요? 그런 생각이라면 죽여요. 죽여버려요. 그러는 편이 나아요. 당신에게 죽든지, 아니면 그보다 더 심한 꼴을 당하는 게 나아요. 그 이상 어쩔 수 없는 참혹한 상황 말이에요."

류코는 자신의 손을 꽉 쥐고, 게이지에게 몸을 들이대며 말을 이어갔다. 몸이 바짝바짝 긴장되고 진땀이 났다. 차라리 누군가 자신의 몸을 타오르는 불 속에 던져주기를 바라기라도 하는 듯 초조하고 애가 탔다.

"불에 태워 죽여줘요."

류코는 낮고 강한 목소리로 이렇게 말하고, 자신의 몸을 게이지에게 바짝 대고 몇 번이고 밀치듯 했다. 그 바람에 게이지의 몸이 좌우로 흔들렸지만, 그는 그저 가만히 있었다.

"모르겠어."

"뭘 모른다는 거예요? 이미 알고 있잖아요. 나도 잘 알고 있어요."

"난 모르겠어. 집으로 돌아가지 않겠다고 했지만, 사실은 그게 아니었어. 내일이라도, 아니 오늘 아침에라도 되돌아갈까 생각했어. 아무래도 당신을 그대로 두면 안 될 것 같은 기분이 들었어."

게이지는 강렬한 눈빛으로 류코를 바라보았다. 입 언저리에는 창백한 미소가 감돌고 있었다. 그 미소를 본 류코의 눈이 순간적으로 모멸의 빛을 품고 힐끗 움직였다. 류코의 마음이 한순간에 차갑게 식으며 생각이 분명해졌다. 류코는 잠시 입을 다물고 있었다.

"어떤 생각을 하며 당신이 내 뒤를 쫓아왔을까, 집을 나선 뒤부터 내가 얼마나 많은 생각을 했을까? 당신은 이 두 가지를 비교해서 생각할 수 있겠어?"

류코는 그 말의 의미를 게이지의 얼굴에서 읽어내려는 듯 비웃음을 담은 눈으로 꼼짝 않고 바라보았다.

"당신은 내게 고통을 주었어. 난 이제 아무것도 할 수 없어. 난 행복해질 수 없어."

증오받아 마땅한 여자다. 게이지는 다시 이런 생각을 마음속으로 되풀이했다.

"당신은 지금 자신이 저지른 일을 후회는 하고 있는 건가?"

"아니요. 후회 따위 하지 않아요. 절대로."

류코는 차갑게 대답했다. 몸을 비스듬히 게이지로부터 약간 떨어뜨리는 바람에 왼쪽 어깨가 올라가 보였다.

"후회하지 않는다고? 그렇군. 그렇다면 모든 게 끝났군."

게이지는 꺼질 듯한 목소리로 말했다. 게이지는 류코의 마음 밑바닥에 도사린 그늘에 둘둘 감긴 적의를 본 것 같았다. 이 여자를 어떻게 하면 좋을까? 게이지는 류코의 머리채를 잡고 깊은 바닥으로 쑥 떨어지는 듯한 무거운 음울함에 사로잡힌 채, 손가락 하나 까딱하지 않고 가만히 있었다.

"오늘 아침 아버지가 계신 곳으로 떠날 작정이었어요."

류코의 목소리가 낮고 쓸쓸하게 울렸다. 게이지의 눈동자가 갑자기 흔들렸다.

"당신에게 살해당할까봐 무서웠어요. 무서워 견딜 수가 없었어요. 그래서 도망쳐버릴까 생각했던 거예요. 만약 그대로 떠나 당신 뒤를 쫓아오지 않았다면, 당신은 어떻게 했을까요?"

"도쿄로 돌아갔을지도 모르지. 아니 돌아갔을 게 뻔해. 그리고 당신을 찾아다녔을 거야."

"좀 전 K역 정류장에서 당신을 발견했을 때도 갑자기 당신을 만나고 싶지 않아졌어요. 그대로 돌아가버릴까 생각했어요. 하지만 역시 따라왔네요."

류코는 말을 멈추고 잠시 생각했다.

"이번 일은 후회만 하면 되는 건가요? 당신에게 사과만 하면 되는 일 인가요?"

"그렇게 해주지 않으면, 난 당신을 용서할 수 없어. 당신의 진실을 인 정할 수 없어."

"그래요? 그렇다면 용서받지 않아도 돼요. 나쁜 일을 저지른 여자인 채로 당신에게 복수당하겠어요."

류코는 웃으려고 했지만 웃을 수가 없었다. 가슴이 미어지고, 눈물이 펑펑 쏟아졌다.

"어떤 일이라도 당할게요. 당신 좋을 대로 해요. 내가 저지른 일이 당 신에게 그렇게 고통스러웠다면, 어떤 복수라도 받겠어요. 좋을 대로 해 요. 하지만 난 결코 후회하지 않아요. 내가 한 일을."

류코는 결심한 듯 굳은 표정으로 말을 끝냈다.

'가책을 느끼는 건가? 그 일 때문에?'

류코는 자신의 마음에게 물어보았다. 그렇다. 그 일 때문에 확실히 자 신의 마음은 스스로를 책망했다. 아니, 책망했다기보다는 스스로에게 부끄러웠다. 사랑의 말을 한쪽에 보내면서, 두 남자 중 어느 쪽에도 확 실히 선을 긋지 못했다는 사실이 비겁하게 느껴져 부끄러웠던 것이다. 한 사람에게 마음을 빼앗기면서, 다른 사람에게도 마음이 남아 있었다. 그것은 한 사람을 속이고, 또 다른 한 사람을 우롱한 것이었다. 그런 행 동을 돌이켜보는 류코의 마음은 스스로를 끈질기게 책망했다. 결국 자신은 양쪽 모두에게 나쁜 짓을 했다는 생각이 들었다. 그녀는 자신의 장난을 생각하며 괴로워했다. 동시에 양쪽에 거짓말을 했고, 동시에 두 사람에게 집착하며 두 사람 모두의 영혼을 짓밟았다. 내가 한쪽에게 몸을 허락하지 않았다는 것은 이 일을 너그럽게 보아줄 어떤 조건도 되지 못했다.

'하지만 내가 게이지 앞에서 참회해야 하는 것은 아니야. 결코 그런 일은 하지 않을 거야. 그러긴 싫어. 내가 했던 행동도, 남자에 대한 내 사랑도 모두 나의 것이야. 내가 왜 게이지에게 후회하는 마음을 보여주어야 해? 그렇게까지 해서 게이지의 마음을 얻고 싶지 않아. 내가 이 사람을 사랑한다고 스스로 생각하고 있다면, 그것으로 괜찮은 거야. 그 사랑을 후회하거나 참회할 필요 없어. 게이지로부터 후회하라고 강요당하는 것은 너무도 모욕적이야. 싫어. 나는 어떤 것도 게이지로부터 용서받아야 한다고 생각하지 않아.'

류코의 생각은 점점 묵직하게 마음의 밑바닥으로 가라앉았다. 집을 나올 때 그렇게나 게이지가 그리웠던 것을 다시 떠올리자 슬픔이 다가왔다. 눈물이 흐르고, 또 흘렀다. 복수당할 때까지 게이지 옆에서 기다렸다가 가만히 지켜보리라. 어떤 복수라도 감수할 것이다. 오늘 아침처럼 복수가 두려워 도망치려 했던 비겁한 행동은 절대 하지 않을 것이다. 복수당할 때까지 가만히 있을 것이다. 그리고 조용히 당할 것이다. 류코는 그렇게 해야지만, 자신의 입장이 분명해져 오히려 마음이 편할 것이라고 생각했다.

류코가 다음 날 아침 일찍 혼자 도쿄로 돌아가기로 결심할 때까지 두 사람은 오랫동안 말이 없었다. 복도의 덧문이 바람에 덜컹거렸다. 몸이 심하게 야윈 여종업원이 와서 필요한 게 없는지 물어보고는 다시 나갔다.

"왜 그런 짓을 한 거지?"

게이지가 갑자기 거칠게 내뿜는 듯한 목소리로 물었다. 류코는 돌아보지 않았다. 이 남자와는 더 이상 말을 섞을 필요가 없다고 생각했기 때문이다.

"불쌍히 여겨줘. 나를."

게이지의 눈에서 눈물이 떨어지고 있었다. 그는 팔짱을 긴 채 흐느끼고 있었다.

6

게이지는 아직 깊은 잠을 자고 있었다.

류코는 일어나 복도에 서서 밖을 바라보았다. 맞은편에 정류장 지붕이 보였다. 그 지붕 뒤로 산이 솟아 있었다. 산등성이 윤곽이 하늘을 가로질러 파도치듯 눈앞에 펼쳐졌다. 하늘은 납빛으로 흐렸다.

류코는 산을 바라보았다. 산과 그 아래 지붕들 사이에서 한 줄기 짙은 연기가 조금 오른쪽으로 감겨 올라가고 있었다. 그것을 물끄러미 바라보는 그녀의 마음은 우울했다. 주위 풍경처럼 그저 어둠만이 마음을 감싸고 있었다. 류코는 다시 안으로 들어가 장지문을 닫았다.

기차 소리와 자동차 소리가 멀리 하늘을 가로지르며 사라졌다. 남자인지 여자인지 알 수 없는 아이들이 부르는 사투리 섞인 노래가 바로 아래층에서 들려왔다. 주변 방들은 어젯밤처럼 조용했다.

류코는 게이지 쪽을 보지 않고 요기의 소매에 손을 넣은 채 앉아 있었다. 그리고 남자의 눈물을 본 순간부터 그동안 쌓아왔던 정이 꿈처럼 허물어져버렸다고 생각했다. 류코는 그냥 마음을 닫았다. 색도 빛도 사라진 것 같은 쓸쓸함을 가지고 깨어진 사랑을 헛되이 이어보려는 자신을 느끼며, 그것을 조용히 바라보았다.

류코는 가만히 있을 수 없어 다시 일어났다. 그리고 뒤쪽 창문을 열어 밖을 보았다. 여관의 한 모퉁이를 돌아 작은 개울물이 바로 눈 아래에서 졸졸 흐르고 있었다. 깨끗한 물이었다.

'시냇물은 왜 저리도 졸졸 흔들리는 걸까' 하고 류코는 생각했다. 다시 하늘을 보니 아직도 납빛으로 흐려 있었다. 류코는 몸을 쭉 뻗어 담 밖으로 마을의 집들이 늘어서 있는 것을 보았다. 가게 이름이 가나로 적힌 종이 행등 하나가 작은 식당에 걸려 있었다. 어젯밤 게이지와 걸었던 좁은 골목길이라고 류코는 생각했다. 그 길을 곧바로 따라가면 작은 다리가 나올 것이다. 그 다리 위에서 구름에 가린 반달을 보았다. 차가운 바람이 살을 에일 듯 불었다. 류코는 창을 닫고 다시 어두운 방 안에 앉았다. 노란 요기의 줄무늬와 게이지가 벗어 던진 도테라(褞袍, 솜을 두껍게 넣은 소매 넓은 방한용 실내복)의 쥐색이 류코의 눈에 음울하게 비쳤다.

류코는 곧바로 기차를 타고 도쿄로 돌아가고 싶어졌다. 게이지 옆에 단 한 시간이라도 이렇게 앉아 있는 게 견딜 수 없이 싫었다. 그래서 게이지를 깨우려고 눈을 돌렸지만, 잘 자는 모습을 보자 이대로 여관을 나가야겠다고 결심했다. 류코는 아래층으로 내려가 욕실에서 머리를 빗고 세수를 했다.

"눈이 오네."

"눈이다."

계산대 쪽에서 들리는 목소리였다.

2층으로 올라온 류코는 복도에 서서 내리는 눈을 보았다. 아무것도 없이 투명했던 허공이 재처럼 날리는 눈송이들로 메워지고 있었다. 눈은 바람에 마구 흩날렸다.

다음 기차가 출발할 때까지 아직 두 시간이나 남았다는 말을 아래층에서 들었다. 류코는 그동안 어떻게 마음을 달래며 보낼지를 생각하면서 방으로 들어와 옷을 고쳐 입었다. 게이지가 일어나 돌아앉으며 류코 쪽을 보았다.

류코는 그것을 느꼈지만, 아무 말도 하지 않았다. 게이지는 이부자리에서 일어나 그대로 복도 밖으로 나갔다. 자신이 하려는 일을 방해하는 미운 그림자같이 느껴져, 류코는 게이지가 방을 나가는 뒷모습을 지켜보았다.

"무슨 일이 있어도 돌아갈 거야."

류코는 이렇게 결심하며, 하오리 끈을 묶었다.

류코가 지금 곧 도쿄로 돌아가겠다고 하자, 게이지는 "그러는 편이 좋겠지."라며 반대하지 않았다.

"당신은?"

"난 2, 3일 정도 동생 집에 머물 생각이야."

게이지는 가라앉은 목소리로 낮게 말했다.

게이지는 좀 전 눈을 떴을 때 류코와 함께 4, 5일 여행을 다니고 싶다고 생각했다. 류코도 분명히 그 계획을 좋아할 거라고 믿었다. 여행을 떠나 마음을 달래다 보면 자연스럽게 자신의 질투도 수그러들 것이고, 류코도 자신의 집착에 괴로울 일이 없어져 당분간은 모든 것을 잊고 예전으로 돌아갈 수 있을 것이다. 게이지는 이런 생각을 하며, 새로운 기쁨으로 충만해 눈을 떴다. 그리고 잠자리에서 일어났다.

그런데 뜻밖에 류코가 도쿄로 돌아가겠다고 하자 갑자기 속이 뒤집힐 듯했고, 불쾌한 상상이 펼쳐졌다. 의혹의 검은 구름이 마음을 덮었고, 위협이라도 당한 듯 신경이 전율했다. 겨드랑이 아래에서 식은땀이 흘렀다.

게이지는 퀭한 눈을 내리깔고 마음속으로 무언가를 꾸미고 있었다.

"그럼 그렇게 해요. 집으로 돌아가 기다리고 있을게요."

류코의 목소리가 평소처럼 명쾌하게 들리자 게이지의 마음속에선 반감이 일어났다. 게이지는 아무런 대꾸도 하지 않았다.

두 사람은 밥상을 마주하고 늦은 아침을 먹었다. 시각은 벌써 정오를 지났다. 여종업원이 장지문을 여닫을 때마다 밖에서 내리는 눈이 보였다. 바라보고 있는 동안에도 눈은 점점 더 많이 내려 쌓일 것 같았다.

'일단 다른 사람을 사랑한 여자야.'

게이지는 끊임없이 이 생각을 되풀이했다.

류코는 침묵하고 있는 자신의 머릿속에서 어떤 번뇌가 가만히 검은 그림자를 끌고 다니며 주변을 덮으며 퍼지는 것을 느꼈다. 그 어두운 그림자 속에 류코의 정서를 자극하는 남자의 목소리가 숨어 있었다. 햇살을 우울한 눈빛으로 바라보는 아름다운 남자의 눈이 숨어 있었다. 류코는 자신의 눈짓으로 그것을 떨쳐내기라도 할 것처럼 이따금 하늘을 보면서 눈을 깜빡거렸다. 류코의 가슴은 점점 벗어나기 어려운 번민으로 가득 차올랐다.

"이렇게 눈이 오는데 가는 건가?"

갑자기 게이지의 목소리가 들렸다. 류코는 멍하니 "네." 하고 대답했다.

"하루 더 여기서 묵고 가면 어때?"

급하게 류코의 마음에 매달리려는 듯 그 목소리가 부들부들 떨렸다. 하지만 류코는 마음으로 그것을 강하게 물리쳤다.

"아니, 돌아갈게요. 당신은 나중에 오세요. 며칠 더 묵으려면 묵고요."

류코는 게이지의 얼굴을 보지 않고 말했다.

게이지는 모든 것을 단념했다는 듯 일어나 창 쪽으로 걸어갔다. 그리고 창문을 열더니 끝도 없이 내리는 눈을 바라보았다.

조금 전에 류코가 그곳을 바라보며 어젯밤의 정경을 떠올린 것처럼, 게이지도 처마가 낮은 찻집이 늘어서 있는 거리를 보며 어젯밤의 일을 되돌아보았다.

게이지는 그때 류코를 버리고 곧바로 가버릴 작정이었다. 자신의 뒤를 쫓아온 그녀를 보고 의외라고는 생각했지만, 다시는 말을 하지 않을 작정으로 이 마을 길을 걸었다. 여자의 얼굴을 보자, 곧바로 여자를 버릴 각오를 했던 터였다.

게이지는 그때부터 자신의 마음이 지나온 길을 한 번 더 돌아보았다. 거기에는 여자의 손에 질질 끌려다니는 미련한 모습이 남아 있었다. 그리고 자신에게는 육체만 남겨둔 듯한 여자의 모습도 남아 있었다.

"난 바로 동생 집으로 갈 거야."

게이지는 창을 닫으면서 이렇게 말했다. 창으로 불어든 차가운 바람에 몸을 떨던 류코가 창백한 얼굴을 들어 게이지를 바라보았다. 어쩐지 이것으로 이별인 것 같아 류코는 결국 슬픔에 사로잡혔다. 하지만 감정을 억누르며 미소 띤 눈으로 게이지가 자기 앞으로 걸어오는 것을 맞이했다. 웃고 있는 눈가에 미미하게 거짓 주름이 잡혀 있었다.

"당신은 지금 바로 떠나는 건가?"

"아직 한 시간 정도 남았어요."

게이지는 여종업원을 불러, 동생이 사는 A마을까지 태워다줄 인력거를 부탁했다. 그러고선 계속 아무런 말도 하지 않았다.

"2, 3일 지나 꼭 돌아오세요. 그때까지 조금 떨어져 있는 게 좋겠죠. 우리 두 사람… 당신도 그동안 생각할 시간을 가지세요. 나도 생각할 테니…"

류코가 말했다.

류코는 게이지와 떨어져 잠시 혼자 있고 싶은 마음이 가득했기 때문에 오히려 잘 됐다고 생각했다. 지금 게이지와 떨어져 혼자가 되면, 어떤 결정을 내려야 할지가 확실해질 것이다. 자신은 그에 따라 누구의 참견도 받지 않고 잘 판단해서 행동할 수 있을 것 같았다.

아직 어떤 결정이 될지는 몰랐다. 게이지와의 이별? 새로운 사랑과의 이별? 류코는 빨리 혼자가 되고 싶다고 생각했다. 그리고 이 혼란스러운 감정부터 진정시켜야 한다고 생각하며, 침울한 모습으로 게이지 앞에 앉아 있었다.

인력거가 곧바로 왔다. 게이지는 외투를 걸치며, "그럼." 하고 류코에게 인사를 했다. 류코는 고개를 살짝 숙이며 가볍게 인사했지만, 그저 슬프기만 할 뿐 말은 나오지 않았다. 자신의 얼굴을 뚫어지게 쳐다보는 게이지의 눈에 언뜻 강렬한 빛이 스쳤다. 게이지는 방을 나갔다.

7

열차는 눈을 맞으며 달리고 있었다. 눈보라가 모든 것을 어딘가로 휩쓸어가는 것처럼 보였다. 숲도 산도 들도 나무도 모두 눈보라에 말려 올라가 사라지고 있었다. 때때로 흐르는 강물이 눈보라를 뚫고, 드문드문 광물의 결정처럼 보이는 검은색을 드러냈다. 류코는 창문에 얼굴을 가까이 대고 펑펑 쏟아지는 눈을 하나하나 바라보았다. 창밖에 아주 작은 물방울이 맺혀 있었다.

열차가 서는 정류장마다 눈을 소복이 뒤집어쓴 사람들이 여기저기에 흩어져 있었다. 열차는 눈보라를 뚫고 왔다고 과시하듯 거만하고 웅장

한 모습으로 하나씩 하나씩 정류장으로 들어왔다. 그리고 의기양양하게 또다시 눈을 헤치고 나아가려 하자 그 주변에서 사람들은 한결같은 모습으로 고개를 들어 배웅하고 있었다. 누구나 생기 가득한 빛이 눈에서 넘쳐흐르는 것처럼 보였다.

류코는 이따금씩 차창에 얼굴을 기대고, 바깥 풍경에 마음을 빼앗겼다. 따뜻한 스팀이 발끝에서부터 피부에 익숙하게 감겼고, 피가 똑똑 소리를 내며 온몸으로 흐르는 기분이 들었다. 이 칸에는 류코 외에는 아무도 없었다.

류코는 대담하게 어떤 생각 속으로 마음을 깊이 담가버렸다. 그 생각은 부드럽고 조심스럽게 한쪽 끝에서부터 마음을 물들이고 있었다. 가벼운 미소가 그녀의 온몸으로 흐르는 피에 희미하게 동요를 일으켰다.

"나를 버리지 말아요. 무슨 일이 있어도."

남자의 목소리가 젊고 생기 있게 울렸다. 누구일까? 류코의 피가 또다시 부드럽게 흔들렸다.

"버리지 않아요. 당신을 버려야 한다면, 내 자신을 버릴 거예요."

이번엔 여자의 목소리가 목소리가 젊고 생기 있게 울렸다. 이번엔 또 누구일까?

여자는 비둘기를 소맷자락으로 감싸고 있었다. 두 사람 주위에 모여든 많은 비둘기들 중 한 마리가 갑자기 여자의 품으로 파고들었다. 여자는 그 당돌한 비둘기의 사랑에 놀라면서, 꼭 안아주며 부리에 입을 맞추었다.

"빨리 쌀을 꺼내줘봐요."

여자가 비둘기를 소중히 안고, 작은 머리를 쓰다듬으며 남자에게 말했다. 남자는 쌀과 콩이 가득 담긴 작은 토기 그릇을 꺼내어 여자가 품고 있는 비둘기 옆에 가지고 왔다. 여자는 그것을 받아 비둘기에게 먹여주었다. 남자도 기쁜 듯 들여다보고 있었다.

많은 비둘기 무리가 두 사람 주위를 유영하듯 날며 구구, 구구, 하고 울었다. 두 사람은 한동안 그렇게 비둘기와 함께 놀았다.

"귀여운 비둘기예요."

"그렇네요."

돌아가는 길에 두 사람이 나눈 대화는 이 한 마디가 전부였다.

류코의 추억이 아름다운 색을 띤 안개 속에서 엉키듯 계속 떠올랐다. 깊은 번민에 시달리는 남자의 마음이 류코의 마음에 엉키며 집요하게 달라붙었다. 요즘 들어 여자에게서 떨어지지 않으려고 한층 더 달라붙는 남자의 정념이 고통스러울 정도로 애처롭게 류코의 가슴으로 파고들었다. 우울한 빛을 띤 남자의 큰 눈이 문득 자신을 들여다보는 것 같아 류코는 화들짝 놀랐다.

누구의 눈이었을까. 환영 속에서 본 눈은 기억에 없었다. 류코의 가슴이 희미하게 고동치기 시작했다. 문득 자신은 지금 자고 있었던 게 아닐까 생각했다. 그리고 지금까지 의식의 흐름을 더듬듯 되돌아보았다.

피를 요동치게 만들었던 어떤 생각이 꿈이 아니라 그녀의 뇌리에 짙게 남아 있었다. 그녀는 그것을 깨달은 순간 참을 수 없을 정도로 싫은 마음이 들었다. 그런 생각에 사로잡혀 자신이 울적해지는 것도 싫었다. 하지만 그렇게 생각하자마자, 남자의 정념이 절실하고 애달프게 그녀의 마음을 덮쳐와 떠나지 않았다. 류코는 창밖을 보았다. 차가운 눈이 얼굴을 스쳐 옆으로 날리며 떨어졌다.

이 칸의 승객이 점점 늘어갔다. 담배 연기의 강한 냄새가 객차 안으로 퍼졌다. 신문을 넘기는 소리도 들렸다. 뚱뚱한 남자가 떠드는 목소리는 류코의 귀를 시끄럽게 자극했다. 전등이 친숙하고 그윽하게 실내를 비추고 있었다. 밖은 하얗게 빛나는 눈을 남긴 채 점점 저물어갔다.

문득 류코의 마음이 확 열리면서 갑자기 주위가 화사하게 빛났다. 자신의 몸도 정신도 지금 완전히 자신의 것이라는 의식이 튕기듯 강하게 일어났다. 그녀는 자유로운 이 순간을 어찌해야 좋을지 모를 정도로 기뻐 참을 수 없었다. 무엇을 하든 어떤 생각을 하든 괜찮았다. 누구를 버려도 괜찮았고, 누군가에게 버림을 당해도 괜찮았다. 누군가의 정념 때문에 자신의 마음을 괴롭게 하지 않아도 좋았다. 자신에 대해 어떤 생각을 하든, 그것은 그런 생각을 하는 사람의 마음 문제였다. 기만당했다고 생각한다면, 기만당했다고 생각하는 사람의 마음이 그러는 것이다. 조롱당했다고 생각한다면, 조롱당했다고 생각하는 사람의 마음이 그러는 것이다. 류코는 이제부터 마음이 원하는 대로 삶을 이끌어갈 수 있는 크고 넓은 세상으로 나온 듯했고, 용기가 생겼다.

도쿄도 폭설이 내렸다. 기차에서 내린 사람들은 정류장 한 귀퉁이에서 저마다 인력거를 잡고 있었다. 눈속에 삼삼오오 모여 있는 인력거들은 모두 앞 덮개에서 발판 안쪽까지 눈이 들어와 쌓여 있었다. 인력거꾼이 그 눈을 쓸어내며 사람을 태웠다.

"시로카네 산코초(白金三光町)."

"간다(神田)의 니시키초(錦町)."

파란 모자를 쓴 중개인이 행선지를 외치며 인력거꾼을 부르고 있었다. 승객들은 불어닥치는 눈을 피하면서 난처한 모습으로 서성거렸다.

류코는 교외로 갈 전차 정류장까지 태워다줄 인력거를 바로 구할 수 없었다. 결국 눈 속을 뛰어갔다. 삽시간에 머리도 기모노도 버선도 눈에 젖었다. 전차에서 내려 집으로 갈 때도 류코는 눈을 맞으며 걸었다.

교외의 길은 흰 천을 깔아놓은 것 같았다. 걸음을 뗄 때마다 고마게타(駒下駄, 통나무를 깎아 만든 굽 없는 나막신)가 기모노의 옷자락을 밟아 푹푹 눈속으로 빠졌다. 온몸으로 눈을 맞고 있었지만, 그녀의 몸은 따뜻한 온기를 잃지 않고 있었다. 얼굴에만 차가운 눈이 흩날리며 닿는 것이 느껴졌다.

류코는 가끔 하늘을 올려다보거나 언덕에서 멀리 내려다보기도 했다. 하얀 눈이 끝없이 펼쳐져 있었다. 자잘하게 하염없이 내리는 눈이 반짝일 때만 어렴풋이 알아볼 수 있었다. 눈 쌓인 지붕들은 하얗게 내리는 눈 속에서 희미하게 떠 있는 것처럼 보였다.

류코는 언제까지나 이렇게 돌아다니고 싶은 기분이 들었다. 고마게타에 힘을 줘 눈을 꼭꼭 밟아 걸어차며 걸었다. 일부러 깊은 숨을 내쉬며, 불어닥치는 눈바람에 맞서보았다. 하지만 집에 도착했을 때에는 스스로 폭발할 듯한 기운이 뭉쳐 숨이 가빠지더니, 그대로 아득히 멀어지는 것 같았다. 무어라 말로 표현하기 어려운 기분이 되었다. 닫힌 문을 열자, 입구의 조릿대에 쌓였던 눈이 후루룩 떨어져 얼굴을 스쳤다. 겨우 현관에 주저앉았을 때에는 반쯤 정신을 잃은 듯 맥박이 점점 잦아드는 기분 속에서 멍하니 있었다.

류코는 정신을 차린 뒤, 젖은 옷을 모두 벗고 머리를 풀고 자기 방으로 들어갔다. 방에는 등이 환하게 켜져 있었다. 어제 아침 그녀가 모두 버리고 나가려고 했을 때와 똑같은 위치에 물건들이 그대로 있었다. 화장대 위 기름병도 좁은 어깨를 움츠리고 구석에서 빛을 받고 있었다. 그녀는 울고 싶을 정도로 방 안의 모든 것이 사랑스러웠다.

'너희들은 아무것도 모르겠지만, 난 어제부터 오늘까지 생혈을 짜내는 것처럼 고통스러워하며 많은 생각을 했어. 하지만 다시 이 방으로 돌아왔어.'

류코는 이런 생각을 하며, 방 안을 둘러보았다. 그리고 하녀가 준비해준 고타쓰(火燵, 마루청을 뚫거나 틀을 잡은 뒤 그 안에 숯불이나 전기 난로 등을 넣고 위로 이불을 덮은 난방 기구) 안으로 들어가 잠을 잤다. 오랜만에 자신의 유젠(友禅, 화려한 색으로 인물·꽃·새·산수 등의 무늬를 선명하게 염색한 비단) 이불에 포근히 안긴 느낌이 들었다. 잘 길들여놓은 요기도 부드럽게 위로하듯 그녀의 몸에 착 감겼다. 류코는 아무것도 생각하지 않고 밝은 전깃불 아래서 편안하게 잠에 빠져들었다.

꽤나 깊이 잠들었을 무렵, 류코는 머리맡에서 무슨 소리가 나 눈을 떴다. 하녀가 편지를 가지고 온 참이었다. 히로조가 보낸 편지였다.

한 시부터 다섯 시 넘어서까지 기다렸습니다. 왜 오시지 않을
까 생각하고, 또 생각하며, 설마 하는 기대로 한 시간 또 한 시간
기다리다 보니 결국 다섯 시가 지날 때까지 기다리게 되었습니
다. 하지만 오시지 않았습니다. 무슨 일이 있는 건 아닌지 걱정
하고 있습니다. 아픈 건 아니신지요? 곧 답을 해주세요. 그렇지
않으면 내일 한 번 더 그 정류장에서 기다리겠습니다. 오실 수
있으면 와주세요. 기다리고 있겠습니다.

오늘이 그날이었구나. 류코는 날씨가 좋으면 교외로 산책 가자고 히
로조와 약속했던 것이 생각났다. 하지만 류코는 편지를 그대로 던져둔
채 곧 다시 잠들어버렸다.

8

다음 날 아침 류코는 비교적 일찍 눈을 떴다. 하늘은 맑게 개었고, 하
얗게 쌓인 눈 위에서 햇빛이 반짝거렸다. 집 주위에서 눈이 녹아 떨어지
는 물소리가 소란스러웠다.

류코는 몸에서 열이 났지만, 이부자리에서 일어나 창문으로 파란 하
늘을 바라보았다. 햇살이 넘쳐흐르는 하늘은 자신의 입에서 내뿜었던
하얀 것들을 아득하게 내려다보며 웃고 있는 듯했다. 류코는 그 빛에 눈

부셔하며, 거울 앞으로 가 얼굴을 비춰보았다. 어제도 그제도 거울에 얼굴을 비춰본 적은 있었지만, 제대로 들여다보지는 않은 듯했다. 얼굴이 게이지처럼 까칠하지는 않았다. 눈에 어두운 그림자가 지기는 했지만 뺨에도 턱에도 살이 적당히 올라 있었고, 발그레하니 고왔다. 류코는 자신의 손으로 뺨부터 턱까지 어루만져보았다.

류코는 요기를 입은 채 밝은 햇살이 비치는 다다미 방 안을 잠시 여기저기 돌아다녔다.

문득 어젯밤 받은 히로조의 편지가 눈에 띄어 다시 읽어보았다. 어젯밤에는 아무 일도 아니라고 생각했는데, 오늘 아침에는 달랐다. 너무 그가 안쓰럽다는 생각이 들었다. 눈 오는 추운 정류장에서 네 시간이고 다섯 시간이고 기다렸을 모습이 눈에 선했다.

류코는 히로조를 오늘도 바람맞힌 채 두면 안 될 것 같은 생각이 들었다. 분명히 자신을 몇 시간이고 기다릴 것이다. 하지만 어떻게든 해야 한다고 생각하는 류코의 마음 한 귀퉁이로 잔인하고 심술궂은, 자포자기하는 미소가 은근히 번지고 있었다.

결국 류코는 히로조를 바람맞힌 채 그냥 두자고 생각했다. 그녀는 이 편지의 한 구절 한 구절에 담긴 그의 생각을 읽어내는 것도 귀찮고 번거로웠다.

"어찌 되든 상관없어. 어찌 되든 상관없어."

류코는 가슴 깊은 곳에서 이렇게 계속 외치고 있었다. 이 일에 대해 생각하면, 마치 노출된 몸에 물건이 딱 붙어 떨어지지 않는 느낌이었다.

류코는 편지를 마구 구겨 가장자리부터 잘근잘근 씹었다. 그리고 자신이 저지른 일을 그대로 내버려둔 채 스스로를 조소하며 차갑게 바라보았다. 그리고 창을 닫지도 않고, 다시 이부자리 속으로 들어갔다. 밝은 햇살이 가루를 뿌리듯 그녀의 눈 주위로 쏟아져 들어왔다.

류코는 곧 완전히 잠들어 또렷하게 느껴지는 꿈속으로 들어갔다. 꿈이라고 생각되지 않을 정도로 모든 것이 생생하게 움직이고 있었다.

류코는 키 큰 노송나무 울타리를 따라 어떤 골목으로 들어갔다. 이리아라이(入新井)에 있는 히로조의 집으로 갈 작정이었다. 신축 건물 대여섯 채가 동향으로 북향으로 한데 모여 지어진 그 일대의 막다른 곳에 히로조의 집이 있었다. 그 집의 격자문이 그대로 꿈에 나타났다. 류코는 격자문 앞에서 뒤쪽으로 돌아가 우물을 바라보았다.

햇살이 밝게 비쳐드는 우물가에서 히로조의 어머니가 빨래를 하고 있었다. 류코가 말을 걸자 무슨 일인지 그녀 앞으로 다가와 하염없이 울었다.

류코도 슬퍼져 잠시 함께 울었는데 어느 샌가 히로조의 방에서 그와 마주하고 선 자신을 발견했다. 히로조는 끊임없이 일어섰다 앉았다를 반복했다. 히로조의 맨발이 류코의 눈에 생생하게 들어왔다.

류코는 또 울었다. 소리 높여 울었다.

"당신 어머니를 보면 늘 이렇게 슬퍼요. 정말 언제 봐도 좋은 어머니세요."

류코는 이런 말을 할 것 같은 마음으로 계속 울었다. 그리고 전혀 울지 않은 히로조가 미웠다. 두 사람은 그런 어머니에 대한 문제로 언쟁을 벌였다. 히로조는 그 사람이 게이지의 어머니라고 했다.

하지만 류코에게 그녀는 히로조의 어머니로만 보였다. 아무리 보아도 히로조의 어머니와 똑같이 생긴 얼굴이었다. 아주 어두운 구석에 어머니가 앉아 있는 그림자가 보였다. 류코는 거기로 가려고 일어섰지만, 조금도 걸을 수가 없었다. 류코가 "어머니. 어머니." 하고 불러도 그 어머니는 아무 말이 없었다. 히로조가 그런 어머니 옆으로 가서 무언가 이야기를 했다. 류코는 히로조가 어머니와 둘이만 이야기하는 게 분했다. 그래서 자신이 무슨 말이라도 하려고 하자, 히로조가 어느새 자기 옆으로 와 손을 잡으려고 했다. 류코는 그것을 계속 거부하고 있는데, 어머니가 갑자기 눈앞으로 크게 다가왔다. 류코는 기쁜 나머지 자신도 모르게 소리를 지르며 어머니에게 매달리려고 했다. 류코의 꿈은 거기에서 끝났다.

어째서 히로조의 어머니가 꿈에 나타났는지 류코는 알 수 없었다. 류코는 눈을 들어 밝은 방 안을 바라보았다. 꿈에서 보았던 어머니가 그곳에 실제로 앉아 있는 것 같아 그립기도 하고, 어쩐지 기분 나쁘기도 했다.

그때부터 류코의 몸에 열이 더 올라 가물가물 다시 잠이 들었다. 정오가 지날 무렵 손님이 왔다며 하녀가 깨웠다. 찾아온 사람은 히로조였다. 류코는 이부자리에서 나와 히로조를 만났다.

아래층 거실에서 기다리고 있는 히로조의 얼굴은 창백했다. 히로조는 어쩐지 무언가를 서두르는 듯한 표정과 불안한 눈으로 이곳저곳을 쳐다보고 있었다. 류코를 보자 쓸쓸하게 웃고 고개를 가볍게 숙였다. 히로조는 망토도 벗지 않고 앉아 있었다.

"어젯밤 한숨도 못 잤습니다."

히로조는 떨리는 목소리로 그렇게 말했다.

류코는 기모노를 바닥에 질질 끌며 나아가 히로조 앞에 잠시 서 있었다.

"무슨 문제라도 있었나요?"

류코는 마치 딴 얘기를 하는 기분으로 히로조의 얼굴을 보았다. 갑자기 덮친 슬픔에 사로잡힌 듯한 얼굴로 히로조는 아래쪽을 응시하며 아무 말도 하지 않았다.

그 표정이 류코의 눈에 들어왔다. 이 사람은 무엇이 그리 슬픈 것일까 하고, 류코는 생각했다. 꿈에서 본 히로조의 얼굴이 생각났다. 류코는 멍하니 선 채로 가만히 히로조의 얼굴을 들여다보았다.

"찾아와선 안 된다고 생각했지만, 참을 수가 없었습니다. 왜 어제는 안 나오셨어요? 오늘도?"

히로조는 말을 끊고 류코를 올려다보다가 아파 보이는 모습에 갑자기 걱정이 되었다.

"어디 안 좋으세요?"

"네, 조금."

류코는 히로조 앞에 앉을 수가 없었다. 그 앞에 앉아버리는 순간 무언가 자연히 결정될 것 같은 생각이 들었다. 그래서 계속 서 있다가, 이번에는 기모노를 질질 끌며 거실 안을 걷기 시작했다.

"답장이라도 주셨으면 이렇게 걱정은 하지 않았을 텐데."

히로조는 류코를 지켜보면서 중얼거렸다. 그리고 곧바로 일어나 돌아가려고 했다.

"가는 거예요?"

"네. 이제 안심이 되니까요. 얼마나 걱정했는지 모릅니다. 정말 아프시면 몸조리 잘하세요."

히로조는 류코가 자기 앞으로 와주기를 기다렸지만, 류코는 멀리서 아무 말 없이 히로조의 얼굴을 바라볼 뿐이었다.

"갑자기 찾아온 걸 용서해주세요. 네?"

히로조는 자신의 갑작스러운 방문에 류코가 불편해한다고 생각했다. 그래서 용서라도 받으려 응석부리듯 말을 이었다.

"죄송했습니다."

"아니에요."

류코는 고개를 흔들며, 멀리서 움직이지 않았다.

"그럼, 이만 가겠습니다."

히로조는 몹시도 헤어지기 싫어하며 거실을 나가려고 했다.

"기다리세요. 배웅해드릴 테니."

갑자기 류코가 큰 목소리로 말하더니, 그대로 2층으로 올라갔다. 그리고 바로 겉옷을 걸치고 내려왔다. 생각하고 또 생각하며 걷는 듯한 계단 한 계단 내려오는 발걸음이 느렸다.

"몸이 안 좋으시죠? 밖에 나가면 좋지 않을 텐데요."

히로조가 많이 걱정하는 어조로 말하며, 류코의 얼굴을 살피려고 했다. 류코는 아무런 대답도 하지 않고, 먼저 밖으로 나갔다.

눈이 녹아 질퍽한 길을 조심하며 걷느라 한동안 두 사람은 말이 없었다. 류코는 이대로 아무 말도 하지 않고 정류장까지 배웅하려고 했다. 모든 얘기는 편지로 하면 된다고 생각하면서 류코는 문득 걸음을 멈추고 히로조 쪽을 보았다. 히로조는 곧 류코 쪽을 향하며, 그녀가 무슨 말이라도 하기를 기다리는 기색이었다. 그의 입술이 붉고 아름다운 빛을 띠고 있었다. 모자를 벗고 있어 길고 짙은 머리카락이 햇빛을 받아 반짝거렸다. 류코는 자기도 모르게 히로조를 향해 미소를 지었다. 히로조도 희미한 미소로 답했다. 하지만 그 미소를 본 순간, 류코의 가슴에 암울한 그림자가 훅 덮쳐왔다.

"우리 이제 헤어져야 할지도 몰라요."

류코는 결국 이 말을 해버렸다.

히로조는 어떤 예시를 받은 사람처럼 번득이는 눈빛으로 류코를 마주보았다. 류코는 더 이상 말을 이을 수가 없었다.

두 사람은 문이 닫힌 가케자야(掛け茶屋, 길가나 유원지 등에서 의자에 걸터앉아 차를 마시며 쉬는 조그마한 찻집)를 돌아 언덕 위쪽으로 올라갔다. 류코는 나무 울타리가 쳐진 곳에서 서쪽 하늘을 올려다보았다. 눈에 들어온 하늘은 구름 한 점 없이 활짝 개어 있었다. 햇살이 하얀 눈에 반사되어 눈이 아플 정도였다. 즐비한 작은 식당들이 종이 행등을 걸어놓은 거리 쪽 하늘도 맑게 개인 듯했다. 류코는 그저께 세찬바람을 맞으며

그 길을 뛰어가던 자신의 모습을 떠올려보았다. 괴로운 듯도 하고 고통스러운 듯도 한 생각들이 가슴을 아프게 쏘았다.

"무슨 일이 있었던 건 아니지요?"

히로조가 이렇게 말하며 류코 옆으로 바짝 다가갔다.

"이대로 헤어져야 할 만한 일이 있었다면, 당신은 싫으세요?"

류코는 멀리 서쪽 하늘을 바라보며 반문했다.

"네. 싫습니다."

히로조가 분명히 말했다.

류코는 모두 말해버릴까 어쩔까 망설였다. 하지만 그럴 수 없었다. 그저께부터 일어난 모든 것을 얘기할 수 있다 해도, 자신이 게이지를 쫓아갔다는 사실만은 털어놓기 싫었다. 그녀는 생각지도 못한 사랑의 허세를 부리는 게 부끄러웠지만, 어쩔 수 없었다. 류코는 계속 서쪽 하늘을 바라보며 생각에 잠겼다.

"당신과 만나는 게 싫어졌어요. 요즘 들어 무작정…."

류코는 일부러 비아냥거리듯 말했다. 잔인하기도 하고 자포자기에 가깝기도 한 감정이 점점 커지기 시작했다. 조롱하는 듯한 미소가 번지려는 것을 겨우 억누르며, 류코는 히로조 쪽으로 얼굴을 돌리지 않았다.

"왜 그런 말을 하는 건지요?"

히로조는 류코의 말을 사실로 받아들이지 않는 듯한 말투로 조용히 말했다. 손안에 있는 공처럼 여자의 기분을 맞추려는 남자의 온순함이 묻어 있었다. 그것이 예민해진 류코의 기분을 건드려, 발끈 화가 났다.

류코는 다시 걷기 시작했다.

"정류장까지 배웅해줄게요."

"그것보다도 지금 하신 얘기를 마저 들려주세요. 왜 그런 말을 하시는 건지."

"특별한 이유는 없어요."

류코는 처음에 이렇게 말했으나 곧 생각을 바꾸어 덧붙였다.

"그 사람이 모든 걸 알고 있어요."

난폭하게 쏘아붙이는 듯한 말투였다.

"그렇군요."

순간 내뱉는 히로조의 목소리에 불안과 절망이 섞여 있었다. 햇살이 부드럽고 아련하게 두 사람이 가는 길을 비추었다. 이따금 눈 녹은 물방울이 생각지도 못한 곳에서 똑똑 떨어졌다. 히로조는 그 이야기를 자세히 듣고 싶었지만, 류코는 어제 일도 그저께 일도 이야기하려 하지 않았다.

류코와 자신의 사이가 깨졌다는 슬픔이 잠시도 쉬지 않고 히로조의 가슴을 때렸다. 히로조는 류코도 함께 그 사실을 슬퍼해주길 바랐다. 마치 그렇게 해달라고 조르기라도 하듯 류코 쪽을 뚫어져라 쳐다보았다. 그리고 그녀의 얼굴에서 약간이라도 감정이 동요하는 기색을 보고 싶었지만, 류코는 냉정했다. 오히려 밉살스러울 정도로 굳은 표정으로 계속 입을 열지 않았다.

"뭔가 말씀이 없지는 않았겠군요? 노시로 씨는."

"네. 여러 가지 말을 했어요. 호되게 당했지요. 날 죽이겠다고도 했어요."

이 말을 듣고, 히로조는 두 사람의 싸움이 어떠했을지 상상되었다. 어떤 일에도 아직 훈련되지 않은 애송이 같은 히로조의 젊은 마음은 무서운 일격이라도 당한 것처럼 두려움으로 떨렸다. 죽이겠다는 말 한 마디를 제대로 이해하는 것조차 무서웠다. 자기 때문에 그런 무서운 악마의 손길이 류코에게 뻗치리라고는 생각지도 못했다. 두 사람은 말없이 걸었고, 정류장에 도착했다. 류코는 헤어지려고 했다.

"싫어요. 이대로 헤어지는 건."

히로조는 류코의 손에 매달리듯 하며, 떨어지지 않으려고 했다.

"제가 어떻게 하면 좋을까요? 당신은 어떻게 하실 거예요? 제 말이 안 들리나요?"

히로조의 애타는 말에도 류코는 아무 말이 없었다.

"류코 씨, 난 각오하고 있어요. 이제 부모님이나 집 생각은 하지 않을 거예요. 당신 생각대로 할게요. 당신과 헤어지는 건 싫습니다."

히로조는 저쪽으로 고개를 돌리더니, 흰 손수건을 꺼내 눈물을 닦았다. 그리고 손수건을 소맷자락에 넣고는 다시 류코 쪽을 보았다. 눈 언저리가 빨개졌다. 류코는 그 눈을 보고 있었지만, 어떤 감동의 기색도 보이지 않았다.

"아무래도 두 길을 동시에 갈 수는 없으시겠죠. 어느 쪽이든 선택하지 않으면."

히로조는 이렇게 말하면서 아래를 보며 서 있었다. 류코는 정류장을 불쑥 나와 울타리 쪽에서 사방을 둘러보았다. 갑자기 히로조에 대한 혐

오감이 가슴 가득히 차올라 참을 수가 없었다. 왜 그렇게 히로조가 귀찮고 싫어진 건지 류코 자신도 알 수 없었다.

류코는 눈도 마음도 먼 하늘로 던지며 풀어놓았다. 여기서 이대로 어디론가 떠나버리고 싶었다. 자신이 저지른 일에서 멀리 도망가버리고 싶었다. 그것이 비겁하다 해도, 도망가는 것 외에 다른 길이 없는 듯한 기분이 들었다.

남자의 집요한 사랑에 불을 지른 것은 다른 사람이 아니었다. 류코 자신이 그 마음을 유혹했다. 그녀가 남자의 마음을 휘감아 끄집어낸 사랑이 지금 이렇게 불타오르고 있었다. 류코는 그것을 자신의 눈앞에서 분명하게 확인했다. 하지만 "내가 잘못했어요."라고 스스로 반성하는 것조차도 이제 더 이상 귀찮아 견딜 수 없었다.

'귀찮아. 귀찮아.'

그녀는 자신의 머리라도 쥐어뜯고 싶다고 생각하며 울타리를 꼭 붙잡았다.

"어떻게 하면 좋을까요?"

히로조의 목소리가 가까이에서 들렸다.

히로조는 단지 이렇게 말하며 류코를 독촉하려 했다. 그에게 이별은 참을 수 없는 슬픔이었다. 이제 히로조가 기다릴 일은 류코가 자신에게로 도망쳐 오는 것 말고는 없었다. 그것이 단 하나의 바람이었다. 그리고 그로 인해 이 사랑은 더욱 깊어지고 강해지리라 생각했다. 히로조는 류코가 그런 결심을 하지 못해 힘들어하고 있는 게 아닐까 생각했다.

"무슨 생각 하세요?"

류코는 말이 없었다. 가끔 정류장으로 가는 행인들이 두 사람 뒤를 지나쳐갔다. 그 발소리 때문에 두 사람의 마음이 주변으로 흩어져 산만해졌다. 두 사람은 아무 일도 없다는 듯한 얼굴로 하늘을 보거나 앞쪽을 보거나 했다.

"저, 무슨 생각을 하고 계신 거예요? 당신을 죽인다고 했다면 저도 함께 죽임을 당하겠습니다. 무슨 일이 있어도 당신과 헤어지기는 싫습니다. 그렇게 할 수는 없어요. 이제 와서 제가 어떻게…."

류코는 갑자기 가슴 깊은 곳에서 눈물이 터져나올 것 같았다. 하지만 입술을 깨물며 참았다.

"이대로는 돌아갈 수 없어요."

히로조는 그렇게 말했다.

전차가 지나쳐가며 멀어지고 있었다. 류코는 그대로 아무 말도 하지 않고 돌아갈까 생각하며 뒤돌아 히로조의 얼굴을 바라보았다. 히로조의 얼굴에는 류코의 마음을 끌 수밖에 없는 애처로운 슬픔이 떠돌고 있었다. 류코는 또 고개를 떨어뜨리고 눈을 피했다.

햇살이 환하게 빛나고 있었다. 그 빛은 행복이었다.

"계속 이러고 있어도 소용없어요. 오늘은 이만 헤어져요."

류코가 상냥하게 말했다.

"당신은 어떻게 하실 건가요? 난 그게 걱정 돼요."

"걱정하실 건 아무것도 없어요. 편지로 자세히 쓸게요."

류코는 그 말만 말했다. 아버지가 계신 곳에 가려는 결심이 가장 좋은 방법이라고 생각되었다. 내일이라도, 아니 오늘이라도 자신은 역시 모든 것을 버리고 멀리 아버지가 계신 곳으로 가야겠다고 생각했다. 류코의 마음에 사랑의 정취를 자아내는 아련한 슬픔이 흘렀다.

"그럼 잘 가요."

류코가 그렇게 말하는 순간 히로조가 갑자기 무언가에 놀란 목소리로 물었다.

"저기 노시로 씨죠?"

히로조가 숨을 죽이듯 말했다. 류코는 뒤를 돌아보았다. 게이지가 어제 모습 그대로 고마게타를 신고 진흙이 질퍽거리는 길을 조금 앞서 걸어가고 있었다. 게이지는 이쪽을 쳐다보려고도 하지 않았다.

"우리를 못 봤나요?"

류코가 히로조에게 물었다.

"아니요. 당신을 보고 갔어요. 내 얼굴도 봤어요."

히로조의 얼굴은 창백한 빛을 띠었고, 눈도 이상하게 빛나고 있었다. 그는 게이지의 뒷모습에서 눈을 떼지 않았다.

"그럼 당신은 돌아가는 게 좋겠어요."

류코는 억지로 밀어내듯 히로조를 재촉했다.

"노시로 씨가 또 무슨 말을 하시겠지요?"

"상관없어요."

"제가 노시로 씨를 만날게요."

히로조가 결심한 듯 힘을 주어 이렇게 말했다.

"뭐 때문에요?"

류코는 차가운 눈으로 히로조의 얼굴을 보며, 조용히 말을 이었다.

"당신은 돌아가는 편이 좋아요."

류코는 히로조가 게이지를 만나겠다고 한 말이 건방지게 들렸고, 모욕감이 느껴져 불쾌했다.

"돌아가세요. 걱정할 일은 없을 테니까."

류코는 기분 나쁜 내색을 하지 않고, 달래듯 말해주었다.

"정말로 편지 주실 거지요? 걱정이 되니까요."

류코는 가만히 고개를 끄덕였다. 히로조는 류코의 손을 잡고 무언가 호소하듯 눈을 들여다보았다. 하지만 그 마음을 입 밖으로 표현하지는 않은 채 가만히 류코의 손을 놓아주었다. 류코는 히로조를 그대로 두고, 왔던 길로 되돌아갔다.

뜻밖에도 게이지가 길모퉁이에 서 있었다. 류코는 그의 얼굴을 바라보았다. 살기를 품은 눈과 마주치자, 류코는 그 눈을 빤히 쳐다보며 아무 말도 하지 않고 지나가려 했다.

"무얼 하고 있었던 거지?"

게이지가 뒤에서 말을 걸었지만, 류코는 대답하지 않았다.

"어디 가는 거야?"

게이지가 뒤쫓아와 류코의 팔을 꽉 잡았다.

"집에 가요."

류코는 얼굴을 가까이 가져가 게이지의 얼굴을 뚫어져라 쳐다봤다. 가슴이 쿵쿵 뛰고 몸속에서 피가 거친 조수처럼 요동칠 정도로 그의 얼굴이 무서웠다. 그것을 꾹 참으며, 류코는 게이지의 얼굴을 노려보았다.

"놓으세요. 무슨 짓이에요?"

류코는 게이지의 손에서 팔을 빼내려고 몸부림쳤지만, 놓아주지 않았다. 두 사람은 그대로 빠르게 걸어갔다.

"당신이 말한 대로 태워 죽여줄게."

신음하듯 낮게 말하는 게이지의 숨소리가 크고 거칠었다. 류코는 말없이 끌려갔다. 공포가 전신을 덮쳤지만, 류코는 평소와 다른 어떤 힘으로 그것을 눌렀다.

"어떤 일이라도 당하지요. 맞서줄게요."

내 인생에 기적이 일어나는구나. 류코는 조롱하고 멸시하듯 그런 생각을 하며, 하늘을 올려다보았다. 파란 하늘은 행복하게 빛나고 있었다.

단념

.

.

1

도미에(富枝)는 집에 가려고 학교 건물 뒤쪽으로 나갔다. 학생들이 거의 돌아간 뒤였고, 멀리 기숙사 쪽에서 물 쓰는 소리가 들렸다. 화초를 좋아하는 후루이(古井)가 원예 가위를 들고 언덕을 내려가는 모습도 보였다. 도미에는 다른 말은 하지 않고 후루이의 이름을 불러보았다. 후루이는 고개를 휙 돌려 둘러보다 도미에를 발견하고는 방긋 웃더니 다시 걷기 시작했다.

후루이의 올리브색 하카마가 걸을 때마다 차올라갔다. 별로 하얗지 않은 정강이가 흰 버선 위로 조금씩 드러나는 것이 멀리서 보였다. 자신이 키운 꽃을 자랑하듯 기숙사 방마다 꽂아주고 모두가 고맙다며 기뻐하면, 그것으로 만족하는 친구였다. 머지않아 꿈꾸던 정원을 만들어 평생 꽃 속에 파묻혀 살게 되기를 바라고 있었다.

'절대로 세상으로 나서지 마라, 참고 희생해라, 숨어서 힘을 다해 노력하라.'고 가르치는 교장을 후루이는 떠받들고 있었다. 도미에는 문득 궁금했다. 저 친구가 앞으로 그런 가르침을 계속 떠받들까. 아니면 등을 돌리게 될까.

도미에는 오늘 학감으로부터 헛된 명성에 마음을 빼앗겼다고 훈계를 들었다. 그래서인지 평소엔 신경 쓰지 않던 동급생 후루이와 자신의 입장을 흥미롭게 비교해보게 되었다.

"우선 뿌리를 튼튼히 하고 장래에 아름다운 꽃을 피우려고 노력해라. 이것이 우리 학교의 가르침이야. 그 뿌리가 이름을 알리려고 서두르면 꽃을 피울 기회는 사라져."

아사미(淺見) 학감의 낮은 목소리가 교정의 서늘한 바람을 타고 속삭이며, 도미에의 귓속에 다시 울리는 듯했다.

나란히 늘어선 기숙사 2층에서 빨간색과 흰색이 사라졌다 나타났다 했다. 앞치마를 두른 학생이 조리실로 들어가고 있었다. 소학부(사립학교 재단의 초등과정을 가르치는 학교)에 다니는 어린 학생 세 명이 나란히 손을 잡고 기숙사 문을 나오고 있었다. 푸른색과 복숭아색을 띤 헤코오비를 아래로 드리우듯이 매고 있었다. 저렇게 어린 아이들에게 기숙사 생활은 얼마나 외로울까. 도미에는 여느 때와 달리 아이들이 불쌍하게 느껴졌다.

자신은 내일부터 이 학교의 땅을 다시 밟지 않을지도 모른다. 지난 2년 동안 익숙해진 벚나무도 세 번째 봄을 노래할 때에는 보지 못할 터였다. 잎이 노랗게 변하기 시작한 지금이 마지막 이별의 순간이라 생각하자,

학생 신분에는 미련이 없어도 교정을 다시 볼 수 없다는 생각에 아쉬움이 커졌다. 늘 책을 안고 드나들던 도서실 앞 오동나무 쪽으로 가보았다. 도서실 창문에 흰 커튼이 내려져 있었다.

마침 동급생 우에다(上田)가 도미에를 찾다가 이곳으로 왔다.

"벌써 집에 간 줄 알았어."

우에다가 말했다. 아이보리 비누처럼 뽀얀 얼굴의 이마 언저리에 붉은 머리카락이 곱슬거렸다. 이런 우에다를 보고, 혼고(本鄕) 거리의 양품점에 세워놓는 간판 인형 같다고들 했다.

"뭐라고 하셨어?"

우에다가 물었다.

도미에는 대답하지 않았다. 교장을 대신해 학감이 한 말을 별로 친하지도 않은 우에다에게 꼬치꼬치 이야기하고 싶지 않았다. 어쩐지 어린 애 같다는 생각이 들었다. 도미에는 스스로 위엄을 지킨다고 할 정도는 아니지만, 대답을 꺼리는 분위기를 자아내며 서 있었다.

우에다는 다가서며, "우리 학교의 가르침이 어쩌구저쩌구 하면서 뭐라고 하지 않으셨어?" 하고 호기심에 눈을 빛냈다.

도미에는 각본 따위를 썼다는 이유로 학감으로부터 주의를 받았다. 학교에 적을 두고 있는 동안에는 이렇게 간섭받는 것도 당연하다고 도미에는 생각했다. 주장하고 싶은 것이 있어도 여자라는 점을 돌아보며, 매일 이 학교의 교문을 넘어야 한다면, 학감에게 어떤 반항도 할 수는 없었다. 도미에는 학교만 그만두면 된다고 생각했다.

우에다는 네가 학교를 그만두면 문예회가 쓸쓸해질 것이고, 스타를 잃어버리게 되니 안타까운 일이라고 말했다. 친구의 말은 어찌 되었든, 오규노 도미에라는 자신의 이름이 메이지 시대 문예사의 한구석을 차지하게 된 것이 조금 자랑스럽기는 했다. 그리고 드넓은 하늘 아래 문틈으로 새어드는 햇빛처럼 그 이름이 가느다란 한 줄기 광선으로 세상에 드러난 것이 기이하게 생각되었다.

영어 선생님 미세스 스미스가 흰 장갑을 끼면서 정면의 돌계단을 내려왔다. 그녀가 자전거를 끌어내는 것을 기다렸다가 두 사람은 그 뒤에서 나란히 걸어 교문을 나왔다.

자전거를 탄 미세스 스미스의 물색 스커트가 바람을 안은 돛처럼 부풀어 올랐다. 자전거가 지나간 자리에는 모래가 조금씩 꼬리를 그렸다. 미세스 스미스의 목 언저리에서 칼라를 둘러싼 장식이 반짝거렸고, 모자 아래로는 금발 머리카락이 빠져나와 있었다. 새하얀 목덜미가 백옥처럼 아름다워 도미에는 그 모습을 한참 바라보았다.

교문 옆 잡화점 여자가 두 사람을 보고 가게에서 인사를 했다. 그 웃는 얼굴을 보자, 이 여자와도 만날 수 없을지 모른다는 생각에 도미에는 잠시 뒤돌아보았다. 가게의 미술상자 유리문에 우에다의 모습이 비치고 있었다.

"넌 우리 학교가 세워지고 처음으로 이름을 떨친 사람이야. 정말 자랑하기에 충분해."

우에다는 말했다.

도미에는 옆에 걷고 있는 우에다를 보았다. 어깨는 안으로 둥글게 말렸고 등은 구부정했다. 이세사키가스리(伊勢崎絣, 이세사키 시에서 직조되는 견직물)로 만든 홑겹 옷 위에 하카마를 두르고 있었다. 홑겹 옷을 주름투성이로 만든 고시이타(腰板, 하카마의 등허리에 대는 헝겊으로 싼 판자) 위로도 눈길이 갔다.

"근데 어느 정도는 따라해보려 해도 평범한 능력으로는 힘들더라. 천재가 아니면 안 돼. 넌 학교 생활을 하며, 학교 제도의 틀에 맞추어 살아갈 그런 작은 그릇이 아니야. 네가 하고 싶은 대로 하는 편이 좋아. 끝까지 노력해야 해. 응?"

웅크린 듯한 마른 몸을 펴며, 우에다는 열기를 띤 모습으로 말했다. 보따리를 안은 손에 박쥐우산(펼치면 박쥐가 날개를 편 모습과 비슷해 보이는 서양식 우산 겸 양산)까지 옮겨 들고서, 나머지 빈손으로 도미에의 손을 꽉 쥐었다.

"고마워."

자연스럽게 도미에도 감사의 마음이 담긴 눈으로 우에다의 얼굴을 바라보았다. 평소에는 그다지 좋아하던 친구가 아니었다. 오늘 같은 날 우에다의 입에서 이런 말이 나오리라고는 생각조차 못했다. 다른 친구들은 오늘 신문 기사를 보고 나서 묘하게 거리를 두며 가까이 오려고도 하지 않았다. 일종의 타락이라고 하며, 도미에를 경원시하는 얄미운 친구도 있었다. 그런데 우에다는 오히려 호의를 보이며 다가왔기 때문에 의외라고 생각하며, 도미에는 기뻐했다.

"학교를 그만두게 되어도 나랑은 연락하고 지내줘. 너를 스승으로 모실 거야. 나만은 네가 성공하길 빌고 있어. 진심으로."

도미에는 아무 말도 하지 않았다. 이런 때일수록 자신과 말이 잘 통했던 옛 친구가 떠올랐고, 그에게 자신의 마음을 털어놓고 싶다는 생각이 들었다.

"우에다는 미와(三輪)를 기억해?"

우에다가 생각해내려는 듯이 고개를 갸우뚱하자, 귀 뒤의 때가 도미에의 눈길을 가로막았다. 도미에는 조금 옆으로 떨어져 걸음을 서둘렀다.

"아, 겨우 반 학기 정도 다니고 퇴학당한 친구지. 역시 천재 기질이 있었어."

"그랬지."

미간이 좁고 눈이 아름다운 미와의 얼굴을 떠올리자, 도미에는 황홀할 정도로 그녀가 그리웠다. 두 사람은 어느새 큰길로 나와 파출소 앞을 지나 전차가 다니는 쪽으로 향했다.

변두리의 공연장을 지날 때에는 늘 그렇듯 도미에의 가슴에 쓸쓸한 기분이 밀려들었다. 도미에는 그런 기분을 곱씹으며 불쾌한 눈으로 그곳을 뒤돌아보았다. 테두리를 표독스러울 정도로 새빨갛게 두른 간판에 까만 글씨로 '나니와테이(浪花亭, 대중이 좋아하는 창을 들려주는 곳) ○○'라고 씌어 있었다. 간판 앞에는 때 묻은 흰 작업복을 입고 털투성이 정강이를 드러낸 남자가 서서, 숨이 턱에 닿을 듯한 목소리로 "어서 오세요."를 외쳤다.

이런 환한 대낮에 저렇게 낡고 찌들어 그을린 것처럼 어둑어둑한 공연장 안으로 들어가, 나니와부시(浪花節, 반주에 맞춰 의리나 인정을 노래하는 대중적인 창)를 듣는 손님들은 어떤 기분일지 도미에는 생각했다. 우에다는 도미에의 이런 마음을 모른 채 평소 익숙한 가게들의 처마 아래로 무언가를 줍듯이 걸어갔다.

2

골목으로 들어서려던 도미에는 문득 멈추어 섰다. 모퉁이 채소 가게 앞에서 눈에 익은 여자가 뒷모습을 보이며 서 있었기 때문이었다. 초록색 보자기를 마후(양쪽에서 손을 넣어 추위를 막는 외짝 토시)처럼 양손에 칭칭 감은 여자는 말려 올라간 유카타(여름철에 주로 입는 무명 홑옷) 자락 아래로 검붉고 두꺼운 발목을 보이며 서 있었다. 채소 가게 앞의 푸른 야채들은 모두 젖어 있었다.

"오키소. 오키소."

도미에는 살에 옻칠을 한 부채를 입에 바짝 대고서 그녀를 불렀다. 여자는 과장된 몸짓으로 돌아보더니 히요리게타(日和下駄, 비가 오지 않을 때 신는 굽 낮은 나막신)를 신은 발로 날아갈 듯 달려왔다.

"이제 오세요? 오늘은 좀 늦었어요."

오키소는 웃으며 인사했다.

"응. 괜찮으니까 어서 일 봐."

도미에는 이렇게 말하면서, 오키소의 옆머리에 꽂힌 자신의 오래된 고동색 꽃비녀를 보았다. 오키소는 다시 게타의 뒷굽을 보이며, 채소가게로 돌아갔다. 자줏빛 모슬린으로 된 오비의 작은 매듭이 등 한가운데 착 달라붙듯 묶여 있었다.

　나란히 늘어선 가게 중 한 곳에서 차양을 걷자, 이쪽에서도 저쪽에서도 차양을 걷기 시작했다. 또 어딘가에서 물을 뿌리기 시작하자, 그 옆집도 앞집도 물을 뿌리기 시작했다. 단스마치(箪笥町)의 넓은 대로에는 비슷한 크기의 문을 맞추어 단 작은 상점들이 나란히 늘어서 있었다. 해질 무렵 그 길은 도미에의 카사네조리(들메끈이 있는 일본식 샌들)가 푹푹 빠질 정도로 이곳저곳이 질퍽거렸다. 도미에는 오키소의 소맷자락을 잡고 폴짝폴짝 건너뛰듯 걸었다.

　"책 보따리를 들어드릴까요?"

　오키소는 도미에가 박쥐우산과 책 보따리를 한 손으로 안은 것을 보고 물었다. 도미에는 말없이 고개를 저었고, 둘은 이발소 앞을 지났다. 마침 손님의 머리 위로 바리깡을 대고 있던 이발사가 사람들이 지나가는 거리를 내다보았다. 흰 웃옷의 소매를 걷어올린 채 그 뾰족한 기계만이 사뿐사뿐 움직이고 있었다.

　길이 좋아지자 도미에는 오키소를 잡았던 손을 놓았다. 그리고 다시 부채를 입술에 갖다 대고 걸었다. 오키소는 손을 바꾸어 자신과 도미에의 사이에 보따리가 오도록 들었다. 오키소의 손이 흔들흔들하자, 그 파동이 보따리로 전해졌다. 보따리는 도미에의 무릎에 때때로 부딪혔고, 오키소의 무릎에도 그 여파가 전해졌다. 도미에는 보따리를 바라보다가 그것이 오키소의 무릎에 부딪칠 때 눈을 들어 그녀의 얼굴을 보았다. 오키소는 아무것도 모르는 얼굴로 걷고 있었다. 도미에는 그냥 웃었다. 골목 안은 바람이 시원했다. 도미에는 옷깃이 벌어지지 않도록 고정시켜놓은 브로치를 풀었다. 그리고 성긴 견직물로 된 속옷의 여밈도 조금 벌렸다. 골목길의 막다른 집 2층에서 발을 걷고 다다미 방으로 들어가는 사람의 뒷모습이 버드나무 가지 사이로 보였다.

"형부는 집에 있어?"

도미에가 물었다. 오키소는 집에 있다고 대답하며, 부엌 쪽으로 돌아갔다.

집 앞에는 깨끗하게 물이 뿌려져 있었다. 우유함에는 흐린 노란색 물방울이 맺혔다가 떨어지길 반복했다. 10센티미터 정도 열린 쪽문에는 벌써 물을 뿌린 자리가 절반 정도 말라 있었고, 문턱에 고여 흐르는 물은 시원하게 살랑살랑 흔들렸다.

안마당 입구 쪽 나무 문이 열려 있었기 때문에 도미에는 그곳으로 들어가 정원 쪽으로 돌아갔다. 경대 앞에 앉아 화장을 하던 언니 쓰마코(都滿子)는 도미에를 보자 미소를 지었다.

"좀 늦었어."

도미에도 웃으며 말했다. 그리고 울타리 옆 싸리에 걸린 하카마 자락을 휙 하고 잡아 당기면서 툇마루 쪽으로 걸어갔다.

"벌써 목욕했어?"

윤기 있게 반들거리는 언니의 얼굴을 보고는 도미에가 물었다.

쓰마코는 가루 화장분을 두드리고 있었다. 가루가 유카타의 옷깃 언저리에서 흩어졌다. 그녀는 아래로 처진 길고 짙은 눈썹을 한층 더 먹으로 진하게 그리는 버릇이 있었다. 쓸데없는 짓을 한다고 도미에가 늘 놀리듯 말해도, 눈썹을 그리지 않으면 어쩐지 얼굴이 돋보이지 않는 것 같다고 했다. 자연히 눈썹과 균형을 이루려고 분도 진하게 발랐다. 새카만 머리를 크고 둥글게 틀어올리고, 폭을 넓게 해서 잡아올린 앞머리는 이마 위쪽에서 부풀린 뒤 눌러서 딱 붙이고 있었다. 내년에 서른 살이 되는 사람치고는 꽤나 젊게 꾸몄다고 도미에는 언니를 볼 때마다 생각했다.

눈썹을 다 그린 뒤 툇마루 쪽 도미에를 본 쓰마코는 "축하도 할 겸 형부가 널 어디로 데려간대."라고 말했다. 도미에는 툇마루에 걸터앉아 신을 벗지 않은 두 발을 공중에 띄워 놀리면서 "언니도 함께 가지?"라고 물었다.

이웃집 백일홍이 낮잠에서 깬 듯한 얼굴을 하고 담 너머로 올라와 있었다. 해가 머리를 식히러 옆으로 누운 저물녘이 되자 이쪽 정원의 소나무에게로 햇살이 비추었다. 하늘에는 마를 갈아 물에 풀어놓은 듯 흰 구름이 유유히 흘러갔다. 징검돌의 이슬 위로는 더듬이를 길게 내민 귀뚜라미가 폴짝거렸다. 그런 정원 풍경을 바라보며, 도미에는 어느새 가을이 되었다고 생각했다.

아직 나뭇잎은 떨어지지 않고 있지만, 주위의 풍경은 가을을 품어가고 있었다. 툇마루에 놓인 어항에서 목숨을 지탱하고 있는 단 한 마리의 금붕어도 지난여름이 남긴 잔류물로 생각되었다.

"멍하니 무슨 생각을 해?"

쓰마코는 화장을 마치고 일어섰다. 굵은 세로줄무늬가 들어간 유카타가 발에 휘감겼다. 오비를 두르지 않았기 때문에 앞섶이 벌어져 있는데다가 살집이 있는 발그스름한 뒷꿈치가 보여 조금 요염한 분위기를 풍겼다.

"언니, 교장이 대 반대를 하고 있어."

갑자기 도미에는 이렇게 말하며, 바쁜 듯 발을 올려 신을 벗었다.

길다란 화로 옆에 만주을 담은 과자 그릇이 나와 있는 것을 보고 도미에는 엉거주춤한 자세로 하나를 집어 먹기 시작했다. 쓰마코는 손님에게 내갈 것을 먼저 먹었다고 나무라듯 말했다.

"아, 그래? 죄송합니다."

도미에는 장난스럽게 말하며 나머지를 입속에 털어넣었다. 그리고 하카마를 잡아 한데 모은 뒤 칼집 모양으로 오므렸던 발을 뻗으면서 양말 위로 발끝을 어루만졌다.

2층에서 형부가 도미에를 부르는 소리가 들렸다.

"네에."

쓰마코가 대신 새된 목소리로 길게 대답하며, 도미에에게 과자 그릇을 건네주었다.

"가는 길에 이거 들고 가."

도미에는 하카다 산 견직물로 만든 초록색 오비를 잠깐 고쳐 매고는 2층으로 올라갔다.

선풍기를 옆에 두고 형부 료쿠시(錄紫)는 도코노마의 기둥에 기대어 앉았고, 손님은 그 앞에 황송한 듯 앉아 있었다. 손님의 감색 버선 위로 염색하지 않은 흰 비단 매듭이 길게 축 늘어져 있었다. 그 사이로 보이는 흰 무명천 옷자락이 뒤집어졌는데, 간장색으로 변해 있었다.

도미에는 우선 그 뒤로 가 한쪽 무릎을 꿇으며 앉아 손님에게 인사했다. 그러자 손님은 가지고 있던 부채를 앞으로 내밀며 머리를 숙였다. 재떨이의 담뱃재가 그의 작고 마른 귀 언저리로 사뿐히 날아올랐다. 인사를 마친 손님은 부채를 내리더니 그림이 있는 쪽으로 자신의 무릎을 톡톡 두드렸다. 주인도 손님도 난간 아래 무성히 자라는 무화과나무 잎에서 반사된 빛을 받아 얼굴에 초록빛이 감돌았다.

"무슨 기염이라도 토하고 온 건가?"

아래층에서 들려온 도미에의 이야기를 언뜻 들었던 료쿠시는 농담을 하듯 물었다. 착실한 모습으로 아무 대꾸도 하지 않고 왔다고, 도미에는 대답했다.

"오기가 없네."

형부는 웃었다. 그러자 도미에는 이제 학교를 그만둘까 한다고 형부에게 상의를 했다. 료쿠시는 아까울 것도 없으니 그만두고 문학에 전념하는 것이 좋겠다고 했다.

"학교 따위 마음에 담아둘 것 없어."

료쿠시가 말했다. 도미에는 자신도 같은 생각이라는 듯, 이제 다시 교문을 넘지 않을 작정이라고 말했다.

"글 쓴 것이 문제가 되기라도 한 겁니까?"

손님은 이렇게 대화에 끼어들며, 두 사람의 얼굴을 살폈다. 그러자 '내년이면 졸업할 수 있는데 굳이…' 하고 약한 마음이 흔들리면서, 도미에는 어쩐지 아까운 생각이 들었다. 차라리 익명으로 발표해 학교에서 모르게 하고, 졸업한 뒤 문예계에 새롭게 이름을 올리는 편이 나았을지 모른다는 생각에 미련이 남았다.

도미에는 부모가 없었다. 혈육이라고는 고향에 있는 할머니, 언니 쓰마코, 여동생 기에(貴枝), 이렇게 세 명뿐이었다. 게다가 동생은 시노(志野) 집안에 양녀로 갔기 때문에 남이나 마찬가지였다. 언니는 아버지가 살아 있을 때 소메야(染谷) 집안으로 시집왔고, 둘째인 도미에에게 오규노(荻生野) 가문의 대를 잇게 하겠다는 게 돌아가신 아버지의 뜻이었다. 결국 가업을 물려받기 위해 고향인 기후(岐阜)로 돌아가야 했지만, 도쿄 태생인 도미에는 아직 한 번도 그곳에 가본 적이 없었다.

기후에는 친할머니와 아버지의 후처이자 계모인 오이요(お伊豫)가 살았다. 아버지가 죽고 나서 계모는 남편의 뜻에 따라 고향에 내려가 시어머니를 돌보고 있었다. 이제 도미에는 가문의 대를 이어, 의리를 지켜준 계모와 노쇠한 할머니의 마음을 조금이라고 편안하게 해줄 의무를 다해야 했다.

도미에 자매의 아버지는 지방의 부호 아들이었고, 어머니는 그 지역의 예기(芸妓)였다. 아들이 집을 버리고 노모를 남겨둔 채 도쿄로 가버린 것은 모두 예기였던 며느리가 벌인 일이라며, 할머니는 늘 원망했다.

어머니는 기에를 낳던 해에 죽었다. 숨을 거둘 때 세 자매 중 한 명을 고향으로 보내 할머니에게 효도할 수 있게 해달라는 유언을 남겼는데, 그 한 명이 도미에가 된 것이다. 사실 계모인 오이요가 고향으로 내려갈 때 이미 도미에도 기후 사람이 되어야 했다. 하지만 언니 쓰마코는 도미에의 사정을 나 몰라라 하기 싫었고, 도미에도 생판 모르는 시골에 파묻혀 살기 싫었다. 결국 도미에는 쓰마코 집에 머물며 앞으로 2, 3년 더 공부하겠다고 계모에게 졸라 간신히 도쿄에 남았다. 계모는 쓰마코 부부에게 도미에를 부탁하고, 혼자 기후로 내려갔다.

재산 대부분은 아버지가 탕진한 뒤였다. 아는 사람 하나 없는 시골에서 늙은 시어머니를 보살피며 온종일 외롭게 지내는 계모는 도미에를 어디까지나 친자식처럼 의지했다. 그래서 도미에가 돌아올 날만을 기다리고 있었다. 빨리 공부를 마치고 하루라도 서둘러 귀향해 할머니를 안심시켜달라는 편지를 종종 보내오기도 했다.

도미에는 이런 의무를 소홀히 할 생각은 전혀 없었다. 오히려 계모의 뜻을 한시라도 잊어서는 안 된다고 늘 생각하고 있었다. 더욱이 죽은 어머니는 오랫동안 돌보지 않았던 할머니께 대신 효도해달라는 유언까지 남겼다. 도미에는 책임감을 느낄 때마다, 그리고 계모에 대한 동정심이 밀려들 때마다 자신의 몸이 기후에 무거운 쇠사슬로 묶인 것 같은 기분이 들어 우울해졌다.

혼자 힘으로 계모와 할머니를 부양해야 한다. 기후로 돌아가 그곳에서 양자를 늘이기 싫으면, 자신의 힘으로 두 사람을 먹여 살려야 할 것

106

이다. 그러기 위해서는 언제라도 자립할 수 있는 지위와 확고한 근거를 만들어두어야 했다.

대학을 졸업하고 지방 여학교의 교사가 되면 어떨까. 그것이 자신의 목적은 아니지만, 현재 처지에서 그런 소망이라도 없으면 자신만의 인생을 제대로 꾸려갈 수 없을 것이다.

만일 고향에 내려가 있는 사람이 친어머니라면 깊이 생각할 일은 없을 것이다. 하지만 계모는 자신 이외에는 자식도 없고, 고향의 할머니 이외에는 부모도 없었다. 게다가 요즘 교육을 받은 사람도 아니었고, 책을 읽으며 사람의 길이 무엇인지를 생각하는 사람도 아니었다. 어쨌든 도미에는 그런 계모의 희생은 값진 것이라고 생각했다. 그리고 자신도 반드시 계모를 위해 무언가를 희생해야 한다고 각오했다.

도쿄는 재미있었다. 도미에는 도시의 화려한 분위기를 싫어하고 비난하는 사람이 아니었다. 그래서 기후로 내려가지 않아도 된다면, 도쿄를 버릴 생각은 없었다. 하지만 그러기가 어려울 것 같았다. 자기 힘으로 살아가기 위해 대학을 졸업하고, 이것이 3년간 공부한 증거라고 졸업장을 보여주면 할머니는 미워하던 며느리의 배 속에서 어떻게 이런 자랑스러운 손녀가 나왔느냐며 기뻐할 것이다. 계모도 이 애가 내 딸이라며 자랑거리로 삼을 것이다. 도미에는 자신이 이런 일을 해야만 한다고 생각했다. 만일 이것을 무의미하게 여긴다면, 자신은 정말 제멋대로인 사람이라고 생각했다. 그 정도 자각은 할 만큼 영리하게 태어났으니 어쩌겠나 싶어서 도미에는 슬프게 단념하고 있었다.

문학가인 형부 집에 살아서인지 도미에는 글 쓰는 일이 좋았다. 그리고 어느 날 신문에서 현상공모 기사를 읽고 시험 삼아 각본을 투고했고, 그것이 뜻하지 않게 당선되어 올해 안에 무대에까지 올리게 되었다.

돌아보니 그저 신기한 일이었다. 그렇다고 자만하지는 않았지만, 도미에는 자연스럽게 좋아하는 길에 마음을 쏟았고, 학교 공부는 소홀히 했다. 여러 가지 사정을 생각하면 학교를 그만두기 아까웠고, 내키지 않아도 버리지는 못하고 있었다. 그런데 이번에 신문에 도미에가 쓴 작품이 소개되면서 자신의 이름도 학교 이름도 모두 알려지게 되었다. 학감은 이를 두고 도미에가 헛된 이름을 얻으려 한다고 꾸짖으며, 학교의 가르침에 대해 설교했다. 도미에가 반성해야 한다고도 했다.

이제는 학교를 그만두는 수밖에 없었다. 막상 그만두면 걱정은 되면서도, 이름을 얻게 된 문예로 생계를 이어갈 수도 있지 않을까 생각했다.

난간에 걸어놓은 얇은 견직물 속옷이 빙글빙글 바람에 나부끼고 있었다. 그러자 옷감의 무늬인 소용돌이치는 물이 졸졸 흐르는 듯 보였다. 방 안에선 주인도 손님도 자꾸만 사이다를 마시고 있었다.

3

손님과 형부가 앞에서 나란히 걸어갔고, 도미에는 언니와 그 뒤를 따라갔다. 시원한 바람이 언니의 귀밑머리를 살랑거리게 하자, 목덜미에 뿌린 향수와 화장분의 향기가 도미에의 뺨 주위로 훅 끼쳐왔다.

지팡이를 들고 걷는 손님에게 료쿠시가 뭔가를 말하고는 웃고 있었다. 여름용 얇은 하오리가 바람에 흔들리며 나부꼈고, 두 사람이 쓴 밀짚모자와 파나마 모자가 좌우로 기울어지며 서로 멀어졌다 가까워졌다 했다.

"요즘 기에한테 가끔 찾아간다면서?"

언니는 목소리를 낮추어 속삭였다. 팔자걸음이 버릇인 쓰마코는 조금 몸을 앞으로 쭉 내민 듯이 걷고 있었고, 감색 외출복 옷소매가 가볍게 도미에의 허리를 스쳤다.

"그러게 말이야. 기에한테 뭐하러 놀러 가는 걸까?"

"글쎄. 뭐하러 가는 건지는 잘 모르겠어."

"그럼, 설마."

언니를 올려다보는 도미에의 눈에 어떤 의미가 담겨 있었다.

벌써 해가 저물었고, 큰길가에 늘어선 가게마다 등이 아름답게 빛나기 시작했다. 형부와 손님의 뒷모습이 등불 아래서 밝아졌다 어두워졌다 했다.

"그래서 하는 말인데, 기에는 동생이라도 어떻게 하기가 어려워."

이렇게 말하는 쓰마코의 얇은 비단 주반(襦袢, 기모노 속에 입는 홑겹으로 된 옷) 옷깃에서 브로치 알이 반짝거렸다.

"도미에는 괜찮지만."

소리는 나지 않았지만, 쓰마코가 웃고 있는 듯했다.

미와도 자주 나를 만나러 왔는데, 언니가 형부와 수상한 관계라고 소동을 벌인 뒤부터 오지 않게 되었다. 당연히 언니가 괜한 의심을 했던 것이었다. 의심을 살 만한 행동을 하는 형부도 나쁘지만, 언니도 걸핏하면 사람을 의심하는 버릇이 있었다. 기에는 아직 어린애였다. 형부가 어떻게 할 수 없는데도 저런다는 생각이 들었다.

"이번에 기에한테 놀러 가면, 넌지시 어찌된 일인지 물어봐."

"응."

도미에는 일단 대답만 해두었다. 자기 이야기를 하는 줄도 모르고, 형부 료쿠시가 정류장 기둥 옆에 서서, "교바시(京橋) 쪽으로 갈까?" 하고 물었다. 손님은 지팡이로 땅을 통통 두드리고 있었다. 쓰마코는 "그렇게 해요."라고 말하며, 걸음을 조금 서둘렀다. 마침 그때 도착한 전차에 네 사람이 앞서거니 뒤서거니 올라탔다.

승객의 시선이 일시에 네 명에게 집중되었다. 손님은 료쿠시의 옆자리에 앉으면서 가죽 손잡이를 잡았다. 마주 앉은 쓰마코가 그것을 보고 "사실 다카(高)의 글씨는 싫어. 그가 한다 세키치(半田精吉) 씨라면 좋겠지만, 함께 걷는 것도 싫어." 하고 경박하게 말했다. 도미에는 자신은 한다도 싫다고 말하려다가 입을 꾹 다물고 웃기만 했다. 몇 시나 되었나 궁금해 전차 안의 광고 시계를 보려고 했지만, 공교롭게도 비뚤게 붙은 환승표가 가리고 있었다. 손님이 재빨리 그 모습을 알아채고, 은으로 된 회중시계를 꺼냈다. 하지만 도미에는 관심이 없었다. 필요해서 시간을 본 것이 아니라서 굳이 물으려고도 하지 않았다. 손님은 조금 멋쩍어하며 탁 하고 시계 뚜껑을 닫더니 창밖으로 고개를 돌렸다. 네 사람은 우라시이와이초(內幸町)에서 내려 긴자(銀座) 쪽으로 향했다.

파출소의 순사가 빨간 전등빛 아래에서 전기로 춤추는 인형 같은 분위기로 서 있었다. 히비야(日比谷) 공원의 문을 향해 하카마를 입은 두 여학생이 걸어갔다. 공원에 출입문이 있는 곳은 히비야뿐이라고 생각하며, 도미에는 뒤돌아보았다.

"중국요리 먹을까? 응?"

료쿠시는 쓰마코에게 물었다. 어느새 두 사람은 나란히 걷고 있었다. 손님은 옆에 조금 떨어져 변함없이 지팡이를 짚으며 걸었다.

"양식으로 해요. 그치, 도미에?"

뒤에 오는 도미에를 기다리며 걸음을 멈춘 언니는 어리광을 부리는 듯한 목소리를 내고 있었다.

"뭐든 좋아."

"그 오와리초(尾張町)의 중국요릿집으로 하지. 잘 아는 사람이 있어. 미인이 없으면 맛있는 요리를 먹을 수 없다고 생각하는 사람이지."

그런 이야기를 피하려고 도미에는 일부러 뒤에서 천천히 걸었다. 휙부는 바람이 도미에의 옆얼굴을 때렸다. 차 한 대가 도미에 앞쪽으로 달려가더니 이미 네다섯 채의 가게를 지나고 있었다. 차도 소리 나지 않는 것이 더 가치 있다고 생각하며, 도미에는 고무바퀴로 달리는 자동차의 그림자를 눈으로 뒤쫓았다.

차에 탄 사람의 새하얀 목덜미가 눈에 확 들어왔다. 깃고대를 뒤로 당겨 내리고 있어 살짝 처진 어깨선도 보였다. 시마다마게로 둥글게 틀어 올린 머리가 흔들리는 것도 또렷이 보였다. '예기구나'라고 생각하며,

도미에는 다시 한 번 그녀를 보았다.

일반인들은 차에 타면 애써 꾸민 모습이 완전히 묻혀버리고 만다. 하지만 예기나 유녀들은 꾸미지 않은 채로 차에 타도 두드러져 보였다. 일반인들과 그런 점에서 확실히 다르다고 도미에는 감탄했다.

넓고 어두운 거리를 지나자 스키야바시(数寄屋橋)에 이르렀다. 멀리 유라쿠자(有楽座) 앞의 조명이 반짝반짝거리고 있었다. 다리에서 보니 커다랗고 아름다운 오락장 건물이 살아서 움직이며 사방을 지나는 군중의 발을 잡아당기고 있는 듯했다. 어두운 삼각형 첨탑에는 큰 눈이 달려 있고, 양쪽 옆에서 손이라도 나올 듯했다. 도미에는 멀리 어슴푸레 보이는 유라쿠자를 응시하면서 다리를 건너갔다.

식사는 양식으로 정해진 듯 도미에는 '후게쓰(風月)'라는 식당으로 함께 들어갔다. 손님은 침착하지 못한 표정으로 천장을 올려다보거나 식탁 위를 쳐다보거나 하다가 "별로군요. 역시 앉아서 포크를 사용하려면 천장이 높은 편이 좋지요."라고 말했다.

서양인 세 명이 탁자를 둘러싸고 앉아 끊임없이 이야기를 나누고 있다. 마침 그때 계단을 올라오는 남자의 구두 소리가 들렸다. 이어서 지팡이를 우산꽂이에 넣는 소리에 고개를 돌린 료쿠시는 그 남자와 얼굴을 마주보게 되었다.

"이야."

남자의 목소리가 들렸다.

"어떻게 지내십니까?"

료쿠시가 가까이 온 남자에게 물었다.

"아…."

남자는 이 정도로만 대답하고, 옆자리 탁자에 자리를 잡았다.

쓰마코는 남자를 응시했다. 외모가 괜찮다고 생각하는 눈빛이었다. 도미에도 남자를 바라보았다. 남자는 의자에 등을 기대고 앉아 식탁 아래에서 양다리를 쩍 벌린 채 메뉴판을 멀리 놓고 응시했다.

"아마도 양이 푸짐할 거야."

다시 료쿠시가 말을 걸었다. 남자는 손끝으로 이것 이것 하고 주문을 마치고는 "어쩐 일이십니까?" 하고 가무잡잡한 얼굴을 이쪽으로 향했다. 코안경이 전등빛에 반사되었고, 가는 백금 사슬이 흔들렸다. 작은 입가에 웃음이 어려 장난기가 가득했다. 탁자에 다가앉으며 팔짱을 낀 팔에선 커프스 버튼의 다이아가 반짝거렸다. 오렌지색 넥타이는 전등빛에 하얗게 보였다.

"학교 쪽 일은 성공인 것 같습니다."

"배우학교 말입니까? 그런대로 돌아갑니다."

"창립 당시엔 툭하면 곤란한 일이 있었다면서요."

"그랬지요."

남자는 이렇게 말하고 입을 다물었다. 그다지 친하지 않은 사람인가보다 하며 쓰마코는 더욱 빤히 그를 쳐다보았다. 도미에도 이 사람이 말로만 듣던 지하야(千早) 문학사가 아닐까 하며 가만히 눈을 떼지 않았다.

주문한 음식이 나왔다. 서른 언저리의 키가 큰 남자가 나이프와 포크

113

를 앞에 나란히 놓아주고 갔다.

"아무래도 다다미 위에 책상다리로 앉지 않으면 편치가 않아요."

료쿠시 일행은 식사하는 내내 이런 이야기를 했다. 도미에는 탁자 가운데 꽃병에 꽂힌 여름 국화를 손가락으로 튕겼다. 꽃잎이 쓰마코의 손수건 위로 떨어지자, 도미에는 다시 주워 후우 하고 불었다. 옆 탁자의 남자가 그 모습을 바라보았다.

4

후지마(藤間)라고 적힌 처마등 유리에 빗방울이 흘러내리며 물방울을 만들었다. 벽보다 쑥 나온 창에 쳐놓은 발은 다갈색으로 물들어 바람에 달그락달그락 소리를 냈다. 도랑을 덮은 판자 위에는 커다란 꽈리가 진흙투성이가 된 채 뭉개져 붉은 알맹이를 토해내고 있었다.

위협하듯 큰 목소리로 빵을 팔던 장사꾼이 멀어지자, 좁은 신작로는 다시 빗소리에 갇혔다. 두통고(머리 아플 때 귀와 이마 사이의 혈 자리에 주로 붙이는 고약)를 붙이고 한텐(袢纏, 일본 전통 의상 중 작업복으로 많이 입는 짧은 상의)을 입은 여자가 보따리를 들고 무거워하며 걸어갔다. 여자가 입고 있는 한텐의 옷깃에서 입추의 쓸쓸하고 으스스한 추위가 일어나고 있었다.

"같이 가."

격자문 안에서 나는 소리였다. 쓸쓸한 빗소리를 걷어내며, 처마 아래로 맑고 깨끗한 울림을 전해주는 목소리였다.

114

격자문이 드르륵 열렸다. 앞머리를 부풀려 올린 도진마게(唐人髷, 메이지 시대 소녀들이 주로 하던 머리)를 한 아이가 나왔다. 얇고 부드러운 모직으로 만든 긴 홑겹 옷의 소매가 양쪽으로 축 늘어져 있었다. 벗나무 껍질로 만든 쓰마카와(爪皮, 왜나막신 앞에 천 또는 가죽을 대어 진흙이나 물이 튀는 것을 막은 것)를 댓돌 위에 나란히 놓고, 요즘 유행하는 커다란 자노메가사(蛇の目傘, 펼치면 우산 머리를 중심으로 동심원이 그려져 뱀의 눈처럼 보이는 우산)를 활짝 폈다. 우산을 쓰면서 격자문 앞을 떠나자 뒷모습이 보였다. 빨갛게 칠한 게다의 작은 굽에 몸을 지탱하며 팔자걸음을 걷고 있었다.

"나는 전차를 탈 거야."

뒤에 나온 아이가 격자문을 닫으며 말했다.

연노랑 바탕에 여기저기 목단꽃이 그려진 우비를 입고 있었다. 머리를 바짝 조여 묶어 후지산 모양 이마가 선명하게 드러났다. 이목구비는 고왔지만, 살결이 까무잡잡했다. 이마와 머리의 경계 부분에는 화장분이 뭉쳐 있었다.

"그럼 전차 타는 곳까지 같이 가."

도진마게를 한 아이가 그렇게 말했다. 묶은 머리를 한 아이도 우산을 폈고, 두 사람은 나란히 걸어갔다. 우산에 쓴 이름이 흐려져 있었다. 때때로 우산이 부딪히면 두 사람은 놀란 듯 서로 떨어졌다.

"오늘 배운 것 말이야. 어려워서 싫어."

도진마게의 머리카락은 붉은 빛을 띠고 있었지만, 피부는 새하얗고

크림을 녹인 듯 윤이 났다. 부은 듯한 홑꺼풀 눈에 힘을 주고 아래턱을 위턱보다 내밀었다. 그리고 우산대를 부채로 두드리면서 "보오옴과 여름과, 아하 광인일세."하고 몸짓을 했다. 묵으로 음양을 넣어 그린 포도 무늬가 있는 소매가 흔들렸다. 진흙이 옷자락에 튀어올랐다.

"얘. 보오옴 이럴 땐 이런 눈을 하는 거야. 뒤로 눈을 흘깃흘깃 봐야 해."

두 사람은 사람이 붐비는 길거리 한가운데 멈췄다. 도진마게는 얼굴을 비스듬히 기울이더니 옆으로 흘겨보며 눈부시다는 듯 눈을 깜빡거렸다. 위턱보다 내민 아래턱을 다시 한 번 더 내밀었다.

"어때?"

"아니야. 그런 눈이 아니야. 선생님과 달라."

두 사람은 다시 나란히 걷기 시작했다.

"광인의 눈은 도대체 어떤 걸까? 본 적 있어?"

비바람이 옆으로 불어 와서 예쁜 얼굴을 적셨다. 묶은 머리를 한 아이는 우산을 옆으로 했다. 하지만 도진마게는 비가 오는 방향으로 우산을 기울이지 않고, 여전히 뒤로 쓰고 있었다. 소매가 반 정도 이미 젖어버렸다.

"역시 눈은 뜨고 있어."

"그건 그래. 우리가 연기하는 마스카제(松風)도 장님은 아닌걸. 광인이야, 광인."

도진마게는 갑자기 묶은 머리의 어깨를 덥석 깨무는 시늉을 했다. 힘이 넘쳐 아이의 우산이 뒤집어졌다.

"어머, 어머. 젖어버렸어. 장난치면 안 돼."

묶은 머리는 얼굴을 찌푸렸다.

"당신 내게 반한 거 아니야? 잘난 척할 거 없어."

도진마게가 부채로 묶은 머리의 팔꿈치를 찔렀다. 열다섯 살 정도 아이의 입에서 이런 말이 잘도 나왔다.

"하하하하하."

묶은 머리가 웃음을 터뜨렸다.

"제발 부탁이야. 기에한테 반한 것은 아니니까. 내가 맡은 무관(武官)이 기에가 맡은 마스카제에 반한 거야."

"그게 그거지. 내 소매를 잡고 매달린 주제에."

"그럼 기에가 고헤이(業平) 역을 맡았을 때는 어땠었지? 내게 반했잖아."

"그랬었네. 이거 실례했습니다."

둘이서 웃는 얼굴이 모퉁이 가게의 유리문에 비쳤다. 가게 안 구석에선 지배인이 반듯한 자세로 앉아 담배를 피우고 있었다. 통소매로 된 옷을 입은 사환이 매일 무용 수업을 받으러 가는 아이들이 지금 지나가는구나, 하는 얼굴로 내다보았다.

전차가 끽 하고 젖은 소리를 내며 지나갔다. 두 사람은 큰길로 나왔다.

오와리초(尾張町)의 교차로에 멈춰 서자, 묶은 머리는 "안녕." 하는 인사를 건네고 길 건너 빨간 기둥 아래로 서둘러 갔다. 어깨에서 우비의 징근 부분이 사각으로 솟아올라 있었다.

기에도 선로를 건너려고 하는데 큰 종이 우산이 눈앞을 가로막았다. 우산 주인은 두꺼운 무명 천으로 만든 오비의 매듭을 흔들면서 뽐내듯 걸어갔다. 기에는 얄밉다는 듯이 이 모습을 바라보면서 겨우 길을 건너 유미초(弓町) 쪽으로 돌았다.

"기에. 어이."

남자의 목소리가 들렸다.

"형부. 집으로 가요."

기에는 반가운 얼굴로 료쿠시의 인버네스(망토를 두른 듯한 모양의 남자 외투) 옆에 꼭 달라붙었다. 료쿠시의 우산이 반쯤 펴진 채 바람에 흔들렸다.

"형부. 가게로 가는 거예요?"

"안채로 갈 거야. 네가 있는 곳을 찾아온 거야."

입꼬리의 근육이 풀린 듯한 얼굴로 료쿠시는 기에의 얼굴을 한참 들여다보았다.

"아이, 얄미운 형부. 내가 있는 곳따위 찾아와봤자 재미없어요."

기에는 내뱉듯 말하고 빠르게 걷기 시작했다. 얼음 가게의 문이 반쯤 내려와 있고, 밀크셰이크라고 적힌 깃발이 추운 듯 떨고 있었다. 어딘가 에서 튀김 냄새가 흘러나왔다.

"그렇게 서두르지 마. 형부가 싫은 건가?"

"그런 말을 하니까…."

"어떤 말?"

료쿠시는 놀리면서 뒤에서 쫓아갔다. 눈꼬리에 주름이 잡히며, 즐거운 듯 계속 웃고 있었다.

"내가 있는 곳을 찾아왔다고 하니까."

"그게 나쁜 거야?"

"이상하잖아요."

웃음을 참는 듯 기에는 볼을 부풀리고 눈을 가늘게 떴다. 실 가게 앞에 오자, 기에는 안을 들여다보며 인사했다. 아는 집이라고 생각하며, 료쿠시는 조금 떨어져 걸었다.

"형부. 왜 어제는 오지 않았어요?"

이번엔 불만스럽게 뾰로통한 표정을 지으며, 기에는 다시 료쿠시에게 기대듯 붙어섰다.

"일이 있었어. 기다렸나?"

"기다렸잖아요."

눈물이라도 머금은 것 같은 목소리였다.

기다린 것도 아니었고, 오히려 잊어버리고 있었으면서 기에는 사실인 양 그렇게 말했다. 열다섯 살의 유치한 머리에서 어떻게 저렇게 남자를 속이는 말이 나올 수 있는지 료쿠시는 그저 재밌었다.

"형부가 보고 싶었니?"

료쿠시는 시험 삼아 그렇게 물었다.

"네."

기에는 고개를 끄덕이며 길가의 떡과자 가게를 들여다보다가 한 마디 덧붙였다.

"형부. 매일 와요. 내일도 와줘요."

"형부 따위가 온다 해도 소용없잖아. 기에는 이치무라(市村) 극단의 구와쟈쿠(花雀)가 좋잖아."

어떤 대답을 할까 싶어, 료쿠시는 기에의 어깨에 손을 올리고 얼굴을 들여다보았다.

"구와쟈쿠 씨는 구와쟈쿠 씨고, 형부는 형부야."

기에가 잘라 말했다.

둘이 어떻게 다른지 물으려는 순간, 기에는 골목으로 들어가 재빨리 집 앞까지 가버렸다. 그곳이 바로 요릿집(식사와 더불어 여성 종업원이 손님을 접대하는 가게) '아즈마'로 들어가는 뒷문이기도 했다.

"형부, 먼저 들어갈게요."

기에는 격자문으로 들어갔다.

"어서 와요. 비가 오지 않았어요?"

할멈이 갈대발이 쳐진 문을 열고 얼굴만 내밀었다. 기에가 현관에 우산을 던져두고 안으로 들어가자, 할멈은 이불에서 빼낸 솜을 무릎 아래에 덮고 팔베개를 한 채 얼굴만 들었다. 다시 풀을 먹이려고 빨아놓은 이불 홑청은 담뱃재와 함께 널려 있었다. 할멈의 행동을 보아하니 어머니가 없다는 것을 기에는 금방 알아차렸다.

"어디 갔어?"

"어머니는 가게에 계세요."

"그래? 형부가 오셨어."

할멈은 팔에 붙이고 있던 머리를 다시 들었다. 이가 빠져 쏙 들어간 입을 우물거리고, 야윈 얼굴에 치켜올라간 눈만 움직이면서 형부가 어디에 있느냐는 듯한 얼굴로 기에를 보았다.

"오늘은 날씨가 시원하네요."

료쿠시가 슬며시 들어오자, 그제야 할멈은 덮고 있던 것을 내치며 일어났다.

"비 오는 날 용케도 오셨네."

할멈은 억지로 일어나 어지러운 주변을 치우며 일부러 귀찮은 얼굴을 했다. 기에는 할멈의 뒤로 가 "안 치워도 돼."라고 하면서 작은 주먹으로 치는 시늉을 하고, 료쿠시 쪽을 보며 웃었다.

5

"거문고 선생님한테 가야지요. 늦어요."

할멈은 옆방이 조용한 것을 수상히 여기는 말투로 이야기했다.

"어."

큰 소리로 쓸데없는 참견이라고 한 마디 하고 싶었지만, 말은 입안에서만 맴돌다 사라져버렸다. 기에는 료쿠시 옆에서 붓글씨 연습을 하고 있었다. 툇마루 쪽에 쳐놓은 발이 걷히자, 가게로 이어지는 정원이 보였다.

바위굴 위에 안치한 이나리(稲荷, 곡식의 신) 제단이 소나무 쪽으로 그늘을 드리우고 있었다. 제단 앞 작은 계단 위에는 유부를 노랗게 두 장 겹쳐서 올려놓았다. 지장보살 석상이 달걀 모양의 둥근 돌 위에 선 모양이 마치 단풍나무 아래에서 비를 피하는 것처럼 보였다. 마루 끝의 하코니와(箱庭, 상자 안에 만든 정원 모형) 속은 황량한 풍경이었다. 꽂아놓은 작은 소나무도 말라비틀어진 채 버려져 있었다. 벌써 끝물이기는 해도 채송화가 마당 곳곳에 피어 옅은 복숭아빛으로 아름다움을 더하고 있었다. 추적추적 내리는 비로 어두운 정원 안이 뿌옇게 흐렸다.

"쓰레즈레구사, 라고 이렇게 한번에 쓰세요. 그렇게 조각조각 나눠 쓰면 안 돼."

료쿠시가 여성적인 말투로 말했다.

"하지만, 그게 잘 되지 않는걸요."

기에가 어리광을 부렸다. 붓을 쥐고 아래로 숙이자 료쿠시의 얇은 머리카락이 기에의 도진마게에 닿았다. 료쿠시는 기에의 손을 뒤에서 움켜잡고 따라가며, 글씨를 써 내려갔다.

"아. 아파."

기에의 과장된 목소리에 료쿠시가 손을 놓았다. 기에는 알이 네 개 박힌 루비 반지 위로 자신의 손을 문지르며 얼굴을 찡그렸다.

"그렇게 세게 잡으면 아파요. 난폭해요."

"아팠구나. 어디 봐."

료쿠시는 기에의 손을 잡고 살펴보았다.

"이렇게 돼버렸어요."

기에는 반지를 빼서 보여주었다.

"그건 반지 자국인데."

료쿠시는 왠지 젊어진 기분이 들었다. 서른일곱에서 스물을 빼고, 열일곱 살로 돌아간 기분이었다. 오소메히사마스(가부키의 줄거리로 자주 인용되는 비련의 사랑 이야기)의 주인공들은 얼마나 유치한 이야기를 나누며 대단치도 않은 일에 서로 흥분했을까. 문득 그런 생각이 들었다.

"자, 좀 더 연습해봐."

"벌써 많이 했어요. 걱정하지 마세요."

기에는 일부러 거만하고 얄밉게 말하더니 까르르 웃었다. 붓도 종이도 책상 위에 던져버리고, 소매를 접은 한 손을 길게 베개 삼아 그 위에 머리를 대고 옆으로 누웠다. 붉은 비단 속치마가 한쪽 무릎 근처에서 드러났고, 그 아래로 어린애 같은 작은 발이 비어져 나왔다. 료쿠시는 조금 흥이 깨져버렸고, 갑자기 스물 살이나 늙어버렸다. 그래서 소맷자락에 넣어둔 담배를 꺼냈다.

"자, 그만하자."

"거짓말이에요. 거짓말. 가르쳐줘요. 응, 형부, 같이 하자니까."

기에는 누운 채 료쿠시의 소매를 흔들었다. 그리고 갑자기 무언가 발견한 눈으로 말했다.

"어머 어머. 형부, 여기 흰머리."

"어디."

"여기."

기에는 여전히 누운 채 손으로 료쿠시의 머리카락을 가리켰다.

"뽑아줘."

료쿠시는 별로 신경 쓰지 않았다.

"펜치로?"

"펜치? 뭐지 그건?"

"못을 뽑는 거예요. 음, 족집게라고 할 수 있겠네요."

"못뽑이로 뽑아서야 되겠어? 중이 되고 말 거야."

기에는 배가 아플 정도로 웃었다. 너무 웃어서 운 듯한 눈이 되었다. 뺨이 새빨개지고, 하얀 이마에 땀방울이 맺혔다. 귀밑머리가 좁은 옷깃 언저리로 흘러내렸고, 뿌리가 뽑힐 정도로 야무지게 틀어올린 머리가 흐트러졌다. 새빨간 비단으로 된 장식도 매듭이 풀어져 머리 속으로 들어가버리고 말았다.

그때 격자문 열리는 소리가 났다.

"어서 와요."

할멈이 인사하는 소리가 들렸고, 곧 아자부(痲布)의 언니가 왔다고 기에에게 알리러 왔다. 기에는 '어떻게 하지?' 하는 듯한 표정을 짓더니, 이내 "상관없어요."라고 료쿠시에게 소근거렸다.

"상관없다고? 뭐가?"

료쿠시는 일부러 기에의 말을 이해 못 하겠다는 듯한 표정을 지었다.

할멈에게 인사하며 들어온 도미에는 형부를 보더니, 뜻밖이라는 얼굴로 잠깐 말없이 서 있었다. 왠지 모르게 방 안에 있던 두 사람의 얼굴에서 흥이 깨진 빛이 뚜렷해 도미에는 찝찝한 기분이 들었다.

"언니. 그간 왜 뜸했어? 정말 오랜만이야."

기에는 기쁜 듯이 도미에의 옆에 달라붙어 언니의 손을 자신의 어깨에 올리며 휘감았다.

"언니. 언니가 쓴 작품을 연극으로 올린다면서? 어머니가 대단한 일이라고 칭찬했어."

기에는 료쿠시를 잊은 듯한 얼굴로 도미에한테만 매달렸다. 다다미 위에서 발을 쿵쿵거리며 춤추는 아이 흉내를 내기도 하고, 도미에가 코트를 벗어 옷걸이에 걸려고 하자 그것을 빼앗아 자신이 걸어주며 알랑거리는 말도 했다.

"야마토(大和) 극단에서 공연한다며? 나 기뻐서 어쩔 줄 모르겠어."

도미에가 자리에 앉자, 옆으로 다가온 기에가 이번에는 무릎에 달라붙었다.

"정말로 기에는 사람 몸에 밀착하는 것을 좋아해. 덥지 않아?"

도미에는 이렇게 말하면서 료쿠시 쪽을 보았다. 료쿠시는 말없이 기에의 그런 모습을 바라보고 있었다.

기에는 형부에게도 착 달라붙어 있었을까? 두 사람은 지금껏 무엇을 하고 있었을까? 도미에는 이렇게 생각하며 둘의 얼굴을 번갈아 보았다. 문득 기에의 작은 몸을 덥석 움켜진 커다란 손이 보였다.

료쿠시는 집에 가겠다며 마키오비(제대로 매지 않고 허리에 감기만 한 띠)를 고쳐 매고 일어났다. 기에는 '정말 미운 형부야'라는 듯한 눈으로 아래에서 올려다보고 있었다. 그리고 그 눈빛을 언니가 보았으면 싶어 한 번씩 도미에 쪽으로도 눈길을 주었다.

"가시는 거예요, 형부?"

어딘지 엄한 태도로 분명하게 도미에가 말했다.

"가는 거예요, 형부?"

기에도 언니의 말투에 맞춰 심술궂은 목소리로 말했다. 형부보다도 언니가 소중하다고 말하는듯 기에는 확실하게 도미에의 무릎에 매달려 있었다.

어머니가 보고 있지 않으면, 료쿠시가 돌아갈 때마다 기에는 그 손을 잡고 가지 말라고 소동을 벌였다. 등에 업히거나 안기거나 하며 제멋대로 어리광을 부렸다. 오늘은 어머니가 있을 때와 마찬가지로 도미에를 두려워하며, 료쿠시를 배웅하려고도 하지 않았다.

료쿠시는 또 오겠다면서 돌아가버렸다.

"형부는 요즘 매일 오시니?"

료쿠시가 가고 나자, 도미에는 기에에게 물었다.

"응. 요즘은 매일 와. 정말 귀찮은 형부야."

고자질하는 투로 기에가 말했다.

"내 손을 잡아 끌어당긴다거나 뭔가를 해. 무서워서 싫어. 인연의 날이나 그런 때엔 어디를 데려간다고 하면서, 꼭 어두운 곳을 지나가게 만들어. 그리고…."

부끄러운 듯한 얼굴로 울상을 지으며, 기에는 잡고 있는 도미에의 손가락을 튕겼다.

"그리고?"

도미에는 기에를 의심하지 않았다. 지금 하는 말에 기에의 진심이 담겼다고 생각했고, 이토록 순수한 아이를 가지고 노는 료쿠시가 적으로 여겨질 정도로 미웠다.

"그리고 말이야. 뺨에 입을 맞추거나 해. 그러면 언제나 돌려달라고 말했어. 전처럼 깨끗한 뺨으로 말이야."

기에는 열 살 정도의 말투로 이야기하고 있었다. 어쩌면 이렇게 천진난만한 말을 할까. 도미에는 기에가 귀여워 뒤에서 껴안아주었다. 기에는 나긋나긋하게 기대며 입을 모으고 볼을 부풀려 어리광을 부리는 얼굴을 했다.

"형부가 어디 가자고 하셔도 웬만하면 못 간다고 해. 형부니까 상관은 없지만 기에도 이제 숙녀가 될 나이니 스스로 조심해야지. 되도록 남자와 돌아다니지 않도록 해."

기에는 어떤 생각을 하고 있는지 고개를 끄덕끄덕했다. 도미에가 그 가느다란 목을 바라보고 있는데, 저쪽 복도로 양어머니 오라치(お埓)가 보였다. 가게에서 돌아오는 길이었다. 그 뒤로는 또 다른 양녀인 아홉 살짜리 오무쓰가 젊은 여자의 손에 끌려 쫓아왔다. 여자는 무늬가 없고 쪼글쪼글한 비단으로 지은 청회색 옷을 입고 있었다. 등 뒤로는 호박 장식을 단, 검은 바탕에 흰 가을 해당화가 그려진 오비가 작게 매듭지어져 있었다. 머리는 이쵸가에시(뒤꼭지에 높게 묶은 머리를 반으로 나눠 은행잎

모양으로 틀어 붙인 것)로 틀어올렸고, 입에는 나기나타호오즈키(薙刀酸
漿, 참고둥의 알주머니에 구멍을 뚫어 입 안에 넣고 꽈리처럼 부는 것으로, 껌
을 씹는 것과 비슷하다)를 불고 있었다. 피부는 하얗고, 입 근처의 점이 눈
에 띄었다.

살찐 몸을 무겁게 내려놓은 오라치는 한쪽에 내팽겨진 기에의 무용
부채를 집어들더니 펄럭펄럭 부채질을 했다. 작은 눈꺼풀 뒤로 속세의
거친 바람에 맞서온 세월을 감추고 쉽게 빛을 보이려고 하지 않았다. 불
그레한 얼굴에는 늘 느긋한 웃음을 띠고 있었다. 부풀려 틀어올린 머리
한가운데가 조금 벗겨져 꽂아놓은 마키에(蒔絵, 칠기 표면에 금과 은 가루
로 무늬를 넣은 것) 비녀가 떨어지려 했다.

오무쓰는 함께 온 여자가 좋은지 멀리서 인사를 할 뿐, 여자한테서 떨
어지지 않았다. 늘어뜨린 머리와 같은 길이로 빨간 리본이 드리워져 있
었다.

"지마지(千萬次) 씨는 도미에 씨가 처음이지?"

오라치가 여자에게 물었다.

"네."

여자는 대답을 하고 나서, 황금색 담뱃대로 화로 가장자리를 두세 번
두드렸다. 그때마다 둥글게 틀어올린 머리의 뒤통수 부분이 흔들렸다.

"그럼 소개를 해볼까나."

"네? 굳이요? 소개하는 것은 우스워요."

기에가 큰 소리로 말했다.

"우스꽝스럽긴 하네. 꽤나."

오라치가 말하자 모두 크게 웃었다.

"제가 먼저 인사할게요. 무쓰의 언니예요."

지마지가 살짝 고개를 숙였다.

"역시 피를 나눈 자매처럼 보인다니까. 이런저런 일에 서로 힘이 돼."

오라치가 끼어들어 말을 이었다.

"요전에 이야기했지. 이 사람이 쓴 것으로 연극을 한다고. 바로 이 사람이야."

오라치는 자랑스러운 듯 말했다.

"훌륭하세요. 여자분이."

지마지는 담배를 피우면서 도미에를 보았다. 도미에는 자신의 글에 대해 이런저런 말을 하기가 싫어 가만히 있었다. 스스로 자랑하고 싶은 생각도 없었고, 괜히 훌륭하다고 칭찬받는 것이 바보스럽고 우스꽝스러웠다. 사실은 자신의 작품이 그렇게 대단하다고 생각하지도 않았다. 도미에는 속으로 쓸쓸히 웃었다.

"어머니. 에도야의 하나 말이에요. 요전에 손님이 지어준 양장이 3천 원이나 한대요. 정말 부러워요."

지마지는 벌써 이런 이야기를 하기 시작했다.

"뭐야, 약한 소리 하는 거 아니야? 자네도 받아내면 되지."

"내 손님은 구두쇠라 안 돼요. 적당히 요령을 부려봐도 통하지 않아요. 남자에 따라 달라요. 어머니."

"그런 남자를 찾아내는 게 요령이잖아."

"그건… 확실히 한 방 맞았어요. 제가 졌어요."

예기의 웃음은 화려하다고 생각하며, 도미에는 그녀들을 바라보았다. 문에서 차가 멈추는 소리가 났다. 격자문이 열리고 남자가 말하는 소리가 들렸다.

"마이즈루야(舞鶴屋)에서 오셨나요?"

현관에서 하녀의 목소리가 들렸다.

"부인은?"

거만한 젊은 남자의 목소리가 이어졌다.

"아, 산노스케(三之助) 씨! 마이즈루의… 어서 들어오세요."

오라치가 현관 쪽을 돌아보며 큰 소리로 말했다.

"오늘은 바빠서 이만…."

남자가 말했다. 지마지가 짐짓 아는 체하는 얼굴로 나갔다.

발을 드리운 문 너머로 남자의 하얀 하카마가 너풀거렸고, 하오리의 징근 어깨 부위에 검은 가문(家紋)도 보였다.

"일전에는 감사했습니다."

젊은 남자가 말했다.

"들어와요. 아버지 대신 온 거군요."

"예. 오늘은 이만 가보겠습니다."

남자가 부채를 든 손을 앞으로 모으고 고개를 숙이며, "부인께도 안부 전해주십시오." 하고 인사하는 것이 보였다.

"산짱은 화장도 안 했네."

"예. 이 상태에서 멋까지 부리면 여자들이 반할 테니까요."

격자문이 닫히고 지마지가 엷은 오동나무 색 상자를 들고 웃으며 돌아왔다. 발 틈으로 엿보던 기에도 지마지와 함께 돌아왔다.

"재주가 뛰어난 만큼 거만하네요."

지마지가 오라치에게 말했다.

"선생님 댁에 놀러왔을 때에도 거만했어요. 어린 배우라고 모두 놀렸는데 재밌었지요."

"하루미(春彌) 씨 집에도 갔었니?"

"네."

"하루미 씨는 요즘 어때?"

"꾸중만 해서 무서워요."

"엉뚱한 데 화풀이하는 거야."

"예. 다치바나(立花)의 그 사건 말이죠?"

기에가 혀를 쏙 내밀며 말했다.

도미에는 기에가 시끄럽게 수다를 떨자 분위기가 점점 천박해지는 것이 한심해 그 얼굴을 가만히 바라보았다. 이런 사람들 속에서 지내다 보니 자기도 모르게 점점 경박하고 상스러운 사람이 되어가는 것 같은 기에가 애처로웠다. 행동이 가볍고 들뜬 여자들을 따라하며, 어느새 그것이 좋은 일이라고 생각하는 듯했다. 도미에는 어린 기에의 앞날이 위태롭게 느껴졌고, 어쩐지 자신의 책임 같은 생각이 들었다. 남이라고 하면 남이지만, 하나밖에 없는 동생이었다. 기에의 앞날을 망치게 되면 멀리서나마 언니로서 보호해주려던 보람도 없어진다고, 도미에는 진지하게 생각했다. 기에를 성실하고 착한 사람으로 만들려면 이제부터가 중요했다. 벌써 기에의 순수함이 반 정도는 더럽혀졌다는 사실을 도미에는 알아차리지 못했다.

"20일에 발표회야. 언니, 보러 와."

기에는 도미에게 알랑거리는 말투로 이야기했다.

"시바(芝)의 연예관에서 해. 월례 발표회지만 이번엔 큰 작품을 공연해. 멋지게 치를 거래."

"기에는 어떤 역할을 맡았어?"

지마지가 물었다.

"두 역할을 해. 오우미(近江)의 오카네(お兼)도 하고, 고후지(小藤)도 해. 여러 역할을 맡아서 놀랐어. 큰일이야."

다기를 꺼내놓던 오라치가 웃으면서 "잘하니까 어쩔 수 없지. 의상은?" 하고 물었다.

"모두 낡아서 대충 눈속임한 것들이야. 고후지만큼은 뒤쪽을 나가주반(長襦袢, 일본 전통 속옷 중 길이가 긴 것)처럼 만들어도 된다고 해서, 흰 치리멘(縮緬, 오글쪼글하게 가공한 비단)에 홀치기염색을 한 것으로 했어."

"잘했네."

지마지도 들뜬 얼굴을 했다.

"그리고 언니! 마지막은 선생님과 미와 씨가 하는 세키노토(가부키 무용의 하나) 공연이야. 나에게 고마치(세키노토의 등장인물 중 하나)를 시킨다고 하다가 그만두었어. 좀 더 나이가 많아야 된대."

"미와라는 사람 남자?"

"배우. 여배우인데 공부를 꽤 한 사람이래."

그리운 이름을 듣자 도미에는 자기도 모르게 미와에 대한 이야기에 귀를 기울였다. 그리고 미와가 어떤 사람이냐고 물었지만, 기에는 몰랐다. 얼굴이나 외모에 대해 물어도 기에는 단지 "아름다운 여자야."라고 할 뿐이었다.

도미에가 알고 있는 미와도 자주 여배우가 되겠다고 했다. 학교를 그만두고도 도미에한테 종종 찾아왔다. 하지만 쓰마코가 료쿠시와 관계를 의심했기 때문에 미와는 화를 내며 발길을 끊었다. 그래도 도미에한테 미와는 잊을 수 없는 사람이었다. 내가 아는 미와인 것 같다고 하자 모두 도미에를 신기하게 여기는 얼굴이었다.

"내일이라도 그 사람의 정확한 이름이랑 어디 사는지 물어봐줘. 언니가 시켰다고 하지 말고."

"응. 좋아. 물어볼게. 키가 크고, 나한테 재미있게 말을 걸기도 해."

기에는 이제야 생각난 듯 이야기했다.

"몇 살 정도야?"

"언니보다 더 나이 들었어."

"눈이 아름답지 않아?"

"응. 정말 아름다운 여자야. 선생님이 늘 칭찬하셔."

지마지는 그때 오라치 곁으로 가 뭔가 소곤소곤 속삭였다. 그리고 반지를 빼자, 오라치는 "아니, 그러지 말아요."라며 일어서더니 안쪽 다다미방으로 가버렸다.

비가 그치자, 해가 질 무렵 유리창에 햇빛이 스며들어 조금씩 밝아지고 있었다.

6

여자는 《부녀세계(婦女世界)》의 기자, 나카스카사 야에코(仲司八重子)라고 적힌 명함을 내밀며 도미에에게 깊이 머리 숙여 인사했다. 그리고 자신은 아무나 찾아가 취재를 하는 그런 부류는 아니라는 말도 했다. 나카스카사는 이런 종류의 직업을 가진 사람으로선 드물게 머리를 품위 있게 틀어 올리고 있었다. 그런데 머릿결은 나쁘게 말하면 말총 같았다. 윤기 없고 숱 많은 머리가 검어도 너무 검었다. 약간 얽은 자국이 있는 가무잡잡한 얼굴에는 안경을 썼고, 전체적으로 어딘지 격식 있는 자리에 온 듯한 차림새였다. 약간 빛바랜 하늘색 치리멘으로 만든 옷을 입고, 짙은 밤색에 꽃무늬가 새겨진 마루오비(丸帶, 심을 넣어 폭을 넓게 만든 예복용 허리띠로 주로 여성들이 한다)를 높이 맸다. 뾰족한 턱 아래에는 흰 장식용 옷깃이 단정하게 겹쳐져 있었다.

"많이 고생스러우셨겠어요."

나이 어린 사람을 대하면서도 편하게 말하지 못하는 모습을 보고, 도미에는 불쌍하다고 생각하며 동정했다.

작년에 대학을 졸업했기에 도미에에게는 선배였다. 상급생이라고는 해도 최근에 안면을 텄을 뿐, 학교에선 가끔 얼굴을 마주쳐도 인사도 하지 않고 지나치던 사이였다. 그래도 도미에는 재학 시절처럼 선배에 대한 예의를 갖추려 했다.

나카스카사 쪽에서는 도미에를 사회인으로 보고 있었다. 새시대를 맞아 최초로 나타난 가장 유망한 여성 작가로서 도미에를 존경했다. 그리고 극작가로서, 여자로서, 도미에의 입장과 포부를 듣고 싶다는 것이 오늘 찾아온 목적이었다.

"부디 들려주세요."

나카스카사는 느린 말투로 주저하듯 부탁했다.

오키소가 허둥지둥 홍차를 두 잔 쟁반에 담아 내왔다. 도미에는 아침에 약간 추운 듯해 걸쳤던 하오리를 벗어서 오키소에게 건네주었다. 붉은 비단으로 된 하오리의 안감이 다다미에 비친 아침 햇살을 받아 더욱 붉게 타오르는 것 같았다. 맑게 갠 하늘 아래 지글지글 냄비 바닥이 데워지듯 아침 공기도 달아오르고 있었다. 뜰 구석의 맨드라미 꽃이 붉고 건조한 색으로 살랑살랑 흔들리는 모습도 시원하지는 않았다.

"엄마. 인형 머리도 마시멜로처럼 부풀려줘. 시즈 짱 머리도."

"이게 뭐니. 말썽꾸러기. 손대지 말고 얌전히 있어야지. 숙모, 고생하셨어요."

"고생은요. 얌전히 잘 지냈어요."

다실 쪽이 조금 시끄러웠다. 료쿠시의 남동생 집에 며칠 놀러 갔던 조카 시즈코(紫都子)가 숙모를 따라 돌아왔기 때문이었다. 갑자기 아이 하나 때문에 온 집안이 소란스러워졌다.

"완전히 불볕 더위네요."

오키소가 땀을 뻘뻘 흘리며 말했다.

도미에는 조카가 보고 싶었다. "시즈" 하고 이쪽으로 불러 안아주고 싶다는 생각도 들었다. 하지만 오키소에게 시즈를 데려오라고 할 사이도 없이 그녀는 바쁜 듯 가버리고 말았다.

"그래서 학교는 완전히 그만두게 된 건가요?"

나카스카사가 묘하게 단정하는 말투로 말했다.

그만두려고 하지는 않았지만, 상황이 나빠져 가지 않고 있다. 우물쭈물 그만두게 될지도 모르겠다. 도미에는 관심 없다는 얼굴로 이런 이야기를 했다.

"그런데 학교 쪽에서 별말이 없나요? 교장의 의견 같은 건 어떤가요?"

기사로 나가면 문제가 될지도 모르는데, 여기자는 굳이 이렇게 물었다. 도미에는 어떤 정리된 사상이라도 있어서 글을 쓰려고 했던 것은 아니며, 앞으로 작가가 될지 어떨지 모르겠다고 말했다. 도미에가 생각나는 대로 정리되지 않은 이야기를 하자, 나카스카사는 그 속에서 자연히 드러나는 본심을 기사거리로 삼으려 했다. 이미 서툰 말투에는 익숙한 터라 이런 작전을 세웠던 것이다.

"그렇게 생각하고 있기 때문에….."

도미에는 이 정도까지만 말하고, 입을 다물어버렸다. 말실수라도 해 엉뚱한 말이 기사화될까봐 조심했다.

"애써 시간 내주셨으니 작품을 쓸 때 고생한 이야기라도 들려주세요. 오늘 듣지 못한 이야기는 다음에 찾아와 듣도록 할 테니, 하다못해 그런 이야기라도….."

나카스카사가 압박하듯이 말했다.

지난번 기에게 이것저것 물어봐도 누구인지 알 수 없었던 미와 아무개라는 여자를 오늘 발표회에서 살펴볼 작정이었다. 도미에는 점점 마음이 급해지기 시작했다.

"고생이라 할 정도로 힘들지는 않았습니다. 단지 조금 써서 조금 세상에 내놓았을 뿐입니다. 불쑥 저지른 일이라고 할 수 있지요."

도미에는 점점 초조해졌다. 조금 써서 조금 세상에 내놓았다니, 조금, 조금, 하는 말투가 어딘지 해학적으로 들렸다.

자신이 만나고 싶어 하는 미와라면 이럴 때 어떻게 할까. 그런데 정말 미와 하쓰메(三輪初女)를 만나게 되면 뭐라고 해야 할까. 도미에는 어느 새 미와에 대한 생각으로 가슴이 두근거렸고, 집요하게 묻는 나카스카사의 안경을 보자 괜히 부아가 치밀었다. 하지만 곧 자신의 그런 태도를 알아차리고, "오늘은 좀 급한 볼일이 있어서 아무래도 마음이 편하지 않아요."라고 변명하듯 말했다.

"아니요. 갑자기 찾아와 방해를 했습니다. 다음에 한가하실 때 꼭 다시 이야기를 나누지요. 언제쯤이 편하실까요?"

상대편도 이제 마무리를 지으려고 했다.

"언제라고 말씀드리려 해도 그다지 들려드릴 이야기가 없습니다. 이 것으로 끝냈으면 합니다."

도미에는 거절했다.

나카스카사는 묵묵히 수첩을 정리했다. 어울리지 않는 안경이 반짝거렸고, 손등 이곳저곳이 움푹 팬 양손은 검은 비단 보자기로 수첩을 둘둘 휘감고 있었다.

"조금 집요한 것 같지만, 꼭 다시 만나뵈었으면 해요. 바쁘지 않은 한 가한 시간에 찾아뵐테니 괜찮겠지요?"

나카스카사는 세상 물정에 밝은 사람들이 지어 보이는 미소를 띠었다.

도미에는 거절할 수 없었다. 둘 사이에는 나이 차이도 있었고, 사회에 나와 전투적으로 활동 중인 사람과 단스마치(箪笥町)의 형부 집에서 무 사태평하게 살아가는 사람 사이에 벌어진 격차가 너무 뚜렷했다.

"사소한 이야기라도, 한 마디라도 좋습니다. 꼭 부탁드릴게요."

나카스카사는 결론 내리듯 말하고, 자신이 찾아오기 좋은 시간을 말했다.

나카스카사를 배웅하고 나서 도미에는 거실로 들어갔다. 신문 기자인 하나자와(花澤)가 주인처럼 책상다리로 앉아 시즈코와 놀아주고 있다.

"도미에 씨. 왜 좀 더 속에 있는 이야기를 하지 않았어요? 마음이 약하군요."

하나자와가 도미에를 보며 웃었다. 코가 크고 눈썹이 짙은 좁은 얼굴을 도미에 쪽으로 들어 빤히 쳐다보고 있었다. 가르마 탄 머리가 그의 네모진 이마를 사르르 덮었다.

"이모. 어디 갔었어?"

시즈코가 엄마를 닮은 눈을 동그랗게 뜨며 올려다보았다. 어깨까지 기른 단발머리가 흰 턱받이 끈 위에서 찰랑찰랑 흔들렸다.

"시즈. 삼촌 집에 오래 있었지? 엄마 보고 싶지 않았어?"

도미에는 시즈코의 볼을 어루만지며 안아주었다.

"집에 오고 싶지 않았어."

시즈코는 뽐내듯 말했다. 그리고 작은 손가락을 꼼지락거리며 하나자와가 담뱃갑으로 만들어준 인형을 가지고 놀았다.

"그렇게 약한 면을 보면, 한다(半田) 군이 애가 타겠네."

레이스로 짠 하나자와의 넥타이가 사부랑사부랑 흔들렸다. 부엌 쪽에선 오키소를 야단치는 쓰마코의 목소리가 짜랑짜랑 울렸다.

료쿠시의 제수인 오키타가 거실로 들어왔다. 마루마게(丸髷, 주로 주부들이 부풀려 올리는 머리)로 틀어올린 머리에 빨간 리본을 묶어 앳되어 보였고, 가는 줄무늬가 들어간 회색 비단 옷에 윤기가 흘렀다. 두 여자가 인사를 하는 사이에 하나자와는 시즈코의 머리카락을 잡아당기며 쥐 울음소리를 찍찍 냈다. 시즈코가 작은 손으로 자신의 머리를 어루만졌다.

"아저씨가 그랬지?"

시즈코가 긴 소매로 하나자와를 때렸다. 그 사이에 도미에는 자신의 방으로 들어가려고 했다.

"음. 도미에 씨. 도미에 씨."

하나자와가 작은 소리로 도미에를 불렀다. 도미에는 못 들은 척하며 자신의 방으로 갔다.

"나한테서까지 도망가지 않아도 되잖아요?"

하나자와는 뒤에서 큰 소리로 외치듯 말했다.

"도망가는 거 아니야."

시즈코가 말했다.

"그런 거 아니야."

하나자와가 시즈코의 말투를 흉내 내는 소리가 들렸다.

도미에가 방으로 들어오자 툇마루에서 창 너머로 책상 위를 엿보던 서생 미키(美樹)는 당황했다. 고개를 숙이더니 양동이 속에 걸레를 넣고 첨벙첨벙 빨기 시작했다. 검은 줄무늬가 들어간 흰 소매를 말아올렸는데, 입구 쪽 실밥이 타져 있었다.

책상 위에 무엇을 두었던가 하고 다가가 보니, 우에다 린코의 편지가 펼쳐져 있었다. '원고라도 있을까봐 엿본 것일까?'라고 생각하니 우스웠다. 도미에는 엉거주춤한 자세로 읽다 만 곳부터 다시 편지를 읽기 시작했다.

　　교장의 연설 제목은 '허명과 실력'이라고 할 수 있을 것 같아.

결국 너의 <진데이(塵泥)>를 포함한 이야기였어.

이름을 밖으로 알리며 우쭐대며 나서기보다는 안으로 힘을 키워라… 교장이 늘 하는 이야기였지. 그날은 구석에서 이러쿵저러쿵 비평을 했던 사람들도 이후로는 학교에 나오지 않는 너를 갑자기 그리워하고 있어. 천재 오규노를 잃어버리면 문예회가 적막해질 것이라고 큰 소동이지. 이제 가을의 문예회가 코앞이잖아.

교장도 평소와 달리 너의 문학적 재능을 아주 많이 칭찬했고, 네가 학교를 그만둔 것은 본인이 바라는 바가 아니라고 했대. 주변 사람들에게 슬쩍 던지는 말을 들어보면, 너의 자퇴를 안타까워 하는 어조가 느껴졌다고도 해. 그러니 아무렇지도 않게 다시 등교해도 좋을 것 같아.

이번 문예회에서는 내가 쓴 시를 2학년생 사쿠라가와 요시코가 낭독하기로 했어. 제목은 '별의 숲'이야.

거듭 말하지만, 부디 자퇴에 대해 다시 한번 생각해주기를 바라.

편지는 짙은 보라색 잉크로 씌어 있었다. 도미에는 다 읽은 편지를 내려 놓고, 새로 한 통을 꺼냈다. 흰 봉투에는 오노(小野) 류의 서체로, 후사다 소메코(房田 染子)라는 고등여학교 5학년생의 이름이 적혀 있다. 지난 봄 문예회 때 도미에가 쓴 〈하야코 희메(姬, 미혼 여성에게 붙이는 애칭)〉의 여주인공 역을 맡았던 학생이었다.

간신의 모함에 멀리 쫓겨간 생모를 찾아다니는 옛날 이야기 같은 것이었다. 그날 소메코가 연기했던 하야코 히메를 본 학생과 학부모는 누구라도 감동받지 않은 사람이 없었다. 교장까지 눈물을 흘렸다는 이야기가 돌 정도로 큰 호평을 받았다. 충분히 배우가 되고도 남을 천재라고 모두 소메코를 칭찬했다. 소메코는 문부 차관의 딸이었다.

그때부터 도미에는 소메코를 귀여워하기 시작했다.

그리운 언니의 모습을 떠올리며, 도서실 앞 오동나무에 기대어 멍하니 있어요. 이제는 모두 이 오동나무를 소메오동이라고 불러요.

왜 학교에 오지 않으세요? 소메코를 잊으셨나요? 싫습니다. 언니. 편지를 주신다 해도 더 원망할 거예요. 언니를 직접 만나지 못한다면, 울고 또 울고 또 울면서 지낼 것이란 사실을 잊지 마세요.

도미에는 살짝 편지에 입을 맞춘 뒤, 서둘러 작은 편지지를 꺼냈다.

당분간 학교에는 가지 않을 테니 우리 집에 놀러와. 기다릴게.

도미에는 이렇게 급히 쓰고, 우에다에게는 답장을 쓰지 않았다
"한나 씨는 어딘가에 홀렸나 봐요. 요즘은 얼굴도 보이지 않아요."

쓰마코의 목소리가 들렸다. 남녀의 웃음소리가 섞이며 떠들썩한 분위기가 되었다.

하지만 도미에의 마음은 지금 차분해지고 있었다. 해질녘에 불어오는 가을바람처럼 쓸쓸한 무언가가 가슴 밑바닥을 흔들고 지나갔다. 도미에는 마음을 흔드는 그 쓸쓸한 것과 친해지려고 가만히 책상에 기대어 앉았다.

7

연예관의 누상(樓上)은 후지마 하루미(藤間春彌)의 제자, 친척. 지인들로 가득 찼다. '하루미 님에게'라고 적힌 막이 반쯤 축 쳐져서 끌리고 있다.

축하라든가. 경축이라고 적힌 전단지에 섞여, 신기(神技)라고 적힌 멋진 광고지가 창문으로 불어든 바람에 흔들리며 일어섰다. 마치 연예관에 가득한 입장객들이 따라서 일어나도록 부추기는 듯했다. 사람들 사이에는 생선 초밥 접시와 사이다 병이 자리를 차지하고 있었다. 소방대원복을 입은 젊은 남자가 한가운데로 비집고 들어왔다. 백분이 얼룩지도록 분장하고, 처진 눈썹을 한 일곱 살 정도 아이를 안고 있었다. 오글쪼글한 빨간 비단으로 지은 아이의 옷소매가 남자의 모난 어깨에 늘어져 있었다.

"훌륭하게 잘하더구나."

마루마게로 머리를 틀어올린 중년 여자가 일어서더니 아이를 받아

안았다.

"잘 해냈어."

백발의 여자가 아이에게 부채를 부쳐주었다.

젊은 여자, 중년 남자, 거의 열 명 정도 되는 가족이 얼굴을 맞대고 번갈아 가며 아이를 칭찬했다. 이 모습을 바라보는 옆자리 사람들은 왜 저러는가 싶은 얼굴을 하고 있었다. 저런 춤을 추어도 그리 좋은 것일까, 하고 말하는 듯했다.

지마지가 의리로 데려온 듯한 여자들 무리도 보였다. 상가의 안주인, 손님을 맞는 얼굴마담, 순진한 아가씨 같은 차림을 한 열네다섯 명을 데리고 안내하는 듯한 지마지의 세련된 모습이 멀리서도 눈에 띄었다. 도미에는 일행도 없이 혼자 사다리 계단을 올라오는 입구 쪽 기둥에 기대어 그런 광경을 바라보았다.

머리에 꽂는 장식을 들고 열세 살 정도의 여자아이가 지나갔다. 화려한 겐지구루마(源氏車, 수레바퀴 모양을 한 가문의 한 종류) 무늬가 들어간 유카타를 입고, 보라색 오비를 조개 모양으로 매듭지어 묶고 있었다. 뒤에서 어머니 같은 사람이 허리를 굽히고 아이를 쫓아갔다. 방금 끝난 공연에서 다다노부(가부키의 등장 인물 중 하나)를 맡아 춤춘 아이와 닮았다고 도미에는 생각했다.

"도미에 씨. 잠깐만."

바로 뒤쪽 사다리 계단 입구로 여자가 목만 내밀고, 도미에를 불렀다. 자세히 보니 오라치가 손을 흔들었다. 도미에가 다가가자, "도시락 말이야. 분장실에 있으니까 지금 잠깐 내려가서 먹어." 하고는 먼저 내려 갔다. 도미에도 그 뒤를 따라 내려갔다. 폭넓은 복도가 나왔다. 화장실 을 끼고 오른쪽으로 돌아가자 의상부의 방으로 쓰는 곳이 나왔다, 기에 가 유카타 위에 복숭아 색 오비를 매고 그 방에 서 있었다. 옆에는 엷은 홍매색 가리기누(狩衣, 헤이안 시대 귀족들이 입던 평상복 중 하나)를 입고 시마다 머리 가발을 쓴 사람이 앉아 있었는데, 붉은 비단 옷의 옷자락이 흰색과 겹쳐 길게 뒤에 끌렸다. 후리소데(振袖, 겨드랑의 밑을 꿰매지 않은 긴 소매 옷으로 주로 미혼 여성이 예복으로 입는다)의 소맷자락도 양 옆구리 로 무겁게 늘어뜨려져 있었다. 마치 그림 같다고 도미에는 생각했다.

가리기누를 입은 아이는 버선을 신지 않고 옷을 입었기 때문에 앉아 서 신겨주기를 기다리고 있었다.

"버선을 신지 않고 옷을 입는 바보가 있네."

후견인 같은 사람이 옆에서 나무랬다.

그 사람에게 인사를 하고 오라치는 이 방을 지나갔다. 도미에도 함께 지나갔다. 기에는 언니를 보고도 모른 체하며 말도 걸지 않았다.

"좀 누추하긴 해도 2층에서 혼자 먹는 것보다야…."

오라치가 도미에에게 속삭였다.

"사쿠(作) 씨 혼자로는 수가 맞지 않아요. 선생님. 잠깐 와주세요."

건너편 방 바깥쪽에서 젊은 남자가 말했다. 그 소리를 듣고 사람이 나 왔다. 선생님이라고 해서 아름답다고 소문 난 하루미를 말하는 건가 싶 어 도미에는 주목했는데, 키가 작고 가무잡잡한 여자가 나왔다. 무늬가 들어간 검은 비단 오비를 화살촉 모양으로 묶고 있었다.

도미에는 큰 방으로 오라치를 따라 들어갔다. 곳곳에 여러 사람들이 무리를 이루어 자기들끼리 뭉쳐 있었다. 전깃불이 켜져 있어 흰 벽이 환하고 밝게 눈에 비쳤다.

가게 여종업원이 세 명이나 와서 도와주고 있었다. 주변에는 지요다 주머니(바닥에 바구니를 넣어 물건을 담기 좋게 만든 보자기)나 보자기 같은 것들이 흩어져 있었다. 과일 바구니, 과자 상자, 끈으로 묶은 시트롱(레몬즙 따위를 섞은 탄산음료) 병들이 경쟁하듯 늘어서 있었다. 그리고 생선 초밥 접시도 널찍하게 펼쳐져 있다.

오라치는 찬합이 겹쳐져 올라가 있는 밥상 앞에 도미에를 앉혔다. 여종업원 한 사람이 차를 따라주었다.

"장어 요리야. 괜찮지?"

오라치는 상냥하게 말하더니, 여종업원에게는 "이번엔 오카네 역이니까 대야랑 수건이랑 미리 준비해둬."라고 명령했다. 종업원은 바로 일어나서 준비하러 갔다.

"사진사님. 사진사님."

부르는 소리가 복도에서 들렸다.

"열어도 좋아. 응. 열어도 좋아."

남자의 목소리도 뒤섞여 들렸다.

"엄마. 엄마. 머리카락이 당겨서 너무 아파요."

보채는 소리도 들렸다.

도미에는 젓가락을 들 용기도 나지 않았다. 사람들이 부딪히며 지나다니는 복도 쪽을 멍하니 바라보고 있었다. 너무 눈부시고 소란스러웠다.

"예. 잘 부탁드립니다."

시끌벅적한 실내를 사선으로 휙 가르는 듯한 서늘한 목소리가 울렸다. 짙은 보랏빛 하오리와 흰 버선이 도미에의 눈에 들어왔다. 도미에는 자연스럽게 지나가는 그 뒷모습을 바라보았다. 묶어서 길게 늘어뜨린 머리는 무거워 보였고, 긴 귀밑머리가 하얀 뺨에 붙어 한줄기로 스치고 있었다. 흰 비단으로 된 히토에기누(単衣, 홑겹으로 된 고급 전통의상으로 겉옷 아래에 받쳐 입는 경우가 많다)를 입고, 조각천을 이어 조개 모양으로 만든 가방을 들고 있었다. 어디서 본 듯한 옷차림이라 도미에는 뚫어지게 쳐다보았다. 그런데 복도 저편으로 사라지려던 그녀가 무언가 생각난 듯 되돌아왔다.

도미에와 정면으로 마주한 자세로 여자는 방 안을 슬쩍 보았다. 도미에도 여자의 얼굴로 눈길을 주다가, 자기도 모르게 번쩍 하고 눈이 빛났다.

"아, 도미에 아니야? 어떻게 이런 곳에?"

재빨리. 상대편이 먼저 말을 걸어왔다. 흰 손과 하오리의 짙은 보랏빛이 선명하게 대조를 이루고 있었다.

"미와."

도미에는 이 말 한 마디만 하고 일어섰을 뿐, 미와를 응시한 채 꼼짝도 하지 않았다.

"이상한 곳에서 만나네."

미와는 방의 입구 쪽으로 다가왔다. 그리고 서로 바라보는 동안 조각가가 새겨놓은 듯한 미와의 눈에 그리움을 담은 표정이 스쳤다. 웃지 않고 다문 미와의 입은 사람을 편안하게 만들어줄 정도의 상냥함을 담고 있었다. 긴 눈썹이 깜빡거렸다. 마치 눈물을 머금은 사람처럼.

도미에는 달려가 미와의 두 손을 잡고 싶을 정도로 마음이 뜨거워졌다. 그리고 미와의 품에 얼굴을 묻고 마음속 이야기를 털어놓고 싶을 만큼 그리워져 가슴이 두근거렸다. 하지만 도미에의 얼굴 빛은 지극히 평온해 무언가 시야에 들어온 것을 그저 응시하는 표정이었다.

미와는 도미에 옆에 있는 사람들을 꺼리며 들어가지 않고 있었다. 도미에가 일어나 다가오기를 기다렸지만, 도미에는 묘하게 새침한 표정으로 일어서려고도 하지 않았다. 미와는 살짝 그 심중을 떠보려 했다.

"나중에 나한테 와줄래?"

이 말을 남기고 미와는 처음으로 웃음을 보이더니 지나가버렸다.

미와, 미와, 하고 도미에는 마음 속으로 그 이름을 몇 번이나 불러보았다. 그 순간 그리움이 자신의 마음속에 뚜렷해지고, 동시에 기쁨이 몸 전체로 퍼져나가는 기분이었다. 그리워하던 사람과 만났다는 기쁨이 가슴 밑바닥에서부터 서서히 차올랐다.

"친한 사람?"

오라치가 물었다.

"잠시 갔다올게요."

도미에가 그 뒤를 따라가려고 일어섰다.

"이거 먹고 가. 응?"

오라치가 얼굴을 찡그리며 말리고 나섰다.

"좀 있으면 여기가 혼잡해져 먹을 수가 없게 돼."

오라치가 언짢은 얼굴로 이렇게 말했다. 도미에는 하는 수 없이 젓가락을 들었고, 싫을 정도로 가슴이 미어지는 기분이 들었다. 루비색 가지와 옥색 절인 무가 작은 접시 위에 예쁘게 담겨져 있었다.

"싫어. 집에서 한 음식 같은 거."

기에가 응석을 부리는 말을 하며 들어왔다.

"너도 지금 먹어둬."

"먹기 싫어. 그런 밥."

기에가 토라져서 말했고, 마침 지마지가 오무스를 데리고 들어왔다.

"오느라 고생했어. 이번엔 입장권이 있어야 한다 어쩐다 해서 힘들었겠네."

오라치가 수다스럽게 말했다.

"도미에 씨도 우리 쪽으로 와요. 혼자 그런 구석에 있지 말고."

오늘은 머리를 작게 틀어올린 지마지가 말했다.

지마지는 아무렇지도 않았지만 오라치는 그녀에 대한 도미에의 행동이 마음에 들지 않았다. 지마지가 이렇게 우리라니 뭐라니 하면서 기에한테 의자매로서 호의를 베푸는데도 친언니인 도미에가 그런 호의를 무시하는 것 같아 불쾌했다. 지마지에게 마음을 열고, 오늘 일에 대해 감사를 표시하면 좋을 텐데, 도미에는 그런 일을 할 줄 모른다고 생각했다.

도미에도 기에와 지마지, 지마지와 자신, 이런 관계의 도리와 체면을 모를 정도는 아니었다. 지마지가 기에의 무용 발표회에 사람들을 데려왔다고 해서 특별히 고맙다고 생각하지는 않았다. 그래도 이 세계에선 그것도 하나의 정성으로 보고 몇 마디 인사를 해야 한다는 것 정도는 알고 있었다. 하지만 도미에는 충분히 알면서도, 그것을 입 밖에 내어 말하지는 못했다. 오라치의 심중이 훤히 들여다보이는데도 말이다.

8

손님이 왔다. 연한 회색을 띤 부드러운 비단의 끝자락에만 흰 물망초가 그려진 망토를 입고 있었다. 눈에 익지 않은 고운 자태만으로도 오키소는 놀라버렸다. 얼마나 놀랐는지 손님이 왔다고 도미에게 알리러 가는 사이에 후사다 소메코라는 이름을 잊어버릴 정도였다.

망토를 벗자, 짙은 보랏빛을 띤 호박단 하카마에서 사각사각 고귀한 소리가 났다. 하카마 아래에는 똑같은 짙은 보랏빛 부드러운 비단에 겐지 이야기 54첩 그림을 돋을무늬로 짜넣은 겹옷 기모노를 입고 있었다. 긴 소맷자락을 봉당에 끌며 신발을 벗는 모습을 오키소는 아슬아슬하게 지켜보았다. 목에 건 금목걸이가 흔들렸고, 끝에 달린 은십자가가 얼음처럼 차갑게 가슴을 지켜주었다.

따라들어온 인력거꾼이 뒤에서 내미는 꽃다발을 받아든 소메코는 하카마를 모아 쥐고 집안으로 올라섰다. 마가렛(땋은 머리를 크게 고리를 만들어 묶은 것) 머리를 진녹색 리본으로 묶고 있었다. 뒤에서 쫓아가는 오키소의 눈에는 그 모습이 마치 공작의 깃털을 펼친 것처럼 보였다.

"잘 왔어."

도미에는 자신의 방 툇마루에서 기다리고 있었다. 소메코는 도미에의 품에 안기면서, "잘 지내셨지요?"라고 말했다. 그리고 말없이 꽃다발을 도미에에게 건넸다.

장미에 곁들인 공작고사리가 가련하게 떨리며 부드러운 정취를 자아냈다. 분홍색 카네이션은 보낸 사람의 우아함을 대변하는 듯했다. 꽃다발을 싼 은색 종이를 통해 소메코의 손이 남겨놓은 온기가 느껴졌다.

"고마워. 나도 널 보고 싶어 견딜 수 없었어."

도미에는 소메코의 어깨에 살짝 손을 올리며 말을 이었다.

"어질러져 있긴 하지만 이리 들어와."

"있잖아요, 언니. 언니도 내 꿈을 꾸었어요?"

소메코는 도미에에게 잡힌 손을 아직 풀지 않고 있었다.

"응. 매일 밤."

"정말이에요, 언니?"

"정말이야. 소메코에게 거짓말은 하지 않아."

소메코는 기쁜 듯 웃었다.

도미에의 곁에 있어도 소메코는 그녀가 그리웠다. 자기 몸 안의 피를 도미에의 입안에 머금어 데우고 싶을 정도였다. 그래서 잡힌 손을 언제까지나 풀기 싫었다.

두 사람은 손을 꼭 잡은 채 한동안 툇마루에 서 있었다. 가는 비가 사선을 그리며 보슬보슬 내렸다. 이제 끝물이 된 싸리가 옆으로 고개를 숙였고, 작고 빨갛게 핀 꽃이 불면 날아갈 듯 두어 군데 남아 있었다. 툇마루의 잠긴 유리문에서도 깊어가는 가을이 느껴졌다.

"이제 학교는 다니지 않을 건가요?"

소메코는 흰 손수건을 입 주위에 대며 말했다. 향수의 아련한 향기가 흩어졌다. 엷은 분홍색 주반의 소맷자락 아래에서 황금색 팔찌가 반짝거렸다.

"학교에 가지 않아도 가끔씩 만나면 되지. 그러면 안 될까?"

"이렇게 매일 언니 곁에 있고 싶어요. 왜 친동생으로 태어나지 않았을까요?"

소메코가 눈물 지으며 말했다.

"내 동생으로 태어났다면 넌 불행한 일생을 보내야 해. 바보 같은 말하지 마."

소메코는 고개를 저었다. 도미에의 가라앉은 목소리가 슬프게 들렸던 것일까. 그녀가 눈을 깜박일 때마다 긴 눈썹 사이에 넘치던 눈물이 뚝뚝 떨구어졌다. 여전히 손을 꼭 잡은 채 얼굴을 쳐다보며 서 있는 소메코의 어깨를 감싸며, 도미에는 안으로 들어가 책상 앞에 그녀를 앉혔다. 소메코는 책상에 기대면서 "미란다 공주의 이야기를 듣다가 갑자기 헤어져버렸지요"라고 말하더니, 울기 시작했다.

여름 방학 때 소메코의 어머니로부터 연락이 왔었다. 딸이 도미에를 그리워한 나머지 건강이 나빠졌으니, 반나절이라도 부디 오이소로 와

달라는 부탁이었다. 그 후 도미에는 오이소로 가 친절한 환대를 받으며, 이마에 얼음 주머니를 올린 채 누워 있는 소메코를 만났던 기억을 떠올렸다.

그날 소메코는 도미에를 보자 사랑한다며 울어버렸다. 그리고 밤이 되자, 도미에는 소메코와 같은 이부자리에 누워 셰익스피어의『템페스트』이야기를 들려주었다.

"그 이야기의 나머지도 곧 해줄게."

도미에는 소메코의 젖은 손수건을 들고, 눈물 자욱이 진 자리에 자신의 입술을 갖다 댔다.

소메코는 겨우 웃는 듯한 표정으로 소맷자락으로 얼굴을 닦았다. 그리고 "이거 좀 보세요"라며, 왼손의 팔찌를 풀었다. 장식으로 달린 작은 시계의 뚜껑을 열자 뚜껑 뒤에 T와 S가 조합을 이루어 새겨져 있었다. 소메코는 싸리 모양을 새긴 금화 모양 브로치도 보여주었다. 브로치는 반으로 갈라져 열렸고, 그 안에는 도미에의 얼굴 사진을 작게 복사한 것이 들어 있었다.

도미에는 그것을 보고, 말없이 웃었다.

시즈코가 우는 소리, 쓰마코가 무뚝뚝하게 무언가 말하는 소리, 2층으로 손님이 올라가는 소리로 집 안이 부산스러웠다. 이런 분위기 탓인지 소메코는 생각대로 자신의 마음을 전할 수 없어 안타까워하며, 결국엔 돌아가겠다는 말을 꺼냈다.

도미에도 사랑한다고 고백하며 우는 아이를 이대로 돌려보내기 싫었지만, 어수선한 분위기 때문에 두 사람 사이에 흐르는 애틋한 감정만 금방 사라져버릴 것 같았다. 그런 감정을 계속 지켜나지 못하는 것이 오히려 괴로웠다. 2, 3일 안에 둘이 먼 곳으로 떠나 하루 종일 함께 지내기로 약속하고 소메코를 돌려보냈다.

인력거의 덮개 속으로 소메코의 모습이 사라자자, 도미에는 어쩐지 손안에 쥐고 있던 무언가를 잃어버린 기분이 들었다.

학교 도서실이나 음악실에 있을 때 문득 이상한 느낌이 들어 주위를 둘러보면 소메코가 바라보고 있었다. 그때마다 소메코는 인사를 하며 고개를 떨구고는 재빨리 어디론가 가버렸다. 친구와 함께 지나가다가 도미에를 만나기라도 하면, 소메코는 친구의 소매를 잡아당기거나 어깨를 찌르며 어딘가로 도망치듯 가버렸다. 그것이 도미에가 소메코를 관심어린 눈으로 지켜보게 된 계기였다. 그 후 소메코는 수려한 문장으로 자신을 동생 삼아달라는 편지를 보내왔다.

그 편지에 사소한 내용을 적은 답장을 보내고 4, 5일이 지난 뒤였다. 혼자 도서실 앞 오동나무에 기대어 있는데 언제 왔는지 뒤에 소메코가 말없이 서 있었다. 도미에는 그녀의 손을 잡고 자매가 되자고 약속하면서 교정을 함께 거닐었다. 벚꽃이 한창이라 소메코의 윤기나는 청자색 비단 외투 위로 꽃잎이 내려앉던 것을 도미에는 기억하고 있었다.

문예회 때 자신이 쓴 〈하야코 히메〉의 주인공을 소메코가 맡은 뒤였다. 도미에는 자신을 향해 맹렬히 타오르는 소메코의 열정을 부추기는 듯한 글을 써보낸 적도 있었다.

그런 일들을 떠올리자 도미에는 황홀해졌다. 가랑비가 내리는 중에 돌아간 소메코가 오늘 밤도 자신을 그리워하며 잠들지 못할까봐 그저 애처롭기만 했다. 잠자리에 들기 전에 편지를 보내 기쁘게 해주자는 생각이 들었다.

소메코의 잔향이 아직 사라지지 않은 책상에 앉아 '보라 아가씨에게' 라고 썼다. 자신은 오늘 밤부터 보라색 꿈을 꾸고 싶다고 생각한다, 짙은 보라색에 싸여 그 속을 방황하며 보라색을 그리워하는 꿈을 꾸고 싶다, 이렇게 썼다.

마침 쓰마코가 웃으면서 방으로 들어왔다.

"지금 온 사람, 너한테 반했지?"

"왜?"

"형부가 그러더라. 지금 그 사람이 널 좋아한다고. 근데 여자가 여자를 좋아하는 거 있을 수 있는 일이야? 태어나서 처음 들어, 그런 소리."

"듣기 싫어. 그런 말. 그런 거 아냐."

도미에가 언짢은 얼굴로 말했다.

"언니로 삼고 싶다든가 하는 정도라면 그리 이상한 일은 아니지만… 설마 여자가 여자한테 반한다면, 도리가 아니지 않아? 네 형부도 어지간히 이상한 말을 해."

"형부는 금방 그런 식으로 해석하네. 정말 저질 취미야."

"사랑이야. 사랑이 아니면 뭐야."

옆방에서 료쿠시가 말했다.

"그럼 넌 그 사람의 애인인 거니?"

큰 소리로 웃는 쓰마코의 마루마게 머리가 해질녘 어둑한 빛을 받아 부드럽게 빛나고 있었다.

마침 편지에 보라색 그림자에 대한 이야기를 제대로 써보려 했던 도미에는 왠지 분한 마음이 들었다. 표독스러울 정도로 빨간색, 혹은 더러운 진흙색이 흘러 들어 아름다운 보라색을 더럽히는 듯한 기분이 들어 불안하고 초조해질 정도였다.

"눈이 번쩍 뜨일 만한 미인이야. 저런 사람에게 사랑받는다면 그건 좋은 일이지. 당신도 한순간이라도 좋으니 도미에랑 입장을 바꾸고 싶지?"

쓰마코가 비웃었다.

"전혀. 이런 말을 하면 처제가 어떤 얼굴을 할지 궁금해서 그래본 거야."

이렇게 대꾸하는 료쿠시의 웃음소리가 들렸다.

도미에는 말 없이 편지를 봉투에 넣고, 언니가 보지 못하도록 수신인의 이름을 재빨리 적었다. 잠자리에 누워 진흙탕을 밟는 인력거꾼의 발소리를 몽롱하게 들으며, 보라색 아가씨의 마음은 이곳을 오가고 있을 것이라고 생각했다. 도미에는 문득 장미 향기가 그리워졌다.

9

"오늘은 소위 당신이 발굴했다는 인물의 경력을 듣고 싶어 왔어요."

한다는 머릿기름이 번들거리는 얼굴을 치켜들고 양복 재킷의 가슴 부위를 뒤로 젖혔다. 남자치고는 피부가 검지 않았는데, 뻐드렁니가 남자다운 척하려는 분위기를 망치고 있었다.

"자넨 빈틈이 없어. 정말 성실해."

대꾸하는 사람은 문학사 지하야 아즈사(千早梓)였다.

두 사람이 둘러앉은 탁자 위에는 잡지가 어지럽게 흩어져 있었다. 지하야는 한 손을 의자 아래로 늘어뜨리고 다른 한 손으로는 접시 위의 배를 이쑤시개로 찔렀다.

"기사로 다루어도 괜찮겠지요?"

"안 돼."

"왜 안 됩니까?"

"아직 결정하지 않았으니까."

지하야의 웃는 그림자가 뒤쪽 책장 유리에 비쳤다. 책등에 금박을 입힌 서양 책들이 나란히 늘어서 주인의 웃음에 따라 흔들리는 듯했다. 한다는 지하야의 말을 이해할 수 없다는 표정을 지었다. 서양화 액자 속에서 엎드린 채 턱을 고인 나체 미인이 그의 얼굴 위로 요염한 웃음을 던지고 있었다.

"자네가 경솔하게 펜을 휘두르지 않겠다고 약속하면, 오늘 밤 귀한 사람을 만나게 해주지."

"그거야 쓰지 말라면 안 쓸 겁니다. 그러니 만나게 해주십시오."

"절대로 안 쓸 거지?"

"절대로 안 쓸 겁니다. 한번 쓰지 않겠다고 하면 쓰지 않는 겁니다."

궐련 상자 위에 마키에로 그린 메추라기 위로 한다의 작은 침방울이 튀었다. 툇마루 어딘가에선 청귀뚜라미가 울고 있었다.

"그러니까 만나게 해주세요."

"열심이야. 업무상 만나는 것은 아니라는 거지?"

"실은 그런 건지도 모르겠습니다."

지하야가 웃음을 터뜨리자, 한다도 웃었다.

"그렇다면 더더욱 쉽게 만나게 할 수 없지."

지하야는 늘 그렇듯 코안경 안에서 웃음이 사라지지 않는 눈을 하고, 멀리 오모리(大森)의 바다를 바라보았다.

잿빛 바다가 무척 가까워 보여, 마치 두 사람의 무릎 근처까지 밀려들 것 같았다. 하늘에 드리운 엷은 구름은 점점 삿갓 모양이 되어 머리 위로 넓게 펼쳐지고 있었다. 한쪽으로 열린 난간의 유리문을 바람이 덜커덩 때리자, 탁자 위에 펼쳐진 잡지의 표지가 넘어갔다. 지하야의 서지(양모로 조밀하게 짠 모직)로 된 소맷자락이 빨려가듯 날아오르며 펄럭거렸다.

"도대체 어떤 여자입니까?"

"아름다움의 극치라고 할까."

"미인이긴 하겠지만, 그래봤자 백분을 바르는 여배우가 되고 싶어 타락한 여학생 아니겠습니까?"

"달라."

"아직 한 번도 무대에 서지 않았지요? 그렇게 들으니 전혀 가치가 없는 듯 생각됩니다."

"이봐, 누가 발굴했다고 생각하는 거야. 내가 찾아내서 아사스게(朝晉)의 극단에 넣으려 한다고 하지 않았던가."

"대단하십니다."

한다는 머리를 긁적이며, 미안하다는 듯 어깨를 움츠렸다.

당대의 실업계에서 이름을 날리고 있는 지하야 아이치로(千早阿一郞)가 지하야 아즈사(千早梓) 문학사의 아버지였다. 지하야 아즈사는 극평도 하고, 창작도 하고, 각본도 썼다. 그리고 부(富)의 힘으로 예술계에 압력을 가했고, 때에 따라 복종시키기도 했다. 그는 일단 한 번 자신의 작품을 무대에 올리면, 곧 극단의 관계자들을 모두 초대해 화려하게 접대했다. 그리고 경치 좋은 하코네 근처로 데려가 먹고 마시며 즐기도록 해주기도 했다. 작가로부터 늘 무얼 해달라는 말만 들어온 사람들은 지하야의 이런 점을 아주 좋아하며 감사하게 생각했다. 소위 연극계에서 진심으로 존경받으며 선생님으로 불리는 사람은 지하야 문학사 한 명뿐이라고 할 수 있었다.

지하야는 신문 기자를 싫어했지만, 일간지 기자인 한다와는 격이 없이 친하게 지냈다. 신문사 내에서는 지하야의 그림자에 늘 한다가 붙어 다닌다고 하여, 한다는 아즈사 문학사의 남자 기생이라고 헐뜯는 사람들도 있었다.

"그러니까 오늘 밤 만나봐. 자네 같은 사람은 도저히 상상할 수 없는 그런 사람이야."

"그럼 꼭 데려가주시지요."

마침 일하는 할멈이 맥주를 가지고 왔다.

"참, 자네, 소메야의 처제와 아는 사이라면서?"

"네. 압니다."

"이번에 데려오지 그래?"

"좋지요. 한가닥 하는 여자들을 모으게 되는군요."

"이미 완성된 사람에게는 볼 일이 없어."

유리컵 밖으로 넘쳐 흐르는 맥주에 연지색의 탁자보가 젖어 점점 색이 짙어가고 있었다. 오모리 해안을 지나는 전차 소리가 마치 그냥 갈 수 없다며 말을 거는 것처럼 들렸다.

10

두 대의 인력거가 아사스게 엔야(朝菅艶彌)의 집 문앞에 섰다. 문앞을 쓸던 사람이 앞차의 지하야를 보자 급히 양발을 모으고 깊이 머리를 숙여 인사했다. 그리고 뒷차에서 내린 한다를 보더니, "일전에는 고마웠네."라고 마치 친구에게 말을 걸 듯 아는 체를 했다.

이쵸가에시 머리를 하고 오비를 높게 맨 하녀가 공손하게 현관으로 마중나왔다. 아사스게의 뚱뚱한 아내가──원래는 야나기바시(柳橋, 1900년대 초 요정이 많았던 거리)의 예기였다고 하지만, 그런 모습이 조금도 남아 있지 않았다──곱게 화장한 얼굴로 방긋 웃으며 무릎 꿇고 인사했다.

옆의 전화실(전화 통화를 하기 쉽도록 꾸민 작은 방)에서 서지로 지은 하카마를 입은 주인 아사스게가 걸걸한 목소리로, "응. 응." 하면서 통화를 하고 있었다. 그는 수화기를 귀에 댄 채 지하야 쪽을 흘깃 보더니 눈웃음으로 인사했다. 그리고 수화기 건너편 사람에게 "하지만 말이야. 자네."라면서 다시 기세 올려 통화하기 시작했다.

하녀가 두 사람을 안내했다. 굽은 복도를 지나자 정원이 나왔고, 정원을 돌아 징검돌을 밟으며 별채로 갔다.

"지금 수건을 적셔서 가져다드려. 요우 쨩, 너는 차를 준비해."

아사스게의 아내가 작은 목소리로 지시하는 것이 들렸다. 한다는 지하야 문학사에 대한 대우는 다르다며 새삼 감탄했다.

별채의 둥근 창으로 미와가 얼굴을 내밀었다가 금방 사라졌다. 한다는 연못의 흰 연꽃이 창가로 흩어진 것 같다고 생각했다. 정원에 깔린 솔잎이 새파랗게 젖어 사람의 먼지를 빨아들이듯 상쾌했다.

"빨리 왔네요."

이렇게 말하면서 지하야는 방으로 들어갔다. 연한 살색 천에 쌓인 전등이 희미하게 빛나고 있었다. 향 냄새가 한다의 코를 스쳤다. 달처럼 둥근 석등에 누군가 징검돌을 밟고 다가가 불을 켰다.

곧 얼굴에 뽀얀 화장을 한 스물한두 살로 보이는 여자가 차를 내왔다. 금방 외출에서 돌아와 평상복으로 갈아 입은 듯한 차림을 한 여자는 시마다로 틀어올린 머리에 도라지색 하오리를 걸쳤고, 진주가 박힌 반지가 손에서 반짝거렸다.

뒤에서 아사스게가 하카마를 입은 채 하오리를 펄럭이며 터키산 궐련을 손가락에 끼고 바삐 들어왔다. 시마다 머리를 한 여자는 차를 내려놓으면서, 회청색 플란넬 기모노를 입고 손에 쓸린 티가 나는 흰 하카타 오비를 맨 미와를 흘깃거렸다.

"연습하고 오는 길인가?"

한다가 하카마 차림의 아사스게에게 물었다.

"맞습니다. 한다 씨. 이번만은 아무리 비꼬는 데 능수인 당신이라도 실력을 발휘할 여유는 없어요."

"무슨 뜻인가? 잘 되고 있다는 말인가?"

"물론이죠."

붙임성 있는 아사스게는 입가에 줄곧 웃음을 띠고 있었다. 이 사람의 특징인 큰 나뭇잎 모양의 눈은 다른 사람들의 찡그리는 표정 하나도 놓치지 않으려는 듯 기민하게 움직였다.

"누군가는 돈을 벌겠군."

지하야가 말했다.

"우에마쓰(植松)의 도키치(藤吉)이겠지요. 꽤나 노력한 모양입니다."

아사스게가 점검하는 눈초리로 미와를 보며 말했다. 미와는 관심 있는 얼굴로 그 이야기를 듣고 있었다.

"여배우 양성에 세 번이나 실패했어요."

"그렇겠죠. 아사스게 극단 사람들은 금방 타협해버리니까."

한다가 말했다.

"질렸습니다."

"대부분 배우는 하고 있을까. 지금?"

"다시 예기를 하는 사람도 있어요. 다양해요. 성실하게 예능의 길을 연구하려는 마음이 없으니까, 특히 풋내기들은 안 되는 것 같아요. 하급 배우라도 미남으로 보인다고 합니다."

"숭배하는 정도가 지나쳐 그런 것 같아. 즉 단역 배우들한테까지 경의를 표한 결과겠지."

지하야가 미와를 보면서 말했다.

"말씀하신 대로입니다. 배우로 성공하기는 매우 어렵지요. 예기는 반은 장난이고, 원래 의미 있는 일도 아니라 힘들고 번거로운 일이 생기면 금방 그만두지요. 하지만 그래도 신인들은 열심히 하려고는 합니다. 대신 금세 유혹에 무너집니다. 시골 같은 곳으로 끌려들어가 힘들게 지내는 여학생 출신들도 있습니다. 어쩌면 이런 세계로 들어와 유혹도 물리치고, 세상의 비난에도 흔들리지 않으면서 예능의 길에 정진하기란 연약한 여자로선 무리지요."

"누구라도 여배우 중에서 여왕이 되길 원할 거야. 끊임없이 샘솟는 야심도 있을 테지. 하지만 정상에 이르는 도중에 대부분 옆길로 새고 말아. 여자만의 죄도 아니야."

지하야는 다시 미와를 보면서 말했다. 미와는 아무 말도 하지 않고 있었다.

뜰과 뜰 사이의 응접실 쪽에서 두세 대의 샤미센 소리가 들렸다. 주변

공기의 찌꺼기를 걸러내고 아름다운 부분만을 울리는 소리였다. 전등의 꽃모양 덮개가 그 소리에 흔들리는 듯했고, 낯설고 그윽한 정취에 미와는 조금 마음이 긴장되었다. 벽에 걸린 족자 속 여인들의 소맷자락 근처로 향 연기가 길게 퍼지고 있었다.

지하야는 미와의 품성이나 예술을 위해 희생하는 태도를 칭찬했다. 아사스게는 조금 격식을 차린 어조로 대꾸하며 황송해했다.

"미와 씨는 직업이 따로 있으니까."

지하야가 말하자 다른 두 남자는 신기해하는 얼굴을 했다.

"그림을 그리지."

"화가입니까?"

한다의 말투가 존경을 담은 어조로 바뀌었다.

"간판을 그려."

앞머리를 반으로 갈라 이마로 늘어뜨린 미와를 바라보며, 아사스게는 어떤 광고에 나온 모델 같은 얼굴이라고 생각했다. 너무 아름다운 모습에 남몰래 감탄을 내뱉지 않을 수 없었다. 지하야가 이렇게 힘을 실어주려는 것도 저 아름다움과 무관하지 않을 것 같았다.

"좋습니다. 미와 씨가 무대에 서는 일에 대해선 가능한 한 편의를 보아드리지요."

"간판화가입니까?"

한다는 아직도 그 사실에 놀라고 있었다. 그리고 이렇게 아름다운 얼굴로 이런 소박한 옷차림을 하고서 여배우가 되려는 그 마음에 시대의 흐름을 쫓는 허영의 그림자가 조금도 없을지 의심스러웠다.

"어쨌든 난 성실한 것이 좋아."

지하야가 애매하게 한 마디 덧붙였다.

"열심히만 한다면 좋지요."

아사스게도 그렇게 말했다. 미와는 특별히 기쁜 것 같이 보이지 않았다.

11

도미에는 언니가 날카롭고 큰 목소리로 깨우는 바람에 잠이 확 깼다. 사방이 깜깜한 가운데 갑자기 소동 속으로 끌려들어온 놀라움에 당황하며, 창백한 얼굴로 자리에서 일어났다.

쓰마코의 눈에는 핏발이 섰고, 얼굴빛은 청색에 검정색 물감을 풀어놓은 듯 검푸르게 어두웠다. 마루마게로 틀어올렸던 머리는 풀렸고, 살색 레이스로 된 리본은 손 안에 쥐어져 있었다. 색이 바랜 플란넬 잠옷 소매 끈도 엉켜 있고, 엷은 노란색 허리띠도 풀려내려와 옷자락에 감겨 있었다.

겨우 진정한 도미에는 자신의 앞에 서 있는 언니의 얼굴을 보았다. 눈을 치켜뜬 모습을 보고, 어제 저녁 형부가 들어오지 않아 질투하고 있다는 것을 금방 알아차렸다. 사태를 파악하자, 늘 있는 일이라 익숙한 도미에는 별로 놀라지도 않았다. 하지만 언니가 료쿠시의 외투 주머니에서 지금 꺼냈다며 편지를 내밀었을 때에는 어떻게 해야 좋을지 몰랐다. 그 편지는 기에가 쓴 것이 분명했다.

쓰마코는 지금 당장 아즈마(東)로 가겠다며 소동을 부렸다. 도미에는 아즈마 따위엔 가서 안 되며, 오히려 이쪽이 수모를 당하게 되면 낭패라고 말렸다. 하지만 쓰마코는 "이것이 기에의 글씨가 아니라는 거니? 네가 막을 권리는 없어. 아즈마로 가서 기에의 양어머니를 만나 이야기해 보면 알게 되겠지."라며 하얗게 질린 입술로 몸을 부르르 떨면서 소리를 질렀다. 결국 두 자매는 서로 거칠게 소리치며 싸우는 지경이 되었다.

"설령 그렇다 해도, 아무리 사실이래도, 그럼 더더욱 언니가 아즈마 집으로 가선 안 되잖아."

"사실이니까 가는 거야. 네가 뭐라고 해도 갈 거야. 이거 놔. 너까지 형부와 기에 편을 드는 거니? 좋아. 이거 놔."

쓰마코가 한손으로 도미에의 어깨를 세게 뿌리치는 바람에 도미에는 옆으로 쓰러졌다. 쓰마코는 거실로 달려갔다.

"안 돼. 언니가 뭐라고 하든 말릴 거야. 사실이라는 생각이 들면 기에를 여기로 불러 알아보면 되잖아. 아즈마의 어머니에게까지 말할 일은 아니잖아. 그래도 동생이잖아, 언니."

도미에는 언니의 뒤를 따라가 매달리며 그곳에 앉히려 했다. 오키소가 졸린 듯한 얼굴로 현관 쪽에서 들어왔다. 열린 장지문을 통해 거실의 전기 불빛이 노랗게 흘러 들어왔다.

"벌써 날이 샜네. 거기 문을 열어둬."

도미에가 오키소에게 말했다. 오키소는 평소와는 다른 쓰마코를 보고, 어쩔 줄 몰라 하며 무슨 생각에서인지 그 자리에 주저앉았다.

"문을 열어두라니까."

도미에에게 혼나듯이 한 마디 더 듣고서야 오키소는 다시 일어나 현관 쪽으로 갔다.

"네가 무어라 하든 상관없어. 동생이든 뭐든. 아니, 동생이니까 더 참을 수 없어. 부끄러운 일이라면 모두가 부끄러운 거 아니야? 왜 아즈마로 가면 안 된다는 거니? 너까지 나를 무시하고 기에를 감싸는 거야. 어차피 난 무시당하고 있어."

쓰마코는 말을 마치자, 소리를 내어 울었다. 옷깃이 벌어져 가슴이 보였고, 입을 벌리고 괴로운 듯 숨을 몰아쉬는 창백한 뺨에 눈물이 흘렀다. 그런 언니의 모습을 보고 있으려니, 도미에는 왠지 불쌍해졌다.

"아즈마로 가게 놔둬. 뭐라고 하든 갈 테니까."

쓰마코는 다시 일어서려 했지만, 도미에는 그 무릎을 눌렀다.

"언니. 대신 내가 갈게. 언니는 집에서 진정하고 기다려봐. 언니가 그런 흐트러진 모습으로 가면 꼴사나우니까 그만둬. 내가 꼭 언니의 마음을 풀어줄게."

"꼴사납다고? 누가 그렇게 만들었는데. 너는 항상 다른 사람들이 하는 말만 들어. 좋아. 이제 네 말 같은 것은 듣지 않을 거야. 꼴사나워도 네 신세는 지지 않을 테니 가도록 놔둬. 형부랑 같은 말을 하며 나를 몰아세우고… 너까지 형부 편을 들다니…."

쓰마코는 이를 악물며 울었다.

"그렇지 않아. 언니가 무슨 말을 하는지 나도 알아. 형부가 나쁘고 말고. 형부의 편을 들려고 이런 말을 하는 게 아니야. 어쨌든 언니, 아즈마로 가면 안 돼."

쓰마코는 엎드려서 계속 울었다. 어젯밤에 바른 백분이 차가운 귀 근처에서 들떠 있었다.

지금까지 슬픔과 분노로 날뛰던 마음이 조금씩 누그러드는지 그 후로 아무 말도 없었다. 도미에는 하오리라도 걸치게 해주려고 침실로 갔다.

침실에선 잠을 깬 시즈코가 오키소에게 칭얼거리고 있었다.

"좀 더 코 자요."

도미에는 베개를 베고 누운 시즈코의 가지런한 단발머리를 위에서 아래로 가만히 쓰다듬었다.

"바깥 어른은 어젯밤 들어오시지 않았나요?"

오키소가 쓸데없는 일을 물었다. 도미에는 굳은 얼굴로 아무 말도 하지 않았다. 줄무늬 비단으로 지은 언니의 하오리를 가지고 빨리 나가려고 하는데, 도미에는 자신도 춥다는 생각이 들었다.

오키소는 재빨리 도미에의 방으로 하오리를 가지러 갔다.

"아가씨. 이리로 들어오세요."

시즈코가 어른들 말투를 흉내 내며 애교를 부렸다. 절반은 울상이 된 도미에의 얼굴을 보고, 어린 마음에도 위로를 해보려는 듯했다.

도미에는 말없이 이부자리 옆에 떨어져 있는 문제의 편지를 주웠다.

오늘 밤은 안 돼요. 어머니가 있어요. 내일 모레라면 곤야마치

(紺屋町)의 아주머니 집에 가서 안 계세요. 그래도 자고 가는 것은 안 돼요.

도미에는 편지를 몇 번이나 다시 읽었다. 확실히 기에의 필체였다. 어째서 이런 대담한 짓을 했을까. 봉투가 없으니까 모르지만, 산요도(山陽堂)의 편집부로 보낸 것이 틀림없었다. 언니에게는 비밀로 해야 한다고 형부가 가르쳐주었을 것이다. 도미에는 기에의 어깨에 악마의 큰 손이 놓여 있다고 생각했다. 갑자기 조금도 미룰 수 없을 정도로 초조해졌다. 언니의 질투에 동정하기보다는 어린 동생에게 다가오는 위험을 생각해 도미에는 곧 아즈마로 가기로 했다.

오키소가 하오리를 가져오자, 얼른 그것을 걸치며 언니에게 갔다. 쓰마코는 아직 그곳에 엎드려 있었다. 하오리를 위에서 덮어주며 방에 들어가라고 설득하려는데, 누군가 천천히 문을 두드리는 소리가 났다.

형부 료쿠시가 돌아왔다.

"언니 화났잖아요. 어젯밤 들어왔으면 좋았을 걸."

도미에는 억지로 웃었다. 료쿠시는 쓰마코를 보더니 지병이 발작한 거라고 생각했다. 비단으로 지은 겹옷의 소맷자락을 걷으며 아무렇지도 않은 듯이 말했다.

"이지마(飯島)에 있었어. 술을 너무 많이 마셔서 그대로 쓰러지는 바람에… 늦어서 미안해."

료쿠시는 고개를 숙였다. 무단으로 남의 집에서 자고 왔을 때 료쿠시의 변명은 늘 정해져 있었다. 아내의 질투를 겁내면서도 몰래 놀고 난 뒤라면, 좀 더 교묘한 변명을 할 만도 한데 말이다. 도미에는 오히려 형부가 딱했다.

"또 사람을 속이네. 거짓말을 잘도 하셔."

갑자기 쓰마코가 얼굴을 들어 짜내듯이 소리를 질렀다.

"어디에 갔었어요? 기에를 데리고 어디에 갔었어요?"

입이 찢어진 듯한 언니의 얼굴이 도미에의 눈에 들어왔다. 료쿠시는 잠을 못 잔 듯 창백한 아내의 얼굴을 외면했다. 그리고 "잘못된 추측은 안 돼. 상상의 질투는 곤란하지."라고 중얼거리며, 안으로 들어가려 했다.

"당신. 기다려요."

쓰마코는 료쿠시에게 맹렬히 달려들었다.

"도미에. 편지 좀 갖고 와. 기에의 편지 말이야."

료쿠시의 옷자락을 잡은 스마코의 양손이 덜덜 떨렸다.

"외투 주머니에서 뭔가를 꺼냈군."

금방 무슨 말인지 알겠다는 표정으로 료쿠시는 일부러 웃었다.

"그 편지라면 기에가 보낸 거야. 그것이 뭐 어떻다는 거야?"

료쿠시는 다시 일부러 아무렇지도 않은 척하며, 오히려 되물었다. 당연히 감출 것이라고 생각되는 일을 이렇게 드러내는 데에는 자신의 결백을 보여주려는 의도가 숨어 있었다.

"그러니까 둘이 어디에 갔었어요?"

남편이 기에를 데리고 어딘가에서 술을 마시는 그림이 쓰마코의 머릿속에 선명하게 그려지는 듯했다. 쓰마코 자신도 그림 속으로 들어가 두 사람이 희희덕대는 장소에 있는 기분이 들었다. 이제 료쿠시를 쏘아보는 쓰마코의 눈에는 그런 현장에서 남편을 붙잡은 여자의 광기가 서려 있다.

"그건 편지잖아. 나를 초대한 편지. 그게 뭐 어쨌다는 거야?"

"기에 같은 애와 그런 관계이면서 당신은 얼굴을 들고 다닐 수 있어요?"

쓰마코는 눈물을 뚝뚝 흘리면서 료쿠시의 팔을 흔들었다.

"바보 같은 소리 하고 있어. 그러니까 말도 안 되는 추측을 한다는 거야. 무슨 말을 해도 지금은 안 통할 테니 나중에 이야기해."

"나는 당신만큼 흥분하지 않았어요."

쓰마코는 어느새 남편을 비웃을 정도로 냉정해져 있었다. 그 사이에 시즈코가 엄마 뒤로 와서 눈을 비비며 울고 있었다.

"기에는 어린애라 생각하고 마음 편히 지냈는데, 제법 컸어. 매번 이런 편지를 보내오니 나도 약해져."

말을 마친 료쿠시는 두 사람을 보았다. 그리고 놀랄 정도로 음란한 기에의 모습을 개탄하는 듯한 어조로 쓰마코가 흥미를 갖도록 이야기를 꺼냈다.

춤 연습을 하고 돌아가는 길에 친구와 함께 일부러 〈산요도〉 앞을 지나간다거나, 쓸데없는 편지를 점점 더 자주 보내온다거나, 괜히 전화를 한다거나, 어머니가 없을 때 료쿠시에게 하는 행동 등을 남김없이 들려주었다.

"당신 동생이지만, 곤란한 녀석이야. 나중에 배우를 쫓아다니기라도 하면, 어머니를 울리고도 남을 거야."

마지막으로 료쿠시는 이렇게 말하고 웃었다. 기에에 대해 이런 감정으로 말하는 이상, 그 아이에 대한 사랑이 없는 것을 잘 알지 않겠느냐는 말투였다.

료쿠시는 금세 쓰마코를 자신의 손바닥 위에 올려놓고 있었다. 쓰마코는 남편이 이런 식으로 말하는 이상, 기에를 사랑할 리가 없다고 믿게되었다. 어느새 남편에 대한 미움과 질투는 사라졌고, 오히려 남편을 꼬드기는 동생이 때려주고 싶을 정도로 미웠다.

"역시 춤 따위를 배우게 하니까 바람기가 생기는 거야. 돌아가신 엄마의 기질을 닮았어. 어느 정도는."

쓰마코가 도미에게 말했다. 생각할수록 치미는 화를 진정시키기 위해 소중한 어머니를 모욕하는 일도 꺼리지 않고 있었다. 도미에는 언니의 너무나 얄팍한 처사에 어이가 없었다.

료쿠시는 시즈코를 안고 안으로 들어가버렸다. 이제 쓰마코는 편지에 대한 의심이 걷혔고, 남편이 기에를 사랑하지 않는다는 사실을 알게되었다. 그래서 어젯밤엔 그가 아즈마가 아니라 이지마에서 묵었을 것이라고 믿어버렸다.

도미에는 언니의 얕은 생각이 한심했다.

"이제 그만 일어날까. 좀 더 잘까. 도미에도 너무 빨리 일어났어. 좀 더 자두는 게 좋아. 걱정을 끼쳤으니 저녁엔 어디라도 데려가줄게."

평소대로 돌아온 쓰마코는 오히려 들뜬 태도로 남편의 뒤를 따라 안으로 들어갔다.

쓰마코는 남편이 다른 여자를 품지 않았다는 것을 알게 되자, 이제 남편의 사랑은 자기 것이라고 느꼈다. 하지만 그런 느낌은 오래 가지 않아, 일이 생기면 금방 다시 남편을 의심하게 될 것이다. 어쨌든 자신이 사랑받고 있다고 느끼는 지금 이 순간만큼은 기뻐하며, 이런 저런 일을 모두 잊고 있었다.

언니 부부의 뒷모습을 보는 도미에의 눈에는 그칠 줄 모르는 눈물이 흘렀다.

'기에는 음란한 것일까. 그 음란함을 흥미로워하며, 자신을 향해 발현시키려는 형부는 정말 나쁜 사람이야. 백치를 잡아놓고, 그 백치스러움을 자신 앞에 드러내게 만들며 기뻐하는 사람과 다를 바 없어. 형부는 아직 여자로 성숙하지 않은 기에의 몸을 가지고 놀며, 몸속 어딘가에 숨어 있는 음탕한 피를 들끓게 만들었던 것은 아닐까. 그래놓고는 이제 와서…….'

정말 비열한 사람은 형부라고 생각하자, 도미에의 가슴에 분노가 끓어올랐다.

기에가 동생이 아니고 남이라 해도 도미에는 형부를 용서할 수 없었다. 언니는 어떤가. 남편이 기에의 품행에 대해 들려준 이야기를 믿는다면, 기에에게 연민의 정을 보여주어야 했다. 하지만 육친의 정도 잊고,

질투 때문에 눈이 멀어 작은 일을 크게 떠들어대며 분풀이를 했다.

도량이 좁은 언니는 그렇다 치고, 도미에는 자신마저 비루하게 느껴졌다. 형부 같은 사람에게 문예 작품에 대한 의견을 묻고, 그의 생각을 따르려고 했다니… 이제 그의 집에 얹혀사는 것조차 싫었다.

도미에는 잠시 앉은 채로 있었다. 집 안에서는 시즈코의 웃음소리에 어우러져 료쿠시와 쓰마코의 웃음소리도 들렸다.

부엌 창문으로 환한 빛이 비쳐들었고, 오키소가 아궁이에 불을 붙이는지 연기가 방으로 스며들었다. 소메야 집안의 아침이 간신히 평화로워졌다고 생각하며, 도미에는 자신의 방으로 갔다.

12

기에를 엄하게 가르쳐야겠다고 생각한 도미에는 아침 식사를 마치자 아즈마로 갈 준비를 했다. 바로 그때 한다가 와서 지하야가 초대한다는 말을 전해주었다. 도미에는 내키지 않아 거절했다.

"미와 씨라고, 당신이 아는 사람이지요?"

한다는 미와 역시 오늘 지하야한테 일이 있어서 온다고 했다. 그리고 마침 좋은 기회니까. 오규노 여사도 불러달라는 전화를 받고 어떤지 물으러 왔다고 했다.

"미와 씨도 아사스게 극단으로 들어가게 되어 다음 공연부터는 크게 활동을 할 거랍니다."

이렇게 말하는 한다도 기쁜 듯한 얼굴을 했다.

요전에 잠깐 얼굴만 봤던 미와를 느긋하게 만나고 싶다고 도미에는 늘 생각하고 있었다. 하지만 일부러 만날 기회를 만들어 찾아가기가 어색할 정도로 두 사람은 오랫동안 연락을 끊고 지냈다. 도미에는 오늘 한다의 초대가 마침 좋은 기회라고 생각했다.

"미와가 온다면야…."

도미에는 지하야의 집에 가기로 했다.

도미에가 자신의 방으로 외출 준비를 하러 가자, 료쿠시는 미와에 대한 이야기를 꺼냈다. 한다가 의지가 아주 강한 여자라고 칭찬하자, 료쿠시는 "그런데 어째 남자한테는 약해."라며 웃었다.

"나는 친하게 지냈으니까 잘 알지."

한다가 놀란 얼굴로 거닐던 발걸음을 멈춘 순간, 마침 도미에가 들어왔다. 도미에는 두 사람이 지금 무슨 이야기를 하고 있었는지 금방 알아챘다. 그래서 차가운 눈으로 형부를 바라보았다.

도미에와 한다가 오모리(大森)에 있는 지하야의 집에 도착했을 때는 벌써 정오가 지나서였다. 다다미 방과 마주한 4평 정도의 정원에는 어린 소나무가 가득 심어져 있었다. 나란히 늘어선 어린 소나무들 외에는 풀 이파리 하나 눈에 띄는 것도 없었다.

다다미 방 벽에는 현재 배우들이 공연하는 무대를 풍자한 만화들이 걸려 있었다. 방주인인 지하야가 그린 것들이었다. 그 옆에는 샤미센 하나가 금박을 입힌 천에 싸인 채 걸려 있었다.

방 한가운데에는 흰 견직물 방석 위에 미와가 앉아 입센이 쓴 〈인형의 집〉을 읽고 있었다. 미와는 도미에를 보자 책에서 눈을 떼고, 가볍게 인사했다. 그리고 웃지도 않고, 〈진데이〉의 여주인공은 괜찮은 역이라고 했다.

"읽었구나. 어땠어?"

그렇게 말하면서 도미에는 미와의 옆에 앉아 뺨과 뺨을 나란히 했다. 겹옷 속의 가슴에 땀이 배어 후덥지근했다. 흰 차양 옆으로 비껴든 건조한 햇빛이 유리문에 절반쯤 닿았다.

"정말 좋다고 생각했어. 가사네(累, 가부키에서 남편에게 살해당하는 인물)를 현대판으로 살려낸 듯한 부분도 있었고."

두 사람은 잠시 〈진데이〉에 관해 이야기를 나누었다. 그리고 도미에는 미와가 연극계로 들어온 계기에 대해 이것저것 물었지만, 미와는 그에 대해선 아무 말도 하지 않았다. 그때 옆방의 이야기 소리가 들렸다.

"너도 내년엔 박사구나."

지하야가 손님에게 말했다.

"찬성하지 않아. 나는 박사 폐지설을 문부성에 주장할 작정이야."

"기발하네."

"박사만큼 세상 사람들을 그르치게 하는 칭호도 거의 없을 거야. 박사만 되면 대단한 존재라고 세상 사람들은 생각하겠지. 특히 의학 박사가 그래. 박사가 되면 진찰료가 비싸져. 정찰제를 이용한 사기꾼이지. 국가가 허락 아래 국민을 속여넘기는 것이나 다름없어."

두 사람의 열띤 대화 소리가 들렸다. 도미에와 미와는 말없이 옆방의 이야기를 듣고 있었다. 미와는 도미에가 입은 오래된 기모노의 어깨 쪽에 시선을 두었고 도미에는 미와의 아름다운 얼굴을 보고 있었다.

"너무 조용한데요."

지하야가 옆방에서 힐끗 들여다보며 말을 걸었다. 도미에와 미와는 서로 눈을 마주치고 그냥 미소 지었다.

지하야도 한다도 마침 찾아온 손님도 한곳에 모이자 〈진데이〉의 이야기가 다시 나왔다. 마침 한다도 읽지 않았다 하고 손님도 궁금해하자, 지하야가 그 줄거리를 대강 이야기하기 시작했다.

한 미남 마술사가 가든 파티에 초대되어 공연을 하는데, 마침 그곳에 참석했던 자작의 딸과 서로 사랑에 빠진다. 그녀는 집을 나와 마술사와 함께 외국으로 도망가게 되고, 몇 년 후 뛰어난 여자 마술사가 되어 돌아온다.

마술사는 외국에 있는 동안 여자의 미모를 탐내는 남자들을 질투하며, 끊임없이 여자를 괴롭힌다. 그런데 일본으로 돌아오고 나서도 질투는 점점 심해져 결국 칼로 여자의 얼굴에 상처를 입히고 만다.

여자는 남자가 자기를 사랑하기 때문에 이런 광적인 짓을 저질렀다고 생각하며 남자를 미워하지 않는다. 공연할 때 얼굴이 드러나 자작의 딸이라고 알려질까 두려웠던 처지였기 때문에, 복면으로 흉터를 가리고 무대에 서게 되자 오히려 더 좋아한다.

이후에도 여자는 변함없이 남자와 한 팀이 되어 공연하며 갈채를 받는다.

처음에 여자는 남자의 사랑 때문에 자신의 얼굴이 미워졌다는 사실을 원망하지 않았다. 오히려 만족했다. 하지만 차차 자신에 대한 남편의 애정이 흐려지는 느낌을 받는다. 일그러진 입술과 짝짝이가 된 눈을 거울 비추어보며, 한탄하는 날이 점점 늘어간다. 남자는 원래 자신이 죄인이라고 생각했기 때문에 여자에게 한층 자상하게 대해주지만, 여자는 점차 삐뚤어져간다. 별 매력도 없는 제자들과 남편의 관계를 의심하고 질투하며, 남편을 괴롭힌다. 마침 남편이 예기의 사랑을 받으며 마음이 약해지자 여자의 질투는 점점 더해간다.

그러던 어느 날 여자 마술사가 공연하고 있는 오다하라(小田原)로 두 남자가 찾아온다. 한 사람은 오빠이고, 또한 사람은 여자와 정혼했던 남작이다. 그들은 여자에게 지금까지의 행동을 참회하고 집으로 돌아오라고 설득한다. 특히 남작은 여자의 변한 얼굴과 타락한 현실을 보고도 변함없는 사랑을 고백한다. 그러나 여자는 집으로 돌아가지 않을 것이니 자신을 잊어버리라고 한다. 그러자 오빠는 화를 내며 그 자리에서 절연을 선언한다.

두 사람은 여관으로 돌아와 함께 온 여동생에게 이런 사실을 들려준다. 동생은 하나밖에 없는 언니를 잃게 된 것이 슬퍼 몰래 언니를 만나러 간다. 마침 언니가 집에 없었기 때문에 남자 마술사를 만나 언니를 놓아주고 집으로 돌려보내라고 간절하게 부탁한다. 남자는 여자를 유혹해 집에서 도망치게 만든 건 자신의 잘못이라고 생각하며, 여자의 행복을 위해서 그러마고 약속한다. 그러자 동생은 자신이 혼자 이곳에 온 것을 알면 오빠에게 호되게 야단을 맞으니 우선은 돌아가야 한다며, 그날 밤 해안의 소나무 숲으로 언니를 데려와달라고 부탁한다.

남자는 아내가 돌아오자 친정인 자작 가문으로 돌아갈 것을 권한다. 죄를 속죄하기 위해서라도 돌아가야 한다고 타이른다. 하지만 여자는 남자가 자신을 멀리하기 위해 이러는 것이라며 말을 듣지 않는다. 오히려 거나하게 술을 마시고 취해서, 달래는 남자를 난처하게 만든다. 술에 취한 여자는, 자신이 없을 때 아름다운 여자가 찾아왔다는 이야기를 제자에게 들었다면서, 그 여자가 누구인지 따진다. 남편은 여자의 동생이 찾아왔던 이야기를 들려주었지만, 여자는 거짓말이라며 믿지 않는다.

그날 밤 남자는 여자의 동생을 만나러 소나무 숲으로 간다. 동생이 직접 언니를 만나 이야기를 나누게 하면 오해도 풀릴 것이라 생각했기 때문이다. 그런데 여자는 남편의 거동을 수상히 여기며 남몰래 애인을 만나러 가는 것이라 의심한다. 여자는 "현장을 덮쳐 위협할 거야."라며, 이전에 남편이 자신에게 휘둘렀던 단도를 꺼내든다. 그리고 제자 앞에서 그것을 목에 대며 미친 듯이 웃더니, 급히 남편을 뒤쫓아간다.

소나무 숲에서 젊은 여자가 울고 있다. 한눈에 보아도 그 옆에 선 남자는 자신의 남편이다. 여자는 갑자기 미친 사람처럼 소나무 그늘 아래 남자에게 뛰어들어 칼을 휘두른다. 동생은 남자를 감싸고 말리려 하면서 자신이 누구인지 밝힌다. 하지만 여자의 귀에는 아무 말도 들리지 않았고, 결국 남자를 죽이고 나서야 어둠 속에서 동생을 알아본다. 그제야 정신이 든 여자는 죽은 남자를 끌어안고, 얼굴에 입을 맞춘 뒤 기절한다.

여기까지가 지하야가 들려준 〈진데이〉의 줄거리였다.
"재밌어. 정말 좋아. 꼭 읽어볼게요."
다 듣고 나서 한다가 말했다.
손님은 독일에서 봤다는 연극 〈살로메〉의 이야기에서부터 지금 일본의 보잘것없는 신파극과 구극(舊劇)을 보전해야 하는 이유 등에 대한 이야기를 했다. 여배우에 대한 평판은 높아졌다 해도 정말 기량이 뛰어나 훌륭한 배우가 나오려면 아직 멀었다고, 미와를 앞에 두고 말했다.
한다는 미와의 얼굴을 바라보며 남자에게 약하다고 하던 료쿠시의 말을 떠올렸다. 계속 자신을 바라보며 느껴주기를 바라는 그런 눈이라는 생각이 들었다. 바람기 있는 여자라고 혼자 마음 속으로 점수를 매겼다.

13

도미에는 미와와 함께 지하야의 집을 나왔다. 오늘 아침 집에서 벌어

졌던 일을 미와에게 들려주고, 걱정이 되어 아즈마에 가보아야 한다고
했다. 미와도 같이 갔다. 격자문 밖에서 들여다보자 기에는 큰 오늬 무
늬가 들어간 겹옷 기모노를 아무렇게나 걸치고, 안에 입은 붉은 주반의
앞섶을 벌린 채 옆으로 다리를 뻗고 앉아 있었다. 무언가를 집어먹던 중
이었다.

"어머니는 안 계셔?"

도미에가 말했다.

"예. 안 계세요. 누구세요?"

기에는 계속 무언가를 먹으면서 나왔다. 밖에서 막 돌아온 듯 흰 버선
을 신은 채였다. 붉은 옷자락을 걷고, 보랏빛 긴 소맷자락이 나풀거리는
모습이 전등 그림자로 어두워졌다 또렷해졌다 하며 아름답게. 보였다.

언니를 보자, 기에는 옷자락을 걷어 게다를 신으며 봉당으로 내려왔
다. 도미에는 동행이 있어 오늘 밤은 오래 있지 못한다고 하면서 다카마
게(高髷, 정수리 근처까지 높이 묶어 틀어올린 머리)로 묶은 기에의 머리가
정수리 근처에서 물방울처럼 떨어지는 모양을 바라보았다.

"어젯밤 밖에서 자고 왔니?"

"아니. 집에 있었어. 왜?"

기에는 먹다만 과자를 손가락으로 주무르며, 이상하다는 듯한 얼굴
을 했다.

"형부한테 편지를 보냈지?"

이 말을 듣고 부끄러워하지 않을까 생각했지만, 기에는 태연했다.

181

"나한테 뭔가 볼일이 있다고 만나자면서, 그쪽으로 오라고 전화로 불렀어. 그리고 편지로 형편이 좋은 날을 적어 보내라고 했어. 나, 그런 짓하면, 어머니한테 혼나. 그래서 거절하는 편지를 보낸 거야. 언니 읽었어?"

"거절하는 편지가 아니잖아. 어머니가 안 계신 날을 말하지 않았어?"

기에는 말없이 버린 과자를 게다로 자근자근 밟았다.

"거짓말하면 안 돼."

도미에의 엄한 말투가 기에는 무서웠다.

"언니. 용서해줘."

기에는 바로 사과를 했다. 그리고 울음이 터질 듯한 얼굴로, "어머니가 안 계신 날을 알려달라고, 형부가 그랬어. 나도 모르게 편지를 보내고 말았어. 나쁜 짓이야."라고 말했다.

기에는 풀이 죽어 고개를 숙였다. 하얀 목덜미에 붉은 주반의 옷깃이 닿아 짙은 색을 띠고 있는 것을 보자, 도미에는 귀엽고 애처로워 화도 내지 못했다.

형부 말을 듣는 것은 기에를 위한 일이 아니기 때문에, 결코 형부를 믿고 시키는 대로 하면 안 된다, 형부가 화를 내더라도 거리를 두어야 한다고 도미에는 몇 번이나 반복해서 말했다.

"정말 어젯밤은 어디에도 가지 않았던 거지?"

"가지 않았어. 형부가 초저녁에 잠깐 왔지만, 어머니가 있어서 금방 갔어."

"기에가 형부한테 전화를 걸거나 편지로 부른다고 들었어. 하지만 그런 일은 없는 거지?"

"응. 그런 일 없어."

기에가 방긋 웃으며 말했다.

도미에는 기에가 어린애로 보일 정도로 귀여웠다. 너무 심하게 타이르지 말아야겠다는 생각이 들어, 또 오겠다며 아즈마를 나왔다. 기에는 늘 하듯이 엉겨붙으며 가지 말라고 하지 않았다.

모퉁이를 돌자 미와가 기다리고 있었다. 두 사람은 긴자 거리를 천천히 걸었다. 이렇게 서로 어깨를 스치며 발맞추어 걷는 것을 도미에는 늘 그리워했다.

"몇 년 만에 함께 걷는 걸까?"

미와도 이렇게 말했다.

노점의 램프, 그리고 서양식 건물의 큰 가게에 켜놓은 전등과 가스등이 서로를 노려보는 벽돌 길에 많은 사람들이 짙은 그림자를 드리우며 걷고 있었다. 조명이 환하게 켜진 그림 엽서 가게 앞에는 사람들이 모여 있었다.

도미에는 요즘 여러 가지 일에 대해 느끼는 감정을 미와에게 이야기했다. 예전에는 미와도 도미에에게 연극계로 나가려는 포부를 이야기하거나 자신의 감정을 털어놓기도 했었다. 하지만 지금은 그렇게 하지 않았다. 무언가 자신이 생각하는 길을 걷겠다는 듯 깊은 이야기를 하지 않은 채 이 순간만을 대충 넘기려는 것 같아 도미에는 못마땅했다.

도미에는 미와가 마음을 털어놓지 않기 때문에, 서로 겉돌고 있는 것은 아니라고 생각했다. 옛날에는 둘이서 함께 빨간색이라고 생각했던 것도 지금 자신에게는 보라색으로, 미와에게는 노란색으로 보일 정도로 서로 헤어졌던 세월이 길었다. 그 시간 동안 각자 자신만의 세계를 만들어갔기 때문에 어쩔 수 없는 일이었다. 그래서 두 사람은 이야기도 별로 하지 않고 걸었다.

교바시(京橋)의 정류장까지 오자, 미와는 자기 집으로 같이 가자고 했다. 도미에는 그곳에서 전차를 타고 아사쿠사(淺草)의 다이치(代地)에 있는 미와의 집까지 갔다.

미와의 집 근처는 이미 적막했다. 닫힌 문을 처마 아래의 등이 외롭게 지키고 있었고, 낮은 울타리에 휘감긴 남오미자나무의 잎이 창백했다. 도미에는 미와를 따라 집 안으로 들어갔다. 일을 쉬는 시간인지 집은 깨끗하게 정리되어 있었다. 열린 장지문 사이로 다다미 방의 도코노마가 보였다. 기요미즈데라(清水寺)의 세겐(清玄)과 사쿠라히메(桜姫)를 그린 간판(기요미즈데라의 승려가 여인의 유혹을 이기지 못하고 타락하는 가부키의 한 장면)이 서 있었고, 냄새가 났다.

도미에는 간판 속 사쿠라히메가 입은 기모노의 빨간색에 눈부셔하며, 미와의 뒤를 쫓아 집안으로 들어갔다. 미와의 어머니는 도미에를 보자 오랜만이라며 반가워했다. 도미에도 그녀를 만나니 반가웠다.

미와는 도미에를 2층으로 데려다 놓고, 자신은 아래층으로 바로 내려갔다. 도미에는 역시 미와의 방답다고 생각하며 다다미 방 안을 바라보았다. 책상 옆 벽에 올가 네더솔(스페인계 영국인으로 배우 겸 연출가)이 카르멘 역으로 분장한 화려한 색채의 사진판이 흰 대지 위에 붙은 채 걸려 있었다. 그 옆에 아이 펜슬로 분장한 프랑스 여배우의 사진판이 같은 높이로 나란히 붙어 있었다. 이름이 없어 도미에는 누군지도 모르고 보았다.

책상 위에 악어 가죽으로 된 화장품 상자가 벼루집이랑 잉크병과 섞여 있었다. 다정큼나무 꽃 한송이가 하얗게 시든 채 꽂혀 있었고, 읽고 있는 중인지 지하야 문학사가 쓴 프랑스 연극사도 책상 가운데를 놓여 있었다.

"목욕하지 않을래?"

아래층에서 미와가 물었다.

내려가자 유카타를 입은 미와가 수건을 들고 기다리고 있었다. 도미에는 미와가 꺼내온 작고 큰 세로줄 무늬가 들어간 유카타를 입고 함께 부엌과 이어진 욕실로 갔다.

욕조 앞에서 문하생 단고(丹五)가 불을 지피고 있었다. 이 남자는 벙어리였다. 키가 작고 피부가 희고 눈썹이 진해 마치 무대에 서는 배우처럼 잘생긴 남자였다. 실제 나이는 서른여섯 살이라고 하지만 스물둘셋 정도로밖에 보이지 않았다. 미와 아버지의 제자였고, 지금도 단고의 손 하나로 거의 모든 일을 하고 있었다. 단고에게 그림을 그리게 하는 데는 정해진 방법이 있어서 주문받은 작업의 밑그림은 미와의 아버지가 맡아서 했다. 단고의 붓은 그 위에 칠을 하기 위해서만 움직였다. 지금은 아버지 대신 미와가 밑그림을 그렸고, 단고가 타고난 재주로 금세 그 위에 칠을 해 완성했다. 맹아만 아니면 간판을 그리기에는 아까운 사람이라고 미와가 도미에에게 속삭이며 욕실로 들어갔다. 단고는 정중하게 고개를 숙이고 나갔다.

"추웠지? 들어와."

미와는 뒤따라 들어온 도미에에게 말을 걸면서 적당히 살이 오른 새하얀 상체를 뜨거운 물위로 띄운 채 뿌연 욕실 안의 등불을 바라보았다. 도미에는 그런 미와를 바라보았다. 미와의 따뜻한 살갗과 자신의 차가운 살갗이 팔 언저리에서 살짝 닿았을 때 도미에는 이상하게 부끄러웠다.

목욕을 마친 뒤 도미에는 "네 피부색을 보면, 인간 세상에 부는 바람을 아침저녁으로 맞으며 사는 사람이 맞나 싶어. 정말 신기해."라고 말하며 웃었다.

"선녀인가봐."

이렇게 말하며 미와도 웃었다.

미와의 어머니는 초밥 같은 음식을 배달시켜 도미에를 대접했다. 그리고 한때 도미에의 형부 료쿠시가 매일 찾아와 곤란했다고 말했다. 미와는 아무 말도 하지 않았지만, 도미에는 부끄럽다는 생각이 들었다.

그러나 자신은 그런 형부의 능력에 기대어 살고 있었다. 부모님이 남긴 재산이 적어 자신이 지금까지 먹고살 비용조차도 되지 않았다. 지금이야 형부를 미워하게 되었지만, 형부 덕분에 부족함 없이 대학에도 다닐 수 있었다고 생각하니 도미에는 스스로가 너무 실망스러웠다. 한때 소메야 료쿠시라는 소설가가 자신의 형부라고 자랑했던 사실을 생각하니 도미에는 식은땀이 흘렀다.

도미에는 이런 생각을 미와에게 이야기한 뒤 "그래서 말이야. 형부의 손을 놓고 독립하고 싶어."라고 덧붙였다. 하지만 미와는 그에 대해 아무런 대꾸도 하지 않았다. 대신 올가 네더솔의 사진판을 보며, 이 여배우가 사포와 카르멘을 연기하면 너무나 요염하게 사람들을 매혹했기 때문에 정부에서 반윤리적이라고 공연을 금지할 정도였다는 이야기를 했다. 그리고는 무언가를 동경하는 듯한, 잡고 싶은 것이 있어 그것을 쫓아가는 눈을 하고 가만히 생각에 잠겼다. 미와가 유카타 위에 덧입은 거친 격자무늬 기모노도 어떤 의지를 드러내는 듯 보였는데, 가늘게 접은 속띠가 느슨하게 풀려 아래로 흘러내리고 있었다.

도미에는 미와의 아름다운 얼굴을 혼자서 바라보기가 아깝다고 생각했다. 그런 생각을 말하자 미와는 도미에를 바라보며 잠깐 웃었다. 미와는 목욕물에 데워진 손을 나른한 듯 책상 위에 올려놓고, 뒤집어보거나 주먹을 쥐거나 하면서 다시 아무 말도 하지 않았다.

두 사람은 서로 가슴에 와닿는 아무런 느낌 없이 헤어졌다. 그래도 돌아갈 때 미와는 전차 정류장까지 배웅해주었다. 도미에는 함께 있는 동안 미와가 흥이 나지 않은 얼굴을 하고 있었다고 느끼며 아자부(麻布)의 형부 집으로 돌아왔다.

14

소메코로부터 편지가 와 있었다. 병에 걸려 다바타(田端)의 별장에 홀로 와 있다며, 변함없이 언니가 그립다고 몇 번이나 되풀이해 쓰고 있었다.

정오부터라도 가볼까 생각하고 있는데, 야마토(大和) 극단 소속 작가라는 사람이 찾아왔다. 곧 있을 〈진데이〉 공연에 대해 여러 가지 합의도 보고 의견도 듣고 싶다면서 이미 거의 정해놓은 배역에 대해서도 이야기 나누었다. 들어보니, 가쿠신(革新) 극단의 아사스케 엔야와 대립하는 새로운 무리의 수장인 야마토 극단의 가미자와 도켄 일파가 연기하기로 되어 있었다. 여주인공 고마나(小滿名) 역을 맡은 다자토 유메이(田里有名)가 꼭 한 번 만나고 싶어한다는 말도 전했다.

엷게 얽은 얼굴에 숱이 적은 머리카락을 연신 쓸어 올리는 버릇을 가졌고, 기모노의 앞길 폭을 넓게 잡아 입은 겸손한 남자였다. 료쿠시는 자신의 소설을 이 남자가 각색해 한두 번 무대에 올린 적 있어 아는 사이였다. 하지만 일부러 자리를 피해 인사하러 오지 않았다. 도미에는 당연히 이런 일에 아직 익숙하지 않아 준비가 되어 있지 않았다. 따라서 특별히 주문하거나 부탁할 일도 생각나지 않았다.

"모두에게 좋은 쪽으로 해주십시오."

도미에는 슬쩍 도망가고 있었다.

"소메야 씨에게 상담해볼까요?"

이름이 요시자쿠라(吉櫻)라고 밝힌 작가가 말했다. 하지만 료쿠시로부터 "네 작품이니 네 마음대로 하라"는 심술궂은 말을 이미 들은 터였다. 게다가 형부에게 조언을 구해 자신이 각본에 간섭한 뒤, 배우나 연출가가 이모저모로 곤란해 한다는 소리를 들을 수도 있었다. 차라리 모두 극단과 연기자에게 맡기고 가만히 있는 편이 낫겠다고 도미에는 생각했다.

"형부는 귀찮아해요."

"그럼 너무 번거롭게 해드리지 말아야지요."

작가는 이렇게 말하고 돌아갔다.

나중에 밥을 먹을 때 도미에는 료쿠시와 얼굴을 마주하게 되었다. 하지만 료쿠시는 아무 말도 하지 않았고, 도미에도 묵묵히 밥만 먹었다. 쓰마코가 혼자 "다자토가 맡은 고마나라니… 꼭 잘될 거야. 분명 갈채받을걸." 하며 기뻐했다. 그제야 료쿠시는 웃으면서 사방에서 작품을 비난할 테니 각오하라며, 그래도 화를 내선 안 된다고 했다.

도미에는 밖으로 나왔다. 하늘이 활짝 개어 있었다. 아주 깊고 깊은 바닥에서 파란색이 표면으로 올라와 비치는 듯했다. 잠시 걷고 있으니 비단 겹옷으로 된 기모노의 표면이 뜨거워져 타버릴 것 같았다. 건조한 공기가 숨 막히는 음력 시월의 청명한 날씨였다.

도미에는 다바타로 갔다.

소메코는 머리도 묶지 않고 늘어뜨린 채 문에 서 있었다. 시중드는 여자가 옆에서 소메코의 손을 붙들어주고 있었다. 소메코가 입고 있는 하오리의 짙은 포도색이 가을 햇살을 받아 더욱 진하게 보였다. 소메코는

어젯밤 내내 도미에에 대한 이야기만 하며 잠을 이루지 못했다고 여자
가 말했다. 그리고 하이하이 인형(기어가는 모습을 한 유아 인형으로 액운
을 쫓는다고 한다)을 갖고 와서는 소메코가 보낸다는 말과 함께 도미에
한테 전해달라고 울고 또 울었다고도 했다. 소메코는 어젯밤엔 하이하
이 인형이 말을 할 것만 같았고, 자신의 생각을 남김없이 언니에게 전해
줄 것처럼 느껴졌다며, 품속에서 인형을 꺼내 도미에게 보여주었다.

"오하마가 어젯밤 난처했을 거야."

소메코는 시중드는 여자를 보며 살짝 웃었다. 소메코의 눈은 닦아놓은
칼처럼 예리하게 빛났고, 그윽한 분위기가 배어나는 얼굴은 창백했다.

"언니, 이 인형은 입을 움직일 것 같지 않아요? 눈이 언니를 보고 있
어요. 이 인형 속에 내 마음이 들어 있나 봐요. 언니가 그립다고 우네
요."

소메코는 이렇게 말하며 인형을 쓰다듬었다. 도미에가 갑자기 소메
코의 손을 잡더니 손등에 입을 맞추었다. 소메코는 얼굴이 빨개지면서
도미에의 옷소매에 얼굴을 묻고는 "더 해줘요."라고 말했다.

소메코는 도미에가 올 때까지 자신의 머리에 아무도 손을 대지 못하
게 하며, 그 누가 뭐라 해도 듣지 않았다고 한다. 그래서 이렇게 정신 나
간 사람처럼 머리를 풀어헤치고 있다고 오하마가 말했다. 도미에는 소
메코의 머리를 리본으로 묶어주었다. 그리고 아무리 네가 나를 사랑하
더라도 너는 너, 나는 나로 이 세상에 태어나 각자의 인생을 살아갈 운
명이다. 어떻게 해도 우리는 함께 생활할 수는 없다. 쓸데없는 생각을

하며 밤에 자지 않고 몸을 상하거나 부모님께 걱정을 끼친다면, 너를 위해서라도 다시 오지 않을 거라고 도미에는 확실히 말했다. 그러자 소메코는 어머니도 아버지도 오빠도 그 누구도 싫기만 하고, 단지 언니 한 사람만 좋은데 떨어져 지내기는 싫다며 울음을 그치지 않았다.

"아무리 좋아도 내가 평생 이렇게 네 옆에 있을 순 없어."

소메코는 말없이 창가로 가 커튼 위에 푹 엎드렸다. 마침 뒤쪽 피아노대에서 악보 책과 페이지를 고정해둔 금색 핀이 함께 미끄러져 바닥 위로 떨어지며 상쾌한 소리를 냈다.

도미에는 소메코가 우는 모습을 잠시 지켜보았다. 언제까지나 울고 있었다.

도미에는 오늘 밤은 함께 머물기로 하고, 얼마간이라도 소메코의 기분을 풀어주기 위해 뒷마당을 지나 밖으로 나가보았다. 유리 그릇에 담긴 물에 푸른 물감을 풀어놓은 듯한 하늘에 저녁 노을의 어슴푸레한 그림자가 붉게 물들고 있었다. 후사다(房田) 집안 별장의 서양식 건물에 칠해진 짙은 갈색 페인트는 저무는 햇살을 받은 삼나무 가로수가 그렇듯 삭은 빛깔을 띠고 있었다.

언덕에 오르자 미카와시마(三河島)의 논밭이 한눈에 내려다보였다.

"춥겠어."

도미에는 소메코의 추위 보이는 맨발을 보며, 이렇게 말했다.

"홀쩍 타기는, 탈 수밖에 없지만…."

어디선가 비파에 맞추어 부르는 노랫소리가 중간중간 끊어지면서 들렸다. 그 소리가 두 사람이 나란히 선 발 아래의 풀숲을 울리고, 그 속에 있는 단 한 송이 꽃마저도 떨리게 만드는 것처럼 느껴졌다.

푸른 빛이 도는 소메코의 창백한 얼굴에 흰 리본으로 묶은 머리가 흘러내려 하늘하늘 나부꼈다. 풀숲 속 빨간 싸리꽃과 소메코가 입은 주반의 연분홍빛 소매가 주변의 경치 속에서 부드럽게 어우러지며 돋보였다.

도미에는 웅크리고 앉으며 논밭 쪽을 내려다보았다. 흙색, 노란색, 초록색, 황녹색 등으로 칠한 듯한 논밭의 표면이 붉은 석양에 물들어가고 있었다. 소나무, 오리나무 등이 곳곳에 모여 자라는 사이로 판자 지붕을 인 집들이 손에 잡힐 듯 작게 멀리로 보였다. 길고 짧고 굵은 공장 굴뚝이 섞여 연기를 내뿜기도 하고 그렇지 않기도 했다. 여기저기 각양각색의 공장들이 세력을 다투듯 서로 등을 돌리기도 하고 마주하기도 하면서 서 있었다.

하늘에는 거친 파도에 부딪히며 우뚝 솟은 바위 같은 구름이 뭉게뭉게 떠밀려왔다. 그 찢어진 틈으로 연지를 찍은 듯 붉은 석양구름도 조금 보였지만, 이내 어디론가 흘러가버렸다. 도미에는 아직 한 번도 가본 적 없는 고향이 생각났다. 그리고 아직 만난 적도 없는 할머니를 떠올렸다.

자신이 모셔야만 하는 할머니라는 생각이 들자, 요즈음 기후로 엽서 한 장 띄우지 않았던 것이 지독한 불효로 느껴졌다. 도미에는 자연스럽게 계모도 떠올렸다.

그러고 있으려니 소메코가 다시금 사랑스러워 도미에는 손을 잡아주었다. 소메코는 도미에가 바라보는 쪽을 자기도 바라보며 외로운 듯 서 있었다. 잔디밭 쪽에서 찬 가을바람이 불어와 두 사람의 살갗에 싸늘하게 부딪혔다.

15

소메코는 오하마가 말리는 것도 듣지 않고, 어젯밤엔 남보랏빛 두 겹기모노를 입고 잤다. 도미에가 그 옷을 좋아하기 때문이었다. 툇마루로 나온 도미에는 잠에서 깨어 바라보았던 소메코의 모습을 신기한 꿈을 떠올리듯 되새겨보았다. 소메코는 긴 옷자락을 발에 휘감고, 흰 요 위에서 속옷을 흐트러뜨린 채 자고 있었다.

하늘이 흐려 정원도 칙칙하게 가라앉아 보였다. 달리아 꽃이 흐드러지게 핀 곳에서 소메코는 꽃을 따고 있었다. 도미에는 툇마루에서 웃어 보였지만, 소메코는 고개를 들지 않고 달리아 꽃잎만 손가락으로 튕겼다. 저렇게 아름다운 한 사람을 자신의 생각대로 했다는 자부심이 도미에의 가슴에 샘솟았다.

"이쪽으로 와."

도미에가 소메코를 불렀다. 소메코는 얼굴을 들어서 도미에를 보았지만 고개를 갸웃하더니 울타리 뒤로 쏙 들어가버렸다. 어젯밤에 입고 잤던 기모노의 남보랏빛 긴 소매가 차가운 빛을 띠며 흔들렸다.

세수를 하고 나서도 소메코는 어디 숨었는지 얼굴도 보이지 않았다. 모처럼 묵어가셔서 그런지 평소의 반 정도도 수선을 피우지 않으니 참 신기하다고, 오하마가 말했다. 도미에는 말없이 웃었다.

응접실로 가자 테이블 위에 그날의 신문이 놓여 있었다. 펼쳐서 3면을 보자 2단 근처에서 '아사스게 극단의 새로운 여배우'라는 제목이 눈에 띄었다. 아름다운 미와의 사진도 실려 있었다. 지하야 아이치로의 애첩이며, 아즈사 문학사가 여자 연극단에서 빼내 아사스게 극단으로 보냈다고 미와를 소개하고 있었다. 그리고 미와가 무대에서 짓는 표정은 충분히 아이치로 씨를 뇌쇄하고도 남을 것이라고 냉소적으로 마무리하는 기사였다. 미와의 사진은 기사 내용에 어울리게 대중을 향해 살짝 웃는 얼굴로 아주 선명하게 인쇄되어 있었다.

도미에는 한다가 잘 알아보지도 않고, 생각나는 대로 쓴 기사라고 생각했다 그리고 다 읽기도 전에 거짓 기사라고 단정하며, 분명 미와는 이 기사에 대해 분개할 것이라고 동정했다. 지하야 따위의 후원 아래 활동하는 바람에 모함받게 되었다고 분하게 여길 것이 틀림없었다. 분명 미와가 상처 입은 자신의 인격에 대해 슬퍼하고 있을 것이라고 생각했다.

신문을 들고 일어서는데, 앞쪽 거울에 소메코의 모습이 보였다. 도미에는 뒤로 돌아 툇마루 기둥에 선 소메코 옆으로 가 손을 잡았다. 그리고 "어째서야?"라고 물으며, 그 빨간 귓불 가까이로 입을 가져갔다.

"왜 내 옆에 오지 않는 거지?"

이렇게 묻고 있는 도미에도 자신의 가슴이 두근거린다는 사실을 알고 있었다. 우유가 방울방울 흐를 것 같은 소메코의 뺨을 빨아주고 싶다는 생각이 들었다. 그리고 소메코의 부끄러워하는 표정을 보고 싶었다.

"응?"

자신이 바라는 것을 요구하듯 그 어깨를 흔들었지만, 소메코는 말없이 아래를 바라보고 있었다.

"뭐라고 말을 해봐."

도미에가 다시 그 어깨를 살짝 누르자, 기둥 앞에서 버티던 소메코의 머리가 도미에 품으로 무너져내렸다. 눈두덩에 남은 얇은 백분도 그저 귀여웠다. 숨을 쉬고 있는지 빨간 입술을 반쯤 벌리고 있었다.

소메코의 눈은 사랑을 알게 된 여인의 마음이 담긴 것처럼 보였다. 정(精)이 움직이는 대로 강렬하게 반짝이고 있었다. 도미에는 그 모습을 응시하다가 갑자기 이야기 하나를 떠올렸다.

평소 너무나 아끼던 아름다운 동자승이 죽자 승려가 미쳐서 아이의 시체가 썩을 때까지 그 뼈를 핥거나 살을 먹으며 집착하는 기괴한 이야기였다. 절 안에서 밤에 잠도 자지 않고 뼈와 가죽만 남은 몰골을 한 승려가 아이의 옷을 벗기고 그 부패한 살을 먹는 그림이 아른아른 보였다. 도미에는 어쩐지 오싹해져서 소메코를 자신에게서 떨어뜨려놓고 바라보았다. 그리고 '이 아이는 나를 사랑하고, 그 사랑이 이루어진 듯한 느낌으로 오늘 아침을 보내고 있을까'라고 생각하며, 어젯밤의 이상한 일을 곰곰이 다시 떠올려보았다.

16

도미에는 이틀을 다바타에서 지내고, 다음 날 낮 무렵 아자부로 돌아왔다. 집에는 형부도 언니도 없었다.

오키소는 도미에가 다바타에서 묵는 동안 료쿠시도 집에 들어오지 않았다고 했다. 쓰마코는 료쿠시가 기에를 어딘가로 데려간 것이 분명하다고 심하게 화를 내며, 좀 전에 아즈마에 갔다는 이야기도 해주었다.

도미에는 차라리 치부를 다 드러내고 서로 으르렁거리며 싸우는 게 낫겠다고 생각하며, 자신의 방으로 들어갔다. 소메코가 어느 날인가 가지고 왔던 장미가 시들어, 팔리지 않고 남은 꽃비녀처럼 줄기와 잎이 바삭바삭 말라 있었다. 그 옆에 앉아 이상했던 지난 2, 3일을 되짚어보았다.

머릿속의 피가 계속 요동치는 듯했고, 어떤 것을 보면 무언가 아물아물 그 앞을 가로막았다. 어젯밤의 일, 그저께 밤의 일이 몽롱한 꿈처럼 생각되었다. 마치 지친 머리로 새벽녘부터 보기 시작한 연극을 동이 터 맑은 정신으로 다시 보는 기분이 들었다. 그저께부터 지금까지 자신은 이곳에서 자는 중이었고, 중간중간 꿈을 꾸듯이 실제 인물을 등장시킨 공상에 빠졌던 것은 아닐까. 도미에는 이런 엉뚱한 생각이 들 정도로 머리가 멍했다.

방 안은 어두웠다. 날씨가 흐려 장지가 발린 창문을 비추는 햇빛이 약해서 그렇다고 생각하면서 도미에는 까칠까칠한 책상 위에 엎드렸다. 며칠 잠을 제대로 못 자서인지 어느새 스멀스멀 졸음이 밀려왔다.

소메코가 저쪽에서 자신을 발견하고 달려왔다. 빨리 옆에 오면 좋을 텐데 하며 초조해하지만, 좀처럼 가까워지지 않았다. 그래서 자신이 다가가려 하지만 발이 땅에 달라붙은 것처럼 무거워 꼼짝할 수가 없었다.

'소메코는 역시 나를 향해 달려오고 있구나' 하고 생각하는데, 오키소가 깨웠다. 밥이 다 되었다고 해서 일어나려는데 눈앞이 침침하고 다리에 힘이 없어 비틀거렸다. 누가 어깨를 누르는 듯했고, 입안이 말랐다.

"세상에, 얼굴이 헬쑥해요."

오키소는 놀라서 도미에를 보았다.

"오키소. 보라색 오비를 매고 있네."

"예, 모슬린 천으로 된 띠예요."

오키소는 오비의 앞쪽을 만지면서, "비단처럼 보이지요?"라며 웃었다.

도미에는 억지로 시력을 모아 그 오비를 바라보았다. 그때 갑자기 차 소리가 시끄럽게 나더니 쓰마코가 시즈코를 데리고 돌아왔다. 언니는 어디에 갔는지 무엇을 했는지 아무 말도 하지 않고, 짙은 회보라색 코트를 걸친 채 화로 앞에서 차를 꿀꺽꿀꺽 소리 내며 마시고 있었다. 화난 것처럼 보였고, 눈이 충혈되어 있었다. 마치 술에 취한 사람처럼 뺨이며 눈 가장자리며 이마까지도 빨갰다. 화로를 쬐는 한 손만 서리를 맞은 듯 퍼렇게 얼어 있었다.

도미에는 오키소의 식사 시중을 받으며, 그 옆에서 밥을 먹었다. 그리고 언니의 모습을 살피면서 아마도 아즈마의 어머니에게 심한 말을 듣고 왔을 것이라고 생각했다. 안됐다는 마음이 들었지만, 언니에게 무얼 물어보는 것도 죄를 짓는 것 같아 그냥 말없이 있었다.

"지금 들어왔니?"

쓰마코는 갑자기 물었다. 도미에가 아무 말 없이 쓰마코의 얼굴을 바라보았다.

"요즘 무단 외박이 잦구나. 그러면 품행이 점점 나빠진다고 생각하지는 않니? 형부와 처제가 함께 집에 들어오지 않으니 내가 사람들 보기가 민망해. 정말 자매 중에 하나라도 제대로 된 애가 없어. 품행이 나쁜 애들만 잘도 모아났어."

쓰마코가 큰 소리를 냈다.

도미에는 엉뚱하게 자신에게 화풀이한다고 생각하며 가만히 있었다. 쓰마코는 위압적인 자세로 시시콜콜 이야기하기 시작했다. 갑자기 "고향으로…"라고 하더니, "너를 불러들이라고 해야겠어."라고 덧붙였다. 그리고는 학교는 그만두고 외박하지, 어슬렁어슬렁 놀기나 하지, 문학 연구란 말도 이제 질린다면서 어차피 그러다 제대로 무엇 하나 하지 못하고 타락할 것이라고 했다. 또, 너를 위해서도 나를 위해서도 좋지 않으니 고향으로 가라면서, 형부 옆에 너를 둘 수는 없다는 말까지 했다.

도미에는 아무런 대꾸도 하지 않고 집을 나갔다. 문을 나서려는데 비가 뺨 위에 똑똑 떨어졌지만 우산을 가지러 들어가지 않았다.

"이제 집에 들어오지 않아도 좋아. 이런 집에 언니를 버리고 가버려."

초조해져 고함을 치는 언니의 목소리가 창문을 넘어 도미에의 등 뒤에 들러붙는 듯했다. 갑자기 시즈코가 으앙 우는 소리가 났다.

부엌에서 뒷마당으로 통하는 문을 나오자, 옆집 살창의 장지가 살짝 열려 있고, 사람 그림자가 어른거렸다. 그 아래를 지나려는데 오키소가 뒤에서 아가씨, 아가씨 하고 부르며 달려왔다.

"아가씨. 집으로 돌아가요. 바깥어른이 돌아오시면 또 소동이 날 텐데, 저 혼자선 곤란해요."

오키소는 조마조마한 얼굴로 우는 소리를 했다. 도미에는 잠깐 그 얼굴을 가만히 보다가, "몰라" 한 마디 하더니 서둘러 걷기 시작했다.

"저 아가씨. 아가씨, 좀 봐, 봐, 봐요."

말까지 제대로 못하면서 오키소는 계속 불렀지만, 도미에는 뒤돌아보지도 않고 갔다.

전차를 타고 미와를 만나러 갔지만 미와는 집에 없었다. 도착할 즈음 비가 본격적으로 퍼붓기 시작해 도미에의 옷이 흠뻑 젖었다. 옷을 말리면서 기다리라고 미와의 어머니가 권했기 때문에, 도미에는 집 안으로 들어갔다. 어머니는 종종 곁에 다가와 이것저것 살피면서 한동안 놀러 오지 않았던 이유를 묻거나 했다. 도미에는 신문 기사 이야기를 피하려 했는데, 미와의 어머니가 먼저 말을 꺼냈다.

"그런 기사가 신문에 났어. 그 애도 화가 나 있지. 그런데 어찌된 사정인지 저쪽에서 유학을 보내주는 것으로 벌써 정리된 듯 이야기하네."

"저쪽이라면 지하야말인가요?"

도미에는 놀라서 물었다.

"응. 무슨 일인지 모르지만, 나이 든 사람에게 의지해서 간다니까 괴롭지."

어머니는 벌써 눈가가 젖어 있었다.

"훌륭하게 되는 거야 좋지만, 닷새나 열흘 만에 오고갈 수 있는 곳도 아니고. 그렇지?"

도미에는 고개를 끄덕였다. 어머니도 더 이상 아무 말도 하지 않고, 입을 다물어버렸다. 비가 더욱 세차게 내리면서, 근처에 함석 지붕이 요란한 소리를 내고 있었다.

도미에는 미와의 유학 비용을 왜 지하야가 내는지, 이상하다는 생각이 들었다. 미와가 지하야와 어떤 관계일지도 모른다고 의심이 들었지만, 쉽게 이해되지 않은 상황이었다. 나름대로 그 상황을 이해해보려고 이런저런 생각을 하는 사이에 날이 저물었다.

미와는 여전히 돌아오지 않고 있었다. 지하야와 약속이 있어 나갔으니 늦어질지도 모르겠다고 어머니가 말했다. 도미에는 어머니가 자기 때문에 신경 쓰며 왔다갔다 하는 것이 미안해서, "언제 올지 모르니까…"라며 우산을 빌려 미와 집을 나섰다. 도중에 만날 수 있지 않을까 해서 주위를 살폈지만, 미와는커녕 닮은 사람도 만나지 못했다.

지하야가 유학 비용을 대주기까지 할 정도로 신문 기사가 큰 약점이라고는 생각되지 않았다. 그래도 미와는 그 기사를 이용했을 것이다. 상처 입은 명예에 대한 배상금으로 유학 비용을 받아낸 것일지도 몰랐다. 과연 그랬을까? 아니면 신문 기사가 사실일지도 모른다고 생각하니 도미에는 역겨웠다.

어쩐지 미와가 이제 멀리 떨어진 곳으로 가버린 것 같은 기분이 들었다. 저 멀리 자신과 마주한 적진 속에 미와가 서 있는 듯했다.

도미에는 기리도오시우에(切り通し上)에서 내려 자신의 〈진데이〉를 무대에 올리는 극장 앞으로 가보았다. 비는 그쳤고 간판의 틀만 외롭게

젖어 있었다. 입구를 막은 철문은 영원히 열리지 않을 것처럼 녹이 슬었다. 이곳으로 자동차와 마차가 모여들고, 무대 분장을 한 아가씨들이 옷깃을 휘날리며 들어가는 개장 풍경은 상상이 되질 않았다. 태곳적부터 내려온 기념물이라도 되는 것처럼 극장 건물은 무겁고 음울한 분위기를 자아내며 서 있었고, 완전히 검게 보였다. 그 건너편에 있는 시바이자야(芝居茶屋, 에도 시대부터 메이지 말기까지 관객의 식사, 휴식, 용변 해결 등을 위해 공연장 주변에 설치된 찻집)의 닫힌 문 처마 끝에는 꽃무늬가 엷게 인쇄된 포렴이 걸려 있었다.

도미에는 잠시 서 있었다. 어쨌든 신파(新派)에서 제일 뛰어나다는 배우들이 이곳에서 자신이 쓴 작품을 위해 마음을 쓰기도 하고, 몸을 움직이기도 할 것이라는 생각이 들었다. 또 그것을 많은 사람이 보러 오거나 진지하게 비평하게 될 것이라는 생각도 해보았다. 그런 부담스러운 생각까지 하게 되자 마음이 들뜨는 듯한 자긍심은 맛볼 수가 없었다.

기껏해야 신파 배우로 꾸려진 극단에 들어가게 된 것을 스스로 비웃고, 이번 신문 기사를 좋은 구실로 삼아 지위도 이름도 없는 여자의 몸으로 구미로 날아가는 행복을 만들어낸 미와를, 도미에는 대단하다고 생각했다.

확실하게 유혹으로 길을 만든 미와의 눈이 어둑한 극장 앞에 떠올랐다. 그리고 몇 년인가 지나 여배우 학교에서 눈에 띌 정도의 배우도 나오지 않고, 봄고사리처럼 비슷한 모양으로 쑥쑥 머리를 내민 신인 여배우들이 아직 자라지 못하고 있을 때 서양에서 명성과 인기를 거머쥔 미와가 돌아와 큰 호평을 받을 모습이 도미에에게 보였다.

도미에는 옛날 길로 방향을 바꾸어 우에노(上野)까지 걸어갔다.

큰 손으로 달을 잡고 있는 것 같은 구름이 손바닥을 오므렸다 폈다 하고 있었다. 도미에는 빌린 우산을 귀찮아하며 야마노테 선 전차 정류장으로 들어갔다.

전차 안에서 프록코트를 입은 남자와 하카마를 입은 남자가 우연히 만난 게 신기한 듯한 얼굴로 인사를 나누고 있었다. 도미에는 그 옆에 앉았다.

그 남자들이 나누는 이야기 중에서 "저쪽의 전차는 더러워요."라는 말이 귀에 들어왔다. 저쪽이라는 말을 서양이라고 해석하자, 묘하게 가슴이 두근거렸다.

차장이 짐 번호를 하나하나 수첩에 기록하고 있었다. 분출할 것 같은 화산맥 위에 선 기분이 들 정도로 요란한 소리가 전차 바닥의 아래로부터 울리고 있었다. 도미에는 불안한 눈으로 자신의 발아래를 바라보았다. 소메코가 있는 곳에 갈 작정으로 전차를 탔지만, 소메코의 집에 도착할 때까지는 그녀에 대한 생각을 하지 않았다.

밤이 깊어 사방이 캄캄하고 적막해진 별장에 도착해 소메코의 숨결을 떠올리자 갑자기 그 아이가 그리워졌다. 뒷문을 통해 돌아서 부엌 출입문으로 들어갈 때까지 집안 사람들은 누구도 도미에가 온 것을 알아차리지 못했다.

"오규노 씨인가요?"

램프를 앞에 들고 나온 할멈이 물었다. 등불이 어둡게 비치는 곳에서 백발이 흔들리고 있었다.

"아가씨는 집으로 돌아가셨어요."

할멈이 미안하다는 듯이 말했다. 그리고 아가씨의 병이 심해져 오늘 낮 어머니가 아카사카(赤坂)의 본가로 데려갔다고 덧붙였다.

"심해졌다구요? 오늘 아침까지 아무 말도 듣지 못했는데…."

"낮부터 갑자기 안 좋아져서 사모님이 오셨어요. 그런데 의사가 당장 올 수 없는 형편이라…."

도메에는 낙심해 부엌의 발판에 앉았다. 불이 꺼진 집 안에서 소메코의 목소리가 들리는 것 같았다.

친절하게도 할멈은 제등까지 켜서 배웅해주었다. 다바타의 정류장으로 되돌아왔을 때에는 벌써 8시가 지나고 있었다.

지친 도메에는 오한이 났고, 땀구멍이 죄어들며 목덜미에 소름 돋는 것이 느껴졌다. 소메코의 상태를 이렇게 저렇게 물어봐도 할멈의 입을 통해 알아내기는 어려웠지만, 한 가지 이야기만은 확실하게 해주었다.

"아무래도 오규노 씨 때문이겠지요. 오늘은 꼭 오겠다는 약속을 했다며 오규노 씨를 기다리겠다고 하셨어요. 사모님은 어디로 오든 마찬가지라며 데려가셨지요."

전차가 오자 도메에는 내키지 않는 발걸음으로 올라탔다. 전차 안은 단풍놀이를 마치고 돌아가는 사람들로 만원이었다. 어쩌다 젖은 단풍 잎 하나가 도메에의 뺨에 닿았을 때 차가움에 깜짝 놀랐다. 열이 나서 그렇게 느껴진 것이라 생각하자, 자신의 몸 상태에 신경이 쓰였다.

형부 집으로 돌아가기는 싫었지만 밖에서 재워줄 만한 집도 없어 도미에는 결국 다시 단스마치로 왔다. 집으로 들어가려고 양손을 문에 댈 때 비로소 빌린 우산을 잊고 온 것이 생각났다.

오키소에게 물었더니 쓰마코는 잔다고 했다. 오키소는 풍자만화 책을 시즈코에게 보여주며 놀고 있었다.

"아직 안 잤어?"

"아버지 안 들어왔어."

시즈코는 고개를 위로 젖혀 걱정스러운 얼굴을 이모에게 향했다.

도미에는 자신의 방으로 들어가 안심하면서 어둠 속에 멍하니 서 있었다. 오키소가 그런 도미에를 보고 놀라면서 겁먹은 모습으로 등불을 가지고 들어왔다. 어찌된 일인지 전등을 내려놓는 오키소의 빨갛고 두꺼운 손이 도미에의 지친 눈에 아주 크고 기분 나쁠 만큼 선명하게 보였다. 그리고 그 손에 자신의 눈이 점점 빨려들어가는 것 같았다. 도미에는 놀란 듯 눈을 옆으로 돌렸다. 그곳은 깜깜했다.

어느새 오키소가 이부자리를 펴주었다. 그리고 멍하니 벽에 기대어 있던 도미에 옆으로 오더니 작은 소리로 "안녕히 주무세요."라고 한 뒤 가버렸다.

도미에는 옷을 갈아입지도 않고 그대로 이부자리 속으로 들어갔다. 베개에 머리를 대자 땅 속 깊은 곳으로 몸이 쑥 가라앉는 듯했다. 특히 머리가 움직일 수 없을 정도로 무거웠다. 도미에는 아무 생각도 하지 않고 단지 자신의 뇌가 가장자리에서 중앙으로 조금씩 마비되어가는 것을 느끼며 잠들었다.

끙끙거리는 남자의 신음소리에 도미에는 눈을 떴다. 꿈에서 막 깨어난 도미에의 가슴이 터질 정도로 마구 쿵쾅거렸다. 남자의 신음소리가 점점 더 귓속으로 감겨드는 것 같았다.

"그럼 당신이 좋을 대로 해."

이 말은 확실히 들렸다. 그것은 형부의 목소리였다. 계속해서 언니의 울음소리가 들렸다.

일어섰는지 어쨌는지 다다미를 강하게 밟는 소리가 났다. 곧 오키소가 어머나 어머나 하는 소리를 냈다.

도미에는 가만히 요기 속에서 몸을 웅크리며 숨을 참았다. 그 후 거실은 조용해졌다.

한잠 자고 일어났더니, 열이 나 온몸이 타는 듯 뜨거웠다. 도미에는 다바타에서 돌아오는 길이 유난히 힘들었던 기억이 갑자기 떠올랐다. 그리고 이렇게 편안히 이불 속에서 쉴 수 있는 것이 마치 겨우 얻어낸 특별한 행복인 양 기쁘게 느껴졌다. 도미에는 자면서 뒤척이느라 밖으로 나와 있는데도 열 때문에 화끈거리는 한 손을 요기의 차가운 소매 속으로 다시 집어넣었다.

17

도미에는 병이 났다. 식욕이 없어 아침밥도 먹지 않았고, 자리에서 일어날 힘도 없었다. 오키소는 부엌일이 바쁜지 한 번도 들여다보지 않고 있었다. 쓰마코도 보러 오지 않았다. 도미에는 가끔 억지로 눈을 떴다가 다시 콜록콜록 기침을 하며 잠들었다.

낮이 되자 오키소가 달걀을 갖고 왔다. 뭐라도 먹지 않으면 몸이 지친다고 했지만 도미에는 먹고 싶지 않았다. 잠이 깬 김에 화장실에나 가려고 일어섰는데, 오키소가 도미에의 요기 속에서 뿜어져나오는 후끈한 열기에 놀랐다.

"많이 아픈 거 아니에요?"

오키소는 열에 들뜬 도미에의 얼굴을 살피며 물었다.

도미에는 발이 공중에 붕 뜬 기분이었고, 툇마루에 비쳐든 햇살에 눈이 아팠다.

다시 이부자리에 누우려는데, 오키소가 책상 위에서 지난 밤에 온 편지를 가져왔다. 소메코가 보낸 것이었다.

"많이 아픈 거 아니에요? 괴롭지 않아요?"

오키소가 다시 물었다.

도미에는 "그 정도는 아니야."라고 대답하고 소메코의 편지를 집중해 읽으려 했다. 하지만 이내 힘들다는 듯 던져버리고는 베개에 헝크러진 머리를 뉘었다.

잠시 후 오키소가 갈아입으라며 도미에의 잠옷을 가져왔다. 하지만 도미에는 차가운 것이 피부에 닿는다는 생각만으로도 소름이 돋아 싫다고 했다. 그러자 오키소는 잠옷을 데워 오겠다며 가지고 나갔다.

곧 오키소는 모리타(守田)의 후리다시(작은 주머니에 든 약을 열탕에서 우려 먹는 약)를 뜨겁게 우려 찻잔에 담아왔다. 도미에는 뜨거운 김에 섞인 약의 향내를 맡으면서 억지로 마셨다. 오키소는 바로 다시 일어나더니 데운 잠옷을 말아서 온기가 빠져나가지 않도록 가져와 도미에게 입혀주었다.

도미에는 잠깐 옷을 벗는 사이에도 온몸이 식어 오한을 느꼈고, 피부에 천이 닿자 바늘로 찌르는 것 같았다. 하지만 이부자리에 들자 나른할 정도로 열이 나 온몸이 빨려 들어가듯 금방 잠들어버렸다.

자는 사이에도 잠깐씩 사람이 드나들었던 것은 제대로 기억이 났다. 언제나 오키소인 듯했다. 한번은 자신이 그 사람의 이름을 부른 것 같아 같기도 했는데, 그 사람은 자신의 얼굴을 살펴보더니 당황하며 나갔다.

조금 지나 겨우 눈을 뜨자, 땀에 흠뻑 젖은 옷이 몸에 달라붙어 조이고 있었다. 도미에는 낮은 목소리로 오키소를 불렀다. 오키소는 도미에가 마음 졸이지 않게 금방 달려왔다.

"뜨거운 물을 주지 않겠어?"

오키소는 뜨거운 물을 가지러 갔다. 그리고 약도 함께 가져왔다.

"뭐라도 먹지 않으면 안 돼요."

"먹고 싶지 않아."

도미에는 일어나 양손으로 몸을 어루만지면서 온몸이 아프다고 했다.

"밤에 안마를 좀 해드릴게요. 야마자키(山崎) 선생님을 부르는 게 좋겠다고 바깥어른이 아까 그러셨어요."

"의사는 무슨."

그러고 보니 언니가 왜 자신의 병에 조금도 신경 쓰지 않는지 이상했다. 누구보다 야단스럽게 걱정할 사람이 말 한 마디 없으니 기이하게 생각되었다. 도미에는 어제 낮에 한 말다툼이 이렇게까지 깊이 자매 사이를 갈라놓으리라고는 생각지도 못했다.

"언니는 뭐래?"

도미에는 아무렇지도 않은 듯 물었지만, 오키소는 답하기 어렵다는 얼굴로 가만히 있었다. 도미에의 말투에 언짢은 기운이 있는 것을 알아차리고, 사실대로 말하기 두려웠기 때문이었다. 쓰마코는 도미에가 자신을 대하기 거북해 꾀병을 부리고 있다고 오키소에게 말했다.

오키소는 그 일을 도미에에게 말하고 함께 화를 내려고 생각했지만, 도미에의 말투에 화난 기색이 느껴져 이야기하기가 꺼려졌다. 이 상황에서 좋지도 않은 이야기를 하려니 도미에가 안쓰러워 아무 말도 하지 않았다. 도미에도 듣고 싶어 하지 않았다.

밤이 되자 오키소는 어젯밤처럼 그림자를 만들며 손전등을 두고 갔다. 도미에는 어젯밤 불빛을 보며 불쾌했던 기억을 떠올리고, 오늘 밤은 기분이 훨씬 나아졌다고 느꼈다.

다음 날이 되자 도미에는 자리에서 일어날 수 있었다. 왠지 이제부터는 공허함을 채워갈 수 있을 듯한 희망이 느껴졌다. 크게 앓느라 힘이 없었던 때보다 몸이 오히려 상쾌했다. 하루종일 누워 지내고 난 다음 날, 도미에는 한두 달 앓고서 일어난 사람처럼 즐거움을 맛보았다.

거실에서 얼굴을 마주쳤지만 쓰마코는 입을 떼지 않았다. 그냥 경대 앞에서 머리를 빗고 있었다. 도미에는 그 뒤에 서서 잠시 동안 말없이 바라보았다.

"이모는 자장자장 하고 있었지?"

시즈코가 앉은 채로 고개를 들고 도미에게 물었다.

"시즈 짱, 어른이네."

도미에는 고개를 숙이고 시즈코를 향해 미소 지었다.

"오늘 아침은 죽으로 드실래요?"

오키소가 물으러 오자, 쓰미코가 냉소를 띠며, "편한 환자네."라고 한마디 했다. 도미에는 언니의 어깨 너머로 거울 속에 비친 창백한 얼굴을 바라보았다.

"죽은 무슨. 괜한 호들갑이지."

도미에는 언니의 말을 그저 늘 하는 이야기로 흘려듣고, 자신의 방으로 갔다.

늦가을 비가 오락가락하는 하늘은 처마의 그림자도 차갑게 느껴지게 만들었다. 도미에는 장지문을 닫고 품 안에 손을 넣으며 그 문에 기대어 섰다. 흐린 하늘이 비쳐든 장지문의 종이 빛깔처럼 도미에의 마음은 우울하고 쓸쓸했다. 이렇게 늘 똑같은 자신의 방에서 늘 똑같은 색의 다다미를 바라보고 있는 것조차 괴로웠다. 자기 주변의 모든 것에 너무도 싫증났다. 무언가 지금의 현실을 한순간 바꾸어놓을 사건이 일어난다면 오히려 좋겠다는 생각도 들었다.

바람을 맞아도 한기가 느껴지지 않고 상쾌해 즐거워한 것은 아침뿐이었다. 아침엔 익숙한 것마저도 새롭고 신기해 무엇을 봐도 눈에 기쁨이 가득했었지만, 몸 상태가 다시 예전으로 돌아가면서 폈다 지는 꽃처럼 마음도 예전으로 돌아왔다. 다시 평소처럼 쓸쓸한 기분이 되어 우울해졌다. 도미에는 곰곰이 생각에 빠져들었다.

평소라면 과자라도 먹자고 언니가 부를 시간이었다. 무엇 때문에 자매 사이가 틀어져 말도 하지 않게 된 것인지 도미에는 그저 안타까웠다. 거실로 나가보니, 쓰마코는 신문을 읽고 있었다.

도미에는 평소 하듯이, "이제 간식 시간이잖아?"라고 일부러 웃으며 물어보았다.

"그렇네."

쓰마코의 대답은 그것뿐이었다. 분을 바른 고개를 길게 빼고 부드러운 한 손은 신문 위에 올려두고 있었다.

"싸우다니 바보 같고 한심해. 뭘 어쨌다고 이러는 거야?"

쓰마코는 아무런 대꾸도 하지 않았다. 읽고 있는 기사 중에 우스운 내용이라도 있다는 듯 잠시 읽기를 멈추고 혼자 빙긋 웃었다.

"서로 싫은 얼굴을 하고서. 뭐가 그렇게 재미있어?"

"조금도 재밌지 않아."

쓰마코는 갑자기 이렇게 말하며 몸을 일으켰다.

"그럼 평소처럼 지내면 좋잖아? 언니는 태평해."

"태평하구말구. 그나마 태평하니까 하루라도 살 수 있는 거야."

"질투만 하면 그걸로 충분하니까 태평한 거지. 형부를 위해 화장하고, 형부를 위해 화내기도 하고 울기도 하면 되니까 그걸로 만족하지. 언니의 안중에는 동생 따위는 없지."

"성가신 일만 벌이는 동생 따위는 원하지 않아."

"원하지 않는다고 버릴 수도 없잖아."

두 사람은 결국 다시 이렇게 언쟁을 벌이고 있었다.

기에와는 다르게 도미에한테는 노골적으로 쓰마코 자신의 추측을 내비칠 수 없었다. 의심을 풀기 위해서라도 도미에가 며칠 전 어디서 자고 왔는지 물어보고 싶었지만 차마 입이 떨어지지 않았다. 차라리 동생과 마음을 터놓고 이야기해볼까도 싶었지만 그것도 쉽지 않았다. 단지 어딘가 찝찝한 기분을 담아 말하다 보니 상황이 나아지질 않고 있었다.

"어차피 각자 살 거니까."

도미에는 이렇게 다시 말을 꺼냈다. 그리고 자신은 다리 기둥 아래에서 휘돌고 있는 소용돌이 속으로 빨려 들어가기 싫다며 웃었다.

"그럼 됐어. 무엇이든 자기가 좋아하는 일을 하는 게 제일이지."

쓰마코는 이렇게 말하고, 화로 위 냄비 속 우유를 휘저었다.

18

2, 3일 동안 도미에는 방에 틀어박혀 지냈다. 집에 있기는 싫었지만, 막상 어딘가 가려고 해도 갈 만한 곳이 없었다.

소메코를 만나고 싶었지만, 그전에 두 사람의 만남을 통제하려는 다른 사람들을 만나야 하는 것이 귀찮았다. 그것만 생각하면, 문병을 가려던 마음이 어느새 사라져버렸다.

해질녘이 되자 비가 부슬부슬 내리기 시작했다. 집에 있는 사람들은 모두 솜옷을 껴입었고, 춥다고들 했다. 도미에의 방으로도 화로가 들어왔고, 방마다 장지문 닫는 소리가 겨울나기 준비의 하나라도 되는 듯 울렸다. 도미에는 코트를 입고 집을 나왔다.

전차를 타자 비에 젖은 사람이 드문드문 앉아 있는 모습이 추워 보였다. 감기가 다 낫지도 않았는데, 찬바람이 피부에 닿는 것 같아 기분이 좋지 않았다. 도미에는 아즈마로 갔다.

가게의 여종업원이 두 사람 정도 놀러 와 있었고, 그중 한 사람은 샤미센을 켰다. 기에는 매끄럽게 빛나는 도진마게 머리를 하고 노래를 부르고 있었다. 하지만 도미에가 오자 모두 멈추었고, 여종원들은 가게로 돌아갔다.

"오쓰마 씨(조금 격식을 갖추어 쓰마코를 부르는 말)에게 질렸어."

갑자기 오라치가 도미에에게 이렇게 말했다. 무언가 생각하면서 튕기던 주판을 옆에 내려놓고, 오라치는 무릎 위 장부를 탁 소리 내며 덮었다.

도미에는 오랫동안 만나지 못했다는 생각이 들어 집안사람들이 모두 그리웠다. 기에를 불러 "잘 지냈지?"라고 물었다.

"이 애는 식구 중에서 이제 제일 힘이 넘쳐."

기에는 가만히 웃고 있었다. 그 미소 짓는 얼굴이 도미에에게는 달리 보

212

일 정도로 깜찍하면서도 어른스러워 보였다.

"도미에 씨가 좋아하는 긴교쿠토(양갱의 한 종류)가 있을 거야. 꺼내와."

"네."

기에는 대답까지 평소와 달랐다. 옻칠을 한 과자통 옆에 앉아 얌전히 과자를 꺼내는 모습을 도미에는 무슨 실험이라도 지켜보는 눈으로 똑똑히 보았다.

기에의 하오리 소매는 변함없이 길었고, 가는 목덜미에는 늘 그렇듯 백분을 진하게 발랐다. 그런데 과자를 작은 그릇으로 옮겨담는 날렵한 손놀림, 젓가락을 맞추어 과자통 안을 원래대로 정리하고 유리문을 꼭 닫는 모습, 그리고 과자 그릇을 쟁반으로 받쳐 들고 일어서는 자태까지 사뭇 달라져 있었다.

"자, 언니. 하나 먹어봐."

기에가 이렇게 말을 건넸는데, 도미에는 대답할 틈을 놓쳤다. 그리고 그저 기에의 얼굴을 눈여겨 바라보았다.

"오쓰마 씨는 좀 어때?"

오라치가 묻는 말에 도미에는 자세히 대답하기가 괴로웠다. 그래서 자신도 며칠 앓아누워 있느라 언니의 상태는 잘 모르며, 언니가 여기 왔던 사실도 처음 듣는다고 했다. 도미에는 그런 이야기보다는 기에의 변한 태도를 바라보는 것에 더 관심이 있었다.

오라치는 쓰마코가 찾아와 어떻게 했는지를 도미에게 자세히 들려주었다. 사실 오라치 주변 사람들 중에는 그 이야기를 듣고 싶어하는 사람이 도미에 말고는 없었다. 이야기해봤자 신문의 가십 기사라도 읽는 것처럼 재미있어할 뿐, 오라치의 입장을 동정해주거나 기에를 측은하게 여겨주고, 그 사건에 대해 분별력을 가지고 위로해줄 사람은 한 명도 없었다. 오라치는 도미에라면 자신을 위로해줄 것이고 그동안 참았던 쓰마코에 대한 불평을 자신에게 털어놓을지도 모른다고 생각했다.

하지만 도미에는 쓰마코에 대해 별다른 이야기를 하지 않았다. 그 일로 자신까지 묘한 오해를 받아 아직도 언니와 사이가 좋지 않다는 사실은 더더욱 이야기하지 않았다. 오라치뿐만 아니라 누구에게도 그런 부끄러운 일은 털어놓고 싶지 않았기 때문이다.

기에는 얌전히 말없이 앉아 두 사람의 이야기를 듣고만 있었다. 도미에는 단지 며칠 사이에 이렇게까지 기에가 변한 이유가 궁금했다. 무슨 일 때문이지 심한 잔소리라도 들었던 것일까. 기에는 응석을 부리기는 했지만, 나이에 비해 성숙한 면도 있는 아이였다. 심한 꾸중을 듣고 한순간에 아이다운 면을 잃어버리게 된 것인지도 몰랐다. 아마도 그 꾸중은 형부와 관계 있을 것이라고 도미에는 판단했다.

"기에 짱은 너무 어른스러워진 거 아니야? 뭔가 약 먹고 약효라도 본 사람처럼 보여."

도미에는 기에의 천진난만한 면이 사라진 것이 불만이라 일부러 비꼬듯 말했다.

"그렇지도 않아. 도미에 씨가 있으니까 잠시 얌전한 척하는 거야. 금방 본색이 돌아올 거야."

오라치가 크게 웃으며 말했다. 기에는 부끄러운 듯 턱을 옷깃에 문지르면서 고개를 숙였다. 도미에는 그 모습이 불쾌할 정도로 부자연스러워 보였다.

도미에는 기에 때문에 기분은 좀 상했지만, 오늘 자신이 찾아온 용무를 오라치에게 말했다. 오라치는 미간을 찡그리며 쉽지 않은 이야기라도 듣고 있는 듯 심각한 얼굴을 했다.

"왜 혼자 따로 나와 살려고 생각하게 된 거지? 집에 좋지 않은 일이라도 생긴 거야?"

오라치는 도미에가 언니의 집에서 나오면 좋은지 나쁜지를 이야기해주기보다는 우선 그 이유를 궁금해했다.

"특별히 그런 건 아니에요. 단지 혼자 사는 게 재밌을 것 같아서요."

"재밌을 것 같다니 그게 무슨 말이야. 젊은 여자 혼자서는 세대를 이룰 수도 없고, 그렇다고 하숙도 할 수 없는데. 하숙집 같은 곳에는 세상에서 고꾸라진 사람들이 찾아들게 마련이야. 도미에 씨가 살 만한 집이 없지는 않겠지만, 그래도 잘 생각해야 해. 뭐 하면 우리 집에 와 있어도 돼."

그러기는 싫었다.

"집 정도는 마련할 수 있어요. 그런데 집안일을 봐줄 노파가 어디 없을까요?"

오라치는 도미에의 이런 성향에 울컥 화가 치밀었다. 친절하게 신경 써주는 것을 대번에 거절하고, 번번이 자기 하고 싶은 말만 하는 태도가

215

건방지게 보였다.

"없지는 않겠지. 그래서 정말 혼자 독립하려는 거야?"

도미에는 고개를 끄덕였다. 어떤 사정으로 독립하려는지, 그리고 독립하려면 어떻게 해야 좋을지를 자세히 이야기하지 않으니 오라치도 대답하는 내내 흥이 나질 않았다. 얼굴빛이 변한 오라치는 급하면 소개업소를 통해서라도 사람을 알아보는 게 낫겠다고 했다. 하지만 곧 씁쓸히 웃으며, "도미에 씨처럼 이유도 말하지 않고, 아닌 밤중에 홍두깨 격으로 독립하고 싶다고 하면 제대로 상담해줄 수 없잖아. 왜 그러는지 이유를 말해주면 내가 힘이 될 수 있을 텐데."라고 덧붙였다. 하지만 도미에는 이제 굳이 그 이상은 부탁하지 않았다. 그러자 다시 쓰마코에 대한 이야기가 시작되었다.

"정말 나는 생각나는 대로 독설을 퍼부었어. 친척이나 마찬가지라 괜찮다고 생각했지만, 망신스러운 일 아니겠어. 기에를 때렸어. 당신 미쳤냐고 하니까 미쳤다고 하더라구. 미친 사람 상대하고 싶지 않으니 빨리 가라고 하니 울어버리는 거야."

"지병이니 어쩔 수 없지만, 곤란하기는 해요."

"도미에 씨도 언니와 사이가 틀어져서 독립하려는 거 아니야?"

그래도 도미에는 언니와 싸운 일을 털어놓지는 않았다.

그날 밤 도미에는 처음으로 아즈마에서 묵었다. 지금까지 어떤 일이 있어도 자고 간 적이 없던 도미에가 오라치의 권유대로 묵겠다고 하자, 오라치는 매우 기뻤다. 도미에와 친해지고 싶었던 오라치는 입고 잘 요기까지 신경 써가며 목소리를 높였기 때문에, 집안 사람들은 바빠졌다. 마치 큰 소동이 벌어진 듯했다.

19

다음 날이 되자 잠깐이라도 여기서 지내면 어떻겠느냐고 오라치는 물었다. 그리고 공부와 글쓰는 데 절대 방해가 되지 않게 조심할 테니 괜찮다면 마음 편히 머물러도 좋다고 했다. 오라치는 도미에를 붙들어 두고 다른 사람에게 자랑하고 싶었다. 그만큼 오라치는 도미에를 존경 했고, 세상 물정을 모르는 듯한 태도에 대해서도 연극에서 본 말더듬이 마타헤(순박하고 정직함을 대표하는 인물)나 히다리진고로(에도시대 조각 의 명인)로 등과 같은 명인을 예로 들며, "뭐 예술가뿐만 아니라, 다른 사 람보다 뛰어난 사람은 모두 그런 법이지."라며, 오히려 감동하는 쪽이었 다. 그래서 도미에가 아즈마를 편하게 생각하고 마음대로 머물며 자신 의 보살핌을 받는다면, 오히려 기쁠 것 같았다. 단지 기에가 보고 싶어 자주 오는 것만으로는 만족할 수 없었다.

오라치는 언니에게서 떨어져 나오고 싶다면 차라리 우리집으로 오는 편이 낫지 않겠느냐고 다시 물었다. 그저 혼자 독립하고 싶은 것이라면, 좀 더 자세히 이야기해보자는 말도 했다. 하지만 도미에는 여전히 마음 을 털어놓지 않아 답답해 견딜 수 없었다. 그렇게 아침이 지나갔고, 오 후가 되자 도미에는 고마게타를 오라치에게 빌려 신고, 기에와 함께 집 을 나섰다.

긴자 거리에서 이것저것 살 것이 있다며 나오는 길이었다. 도미에는 기에에게 뭔가 사주고 싶었다. 두 사람은 천천히 웃고 떠들면서 벽돌길을 따라 걸었다. 기에는 이것도 갖고 싶고 저것도 갖고 싶다고 거리낌 없이 말했고, 오라치의 옆에 있을 때와는 달리 어딘가 여유를 찾은 얼굴이 더 예쁘게 보였다.

"기에 쨩은 뭐든 원하는 것은 어머니가 다 사주니까 좋지 않아?"

"아무리 사줘도 아직 갖고 싶어."

도미에는 그 말투가 우스웠다. 두 사람은 사에구사(三枝)로 들어가 꽃비녀를 샀다. 흰색이었는데, 아주 큰 꽃이 달려 있었다. 아직 이런 것을 머리에 꽂고 싶어하는 모습이 귀여웠다. 마침 두 명의 어린 예기들이 시마다 머리를 장식할 엷은 분홍색 조화를 같은 크기로 맞추고 있었다. 두 사람을 바라보던 기에는 자신이 더 예쁘다는 듯 새침한 표정으로 고개를 옆으로 돌렸다. 도미에는 그 모습을 쭈욱 지켜보았다.

비녀를 산 뒤 도미에는 기에를 데리고 천천히 신바시(新橋) 쪽으로 향했다. 기에는 하쿠힌칸(현대의 백화점에 해당하는 건물)으로 들어가자고 했다. 하지만 도미에는 기에의 부드러운 손을 잡고, "좀 더 먼 곳으로 놀러 가자."라고 말했다.

"먼 곳이라면 어디? 우에노(上田)?"

기에가 자기 나름의 먼 곳을 물어보았다.

"더 멀리, 기차를 타고 가야 될 곳이야."

지나가는 여자 중에는 벌써 목도리를 두른 사람도 있었다. 맑게 개어 햇살이 비추고 있었지만, 입술에 닿는 바람은 차가웠다.

"기차로? 대단해."

기에는 조금 놀란 듯 말했다. 그리고 아무 말 없이 도미에를 따라 신바시의 정류장으로 들어갔다.

도미에는 하코네(箱根)로 기에를 데려갈까 생각했다. 고즈(国府津) 행 기차가 떠나려면 겨우 15분밖에 남지 않아 도미에의 마음이 더욱 바빴다. 도미에는 표를 사고 유쾌한 듯 기에를 보며 웃었지만, 기에는 기분이 나쁜지 기차 타기 싫다며 고집부렸다.

"이런 옷차림으로 그런 데를 갈 수는 없어. 체면이 구겨지잖아."

기에는 이렇게 말해놓고는, 그래도 걸치고 나온 유젠치리멘(友禅縮緬, 화려한 색으로 인물·꽃·새 등을 넣은 쪼글쪼글한 비단) 하오리를 만지작거렸다.

"옷으로 가는 게 아니잖아. 무얼 입든 상관 없지 않아?"

"나는 싫어. 데리고 가주는 건 좋지만, 일단 집에 가서 예쁜 옷을 입고 가고 싶어."

어제 형부 집을 나설 때부터 도미에는 하코네라도 갈까 생각했었다. 기에가 싫다면 혼자라도 떠나려고 개찰구로 가는데 기에가 쫓아왔다.

"금방 돌아올 수 있지?"

기에가 물었다.

"그거야 가봐야 알지."

이렇게 말했는데도 기에는 도미에를 따라 개찰구로 들어왔다. 두 사

219

람은 표를 두 장 끊고 사람들에게 떠밀리며 플랫폼으로 달렸다.

기차에 타서도 기에는 집 걱정은 하지 않았다. 단지 온천에 이런 옷차림으로 가면 창피하다는 말만 몇 번이나 했다. 손에 들고 있기 귀찮다고 하며, 기에는 도미에가 사준 꽃비녀를 상자에서 꺼내 머리에 꽂았다. 도미에는 상자를 찌그러뜨려 창밖으로 던졌다. 마침 오이소 부근의 소나무 숲을 지나치고 있었다.

기에는 여름과 겨울에 온천 요양을 다니는 데 익숙해 기차 여행을 신기해하지는 않았다. 집에서 발판 같은 곳에 앉아서 장난하는 모습으로 기차 의자에 기대고 있었다. 유리창에 기에가 꽂은 꽃비녀가 하얗게 비치며 반짝반짝거렸다.

기차 안에는 다른 한 무리의 승객이 있을 뿐 조용했다. 그들 중 한 사람은 창에 기대 의자를 거의 다 차지하고 모포를 두른 채 자고 있었다. 남자였는데 아픈 것처럼 보였다. 그 남자를 여자 두 명과 남자 한 명이 둘러싸고 있었다. 마루마게로 머리를 올린 중년 여자는 생기가 넘치고 적극적인 성격으로 보였다. 소매가 늘어진 부분의 폭을 좁게 맞춘 기모노를 입고 있었다. 발이 저린지 때때로 의자 아래로 발을 뻗었다. 그때마다 새하얀 버선이 벗어놓은 게다를 찾아 헤맸고, 옷자락이 부드럽게 다리에 감겼다. 담배를 한 대 피우더니, 꽁초를 그릇으로 받고 바로 담배를 담배통에 넣었다. 그리고 양손을 무릎에 가지런히 올려놓고 조금 구부정하게 앉았다. 말할 때마다 눈썹을 올리고 목덜미의 머리에 신경 쓰는 모습이 여염집 여자 같아 보이지는 않았다.

한편, 일행인 다른 여자는 이 사람에 비해 순진해 보였다. 단 반지라든가 옷차림만은 중년 여자에 지지 않을 정도로 사치스러웠다. 남자는 두 사람을 시중드는 말투를 쓰고 있었다. 병자는 젊은 여자의 남편 같았고, 젊은 여자는 중년 여자를 언니라 불렀다.

기에와 정면으로 마주 앉은 중년 여자가 호기심 어린 눈으로 보며 물었다.

"어디로 가시나요?"

"하코네요. 비녀를 사러 나왔다가 갑자기 가기로 했어요."

기에는 거리낌 없이 응석 부리듯 대답했다. 맞은 편 여자는 웃었다.

"언니는 무턱대고 일을 벌이는 사람인걸요."

기에는 말은 이렇게 하면서도 도미에의 소매를 문지르며 달라붙었다. 여자아이의 말은 도무지 이해하기 어렵다는 얼굴로 맞은 편 사람은 다시 웃었다.

"거기에 도착하면 전보를 칠 거야. 그럼 오늘 밤 엄마는 크게 소란을 피우겠지."

기에는 그런 상황이 오히려 재미있다는 듯 말했다.

"전보를 보면, 내 옷을 갖고 금방 와줄 거야."

기에는 어린 마음에도 이처럼 뜬금없이 벌어지는 일이 재미있게 느껴졌다. 그리고 다른 사람들을 놀래주며 소란을 피우는 것도 즐거웠다.

"언니와 함께 있으니까 잔소리는 안 들을 거야."

어느 정도 들뜬 마음이 가라앉자 기에는 이렇게 기뻐했다.

고즈에 도착하니 2시가 지나 있었다. 거기에서 전보를 치고, 두 사람은 바로 전차를 탔다. 오다하라(小田原)의 마을에는 적막한 분위기가 감돌았고, 모래 먼지가 일고 있었다.

열차에서 내렸을 때 기에는 그제야 도쿄에서 멀리 왔다는 느낌이 들어 불안해졌다. 그리고 너무 추웠다.

"이제 도쿄가 아니네."

기에가 쓸쓸한 얼굴로 말했다. 계획을 세우고 온 것이 아니기 때문에, 여행을 왔다기보다는 꽃비녀를 사러 나온 길에 좀 더 멀리 온 느낌이었다.

"언니, 내일은 돌아갈 거지? 응?"

아는 사람들을 떠나 기에와 둘이서만 여행하니 도미에는 기분이 꽤나 좋았다. 기에와 더 친해지고 편한 사이가 되는 것 같아 기쁘기도 했다.

"계속 놀고 싶지 않아? 언니와 둘이서."

도미에는 이렇게 말하며 기에의 등에 손을 둘렀다.

"추워. 하코네는."

기에는 자신의 작은 이마에 닿을 듯 가까워졌던 산을 차창을 통해 뒤돌아보며 몸을 움츠렸다.

20

온천여관에 도착했을 때에는 이미 전등이 켜져 있었다. 가방도 없고 갈아입을 옷도 없어 이상하다며, 기에는 도코노마 앞에서 웃었다. 이 집은 기에도 도미에도 단골로 찾는 곳이었다.

복도로 나온 기에는 아직 완전히 어두워지지 않은 산과 하늘을 올려다보고 있었다. 두 사람은 목욕탕으로 들어갔다. 기에는 재빨리 옷을 벗고 욕조의 뜨거운 물 속으로 뛰어들어 꺅 하고 기쁜 소리를 질렀다. 그리고 천천히 욕조로 들어오는 도미에를 느림보라 놀리며 재미있어했다.

"단풍이 빨갛게 물들었지?"

이곳에 올 때까지 기에의 눈에 남은 인상은 산을 빨갛게 물들인 단풍나무 단 한 가지였다.

탕에서 나온 기에의 얼굴은 예뻤다. 메이센(銘仙, 꼬지 않은 실로 거칠게 짠 비단)으로 지은 유카타를 입은 뒤, 흰색과 보라색 오비를 조개 입 모양으로 매고 기에는 밥상을 받았다. 지리멘으로 된 작은 주반의 옷깃이 볼록 솟은 목덜미를 파고 들어 있었다. 가장자리가 연지를 바른 듯 빨개진 눈을 깜빡거리면서 기에는 식사 시중 드는 하녀에게 갑자기 온천까지 오게 된 사정을 이야기했다.

"이것을 사러 나온 길이었어요."

기에는 이렇게 말하면서 머리에 꽂았던 꽃비녀를 빼 하녀에게 보여주었다.

"댁에선 걱정하고 계시겠네요?"

여자가 기에에게 물었다.

"나와 함께 있으니 뭐 그런 생각은 하지 않을 거예요."

"내일은 일등으로 엄마가 달려올걸. 그리고 반드시 이렇게 말할 거야. 도미에 씨도 도미에 씨네. 뭐라고 말이라도 하고 왔으면 좋았지."

굵은 목소리로 흉내내는 기에가 우스워 도미에도 하녀도 웃었다.

손님이 적어 어디나 조용했다. 계곡 물소리가 문득문득 기에의 들뜬 기분을 차분히 가라앉혔다.

"날씨를 보니 달은 있는데, 흐리지요?"

도미에가 묻자, 하녀는 그릇을 내가면서 하늘이 흐려 있다고 대답했다.

"바깥에는 나가기 싫어. 나, 인형이라도 가져오고 싶었는데."

"그럼 다리 근처까지 가는 것도 싫어?"

"내일 가."

기에는 화로 옆에 앉아 지금쯤 전보를 보고 놀란 어머니가 소란을 피울 것이라는 둥, 내일 출발 준비를 하고 있을 어머니의 모습이 눈에 선하다는 둥, 그런 이야기만 했다.

"언니. 다시 탕에 들어갈까?"

"들어가고 싶으면 들어갔다 와."

기에는 또 목욕하러 갔다.

도미에는 멍하니 벽에 걸린 액자를 쳐다봤다. 액자는 당시 이름을 날리는 서예가와 문사들이 비단 천에 몇 자씩 쓴 것이었다. 그중에 료쿠시의 이름이 서명되어 있는 것을 발견하고, 신기하게 바라보았다.

기에는 하녀에게 백분을 빌렸다고 하면서, 화장을 하고 왔다.

"언니, 나 이제 도쿄 같은 데 돌아가고 싶지 않아."

"하코네에 있을 거야?"

"하코네, 이곳에서만 있을 수는 없겠지만."

기에는 이렇게 말하고 잠깐 생각에 빠졌다.

"그럼 어디에 있고 싶어?"

"음, 역시 이런 곳에 있으면서 좋아하는 일 하면서 놀고 싶어."

도미에는 자신도 엄마의 피를 물려받았고, 기에도 자신처럼 엄마를 닮았다고 생각하며 잠시 그 얼굴을 바라보았다.

"나, 아즈마의 엄마가 싫지는 않지만 무서워."

기에는 이런 말도 했다. 그리고 금가루와 은가루로 무늬를 넣은 칠기 과자 그릇의 뚜껑을 열고, 안을 들여다보았다. 흰 가루를 뿌린 엷은 분홍색 바나나 과자가 나란히 포개져 있었다.

도미에는 복도에 한 겹으로 닫아놓은 덧문을 통해 산 기운이 덮치듯 밀려드는 것을 피부로 느꼈다. 두 사람은 뜨거운 물에 들어갔다 와 아직 온기가 사라지지 않은 몸을 따뜻하게 데워진 요기 안으로 넣었다. 그리고 손바닥과 발바닥에 지방이 올라와 녹을 듯 부드러워진 감촉을 느끼며 기분 좋게 누웠다.

기에는 계곡의 물소리가 신경 쓰여 잠이 오지 않는다며, 이불 속에서 뒤척였다. 도미에도 잠이 오질 않았다.

"나 꿈꾸는 것 같아. 이런 곳에 와서 언니와 함께 잔다는 게."

기에는 언니 쪽을 바라보았다. 밝은 전깃불 아래에서 기에의 머리가 검은 그림자를 만들었고 베개 가장자리에 달린 술이 흔들렸다.

"어쩐지 지금 긴자 거리를 걷고 있는 기분이 들어."

자매는 엄마에 대한 이야기를 시작했다.

도미에는 기에와 헤어지고 나서 이렇게 같은 방에서 자는 것은 처음이었다.

"기에는 늘 나하고만 잤었지."

기에도 그때를 그렇게 떠올렸다.

"나는 엄마가 세 명이야."

세상에 진기한 일이라는 듯 기에가 말했다.

"어떤 엄마가 좋아?"

"글쎄, 진짜 엄마가 제일 좋은 것은 틀림없지만, 잘 모르겠어."

기에는 일어나 목언저리를 만지면서 베개가 아프다고 짜증을 냈다. 도미에는 자신의 오비를 고정시켰던 끈을 방석에 감아 베개를 만들어 건네주었다. 기에는 목침을 옆에 던져두고, 언니한테 받은 베개에 깊숙이 머리를 묻었다. 그리고 언니 쪽을 보았다.

"언니와 둘이서만 어딘가로 가버리면 어떻게 될까?"

"언니와 어디라도 갈 거야? 기에 짱은?"

기에는 금방 대답을 하지 않았다. 도미에는 소메코를 떠올렸다. 소메코라면 왜 두 사람은 이렇게 평생 함께 있을 수 없냐면서 울었을 거라고 생각했다.

홍역을 앓았을 때 기에는 열 때문에 괴로워하면서도 도미에만 찾았다. 계모로 들어온 오이요(お伊豫)와는 전혀 친해지지 않았고, 아버지도 싫어하고, 오로지 언니만 좋아했던 이야기를 도미에가 들려주었다.

"기에 짱이 다섯 살 때야. 한밤중에 아프다고 울기 시작했어. 그래서

226

내가 이제 30분만 지나면 열이 내리니까 조금만 참으라고 했더니, 내 소맷자락을 붙잡고 계속 이제 몇 분이야, 몇 분이야, 하고 물었어."

기에는 킥킥 웃었다.

"기억나?"

"응. 어렴풋이 기억나. 그것보다 화상을 입었을 때가 더 잘 기억나."

어린 시절 기에는 친구와 거실에서 귀신 놀이를 하다가 데인 적이 있었다. 담배합(담배와 불피우는 도구 등을 넣어두는 큰 쟁반)을 엎었는데, 그때 무릎으로 작은 담뱃불이 튀었다. 한동안 매일 화상 입은 곳을 소독하고 붕대를 새로 감은 뒤 다리를 뻗은 채 앉아 있었다.

"기에 짱은 어렸을 때 정말 울보였어. 이젠 그러면 안 돼."

기에는 당차게 "어른이 되면 이제 울지 않을 거야."라며, 이불 속에서 뒹굴거리며 웃었다.

"어른이 되어도 우는 사람은 있어."

"그럼 바보지."

기에는 졸린 눈으로 도미에의 얼굴을 가만히 보고 있었지만, 점점 눈꺼풀이 무거워지자 눈을 깜박거렸다.

"졸려."

결국 기에는 고개를 베개에 푹 떨어뜨렸다. 도미에는 아무 말 없이 기에의 잠든 얼굴을 바라보았다. 앞머리 아래쪽에 비스듬히 꽂은 흰 꽃비녀가 다다미 위로 빠질 듯했다. 도미에는 손을 내밀어 꽃비녀를 빼주었다. 그리고 비녀를 눈앞으로 가져와 잠시 머릿기름 향내를 맡았다.

산에는 새 소리도 나지 않았다. 점점 겨울로 접어드는 황량한 풍경이 가슴으로 스며들었고, 머릿속으로 쓸쓸한 환상을 떠올랐다.

21

아침 일찍 두 사람은 온천물이 솟아나는 곳에 가보기로 했다. 여관의 하녀도 함께 따라왔다. 춥기는 했지만, 아침 해가 산을 비추어 상쾌한 기분이었다. 여관은 모두 문이 닫혀 있었고, 유리문과 장지문에는 적막한 그림자가 드리워져 음산한 집도 보였다.

산기슭에는 보라색 들국화가 피어 있었다. 다마다레(玉簾) 폭포까지 오자 몸이 떨릴 정도로 추웠다. 여름 한철만 도시 사람들이 빌려 사는 집들에는 문이 잠겨 있었고, 울타리에는 반쯤 시든 담쟁이덩굴도 쓸쓸해 보였다.

폭포물이 잿빛을 띠며 쪼그라드는 것처럼 보였다. 기에는 추우니까 돌아가자고 했다. 도미에는 기에가 먹고 싶다는 과자를 하녀에게 구해 달라고 한 뒤, 왔던 길로 되돌아가기로 했다. 그런데 멀리 살집 있는 여자가 인력거를 한가득 채우고, 느릿느릿 길을 따라 올라가는 것이 보였다. 여자는 작게 틀어 올린 마루마게 머리를 계속 좌우로 돌리며, 이곳저곳을 바라보고 있었다.

"엄마야."

기에는 이렇게 외치며 달려갔다. 그러나 인력거는 잠시도 쉬지 않고, 오히려 지금보다도 더 빨리 내달렸다. 기에는 결국 걸음을 멈추고, 뒤에 오는 도미에를 기다렸다.

"뭐가 이리 빨라. 첫차로 왔나봐."

"첫차를 타도 하코네까지는 오려면 아직 멀었어."

두 사람은 서둘러 걸어갔다. 다마노오(玉の緒) 다리까지 오자, 자신들이 묵는 여관 앞에 오라치를 태운 인력거가 멈춰 선 것이 보였다.

"어머니가 오셨습니다."

여관의 여주인이 두 사람을 맞이하며 이렇게 전했다.

기에가 총총 걸음으로 달려 2층으로 올라갔다. 오라치는 방에 앉아 반코트를 벗어 걸려는 참이었다.

"빨리 왔네요."

"빨리라니, 너."

오라치는 말하다 말고, 한숨을 쉬었다.

"걱정하셨죠?"

도미에는 웃으며 뒤따라 들어와 엉거주춤 앉았다.

"걱정은 안 했지만."

오라치는 당황한 얼굴을 보이는 것조차 분하다는 생각이 들었다. 어제 전보를 받았을 때는 여자아이들 주제에 대담한 일을 벌이는 데 질려서 화가 났지만, 지금 이렇게 두 사람의 모습을 보자 물건 사러 나온 김에 온천 목욕을 하러 왔다고 할 정도로 가볍게 생각할 수밖에 없었다. 오히려 어제 저녁 7시 50분 기차로 고즈까지 달려온 자신이 너무 허둥댄 것 같아 바보스럽다는 생각이 들었다.

"어찌되었든 이 애가 평상복 차림으로 나갔다는 생각에 갈아입을 옷을 갖고 왔어."

기에는 가방으로 다가가 바로 옷을 갈아입으려고 했다.

"전보를 받자마자 바로 준비해서 어제 밤중에 왔어."

"그래서 이렇게 빨랐군요."

기에는 가방을 열었다. 오라치는 기히학적인 무늬가 크게 들어간 비단 기모노를 기에에게 건넨 뒤 긴 주반에 새 유모지(湯文字, 여자들이 목욕할 때 허리에 감던 천)까지 준비해 옆방으로 갔다.

"도미에 씨도 춥겠다는 생각이 들어 코트를 갖고 왔어."

옆방에서 오라치가 말을 걸었다. 도미에는 수고스럽게 해 미안하다고 말하며, 그 방으로 가서 "오늘 돌아가실 건가요?" 하고 물어보았다.

"돌아가야 해. 가게를 비울 수는 없으니까. 여자끼리 이런 곳에 있는 것은 도미에 씨에게도 좋지 않으니 돌아가는 편이 좋아. 이런 곳에 오려면, 올 수 있게끔 주변 정리를 해서, 틀림없는 상태여야 해."

오라치는 기에의 오비를 가지러 다시 가방 있는 곳까지 갔다가 생각을 고쳐 홀치기 염색을 한 시고키오비(扱き帶, 허리에 감고 키에 맞게 기모노를 걷어 올리는 띠)를 꺼냈다.

"이거."

오라치가 기에에게 시고키오비를 던져주자, 기에가 그것을 후르륵 풀어 허리에 빙빙 감았다. 그다음으로 오라치가 작은 상자에서 꺼내어 건네준 것은 반지였다. 평소 기에는 언제나 빨간 루비가 박힌 반지 하나만 끼고 다녔다. 그런데 이번에 오라치가 가져온 것은 진주알 세 개가 박힌 반지와, 모란이 새겨진 두꺼운 반지였다. 기에는 그것을 양 손에 적당히 꼈다. 하녀가 두 명이나 와서 기에가 기모노 입는 것을 도와주었다. 그리고 오라치는 기에를 데리고 목욕탕으로 갔다.

도미에는 망연히 있었다. 오라치에게 반항하며 혼자 이곳에 남는 것도 내키지 않았다. 도쿄로 돌아가는 것도 내키지 않았지만, 역시 그곳으로 돌아갈 수밖에 없었다. 도쿄로 돌아가 형부 집으로 들어가는 것 이외에 도미에는 몸이 둘 곳이 없었다. 도미에는 낙담하여 꼼짝 않고 앉아 있었다.

"오후 몇 시 기차죠?"

오라치는 하녀에게 물으면서 복도를 지나 돌아왔다. 기에가 먼저 들어가 경대 앞에 앉자, 다시 가방 안에서 화장 도구를 꺼내 주었다. 기에는 유카타를 벗고 능숙하게 화장을 했다. 하녀가 세면기에 따뜻한 물을 담아오자, 오라치는 춥다며 장지문을 닫게 했다.

"이제 하코네도 힘든 계절이 되었어요."

오라치가 하녀에게 말했다.

"맞습니다. 벌써 후유가레(2월경에 경기가 나빠지는 때)가 코앞이에요."

하녀는 미소 지으며 말했다.

기에는 손을 씻고 일단 뺐던 반지를 다시 하나씩 가지런하게 끼었다. 하녀는 옆에서 그 모습을 주의 깊게 쳐다보았다.

4시 30분 고즈발 기차로 돌아가기로 한 뒤, 오라치는 점심을 주문했다. 도미에는 묵묵히 있었다.

"기에 짱. 하코네에 와서 재미있었어?"

오라치가 물었다.

"정말 재밌었어요."

기에는 망설임 없이 이렇게 대답하고, 가방 안을 들여다보았다.

"이런 맛있는 과자가 있으면서."

기에가 종이 꾸러미를 꺼냈다.

"맞다. 고즈에서 산 거야. 먹어봐."

기에는 종이를 펼쳐 언니 앞에 놓았다. 그리고 설탕이 발린 과자를 집어 그 손가락을 입에 물었다.

"엄마. 걱정했어요?"

"연극이라도 보러 갔나 생각했는데, 전보가 왔어. 처음엔 깜짝 놀랐어. 도미에 씨가 너무 기발하고 엉뚱한 행동을 했으니까."

도미에는 쓴웃음을 지었다. 하지만 특별히 사과할 이유는 없다고 생각해 아무 말도 하지 않았다. 오라치도 화가 난 것 같지는 않았다.

"적어도 옷이라도 갈아입고 왔으면 좋았을 텐데. 이런 복장으로 하코네까지 오다니. 기차는 2등석이야? 3등석이야?"

"2등석이었어."

"용케 창피하지도 않았나 보네."

기에는 무엇이 우스운지 갑자기 웃기 시작했다.

"알몸으로 여행하지 못한다(무슨 일이든 준비가 필요하다는 뜻을 지닌 일본 속담)지만, 우린 기모노를 입고 있었으니 괜찮아요."

오라치도 웃었다. 기에는 천진난만한 예전의 기에가 되어 양어머니 앞에서도 징난을 쳤다. 도미에는 그것이 만족스럽기도 하고 기뻤다.

여관 종업원이 세 사람을 온천의 근원지까지 배웅해주었다. 기에는 오라치가 하라는 대로 시계까지 차고 있었다. 검은 색과 흰색이 어우러진 헤링본 반코트 아래로 연보라색과 흰색이 반복되는 화려한 체크무늬의 두겹 기모노가 보였다. 일이 없는 여관 사람들은 밖으로 나와 배웅하며 아름다운 기에를 보고 수근거렸다. 오라치는 속이 후련하다는 듯 자부심이 넘치는 눈을 빛내며 걸어갔다.

신바시에 도착하자 7시를 지나고 있었다. 정류장에는 전보를 받고 마중나온 가게의 젊은 일꾼이 기다리고 있었다. 도쿄는 바람이 불어 눈 뜨기 힘들 정도로 심한 먼지가 거리에 퍼져 있었다.

도미에는 오라치의 만류로 일단 아즈마에 함께 가기로 했다. 그리고 그날 밤 천천히 도미에의 독립에 대해 이야기하자고 했지만, 도미에는 오히려 그것을 불편하게 생각했다. 하지만 어쨌든 아즈마까지는 함께 가기로는 했다.

언제 샀는지 오라치는 여행지에서 산 목공예품을 꺼내 모두에게 선물로 나눠주고 있었다.

"도미에 씨 덕분에 온천 보양 잘했어."

오라치는 크게 웃으며 말했다. 가게의 여종업원들이 차례로 와서 오라치한테 인사를 건넸다.

기에는 지친 얼굴도 하지 않고, 가방과 자신의 소지품들을 하나씩 구석에 넣어서 정리했다. 목욕을 하고 있던 할멈이 마침 다 마치고 들어왔다.

"빨리 오셨네요. 피곤하시겠어요."

할멈은 오라치에게 인사를 하고 나서 도미에를 보며 말했다.

"정말 도미에 씨는 겉보기와 달리 무턱대고 일을 저지르는 사람이야. 한창 꽃피는 아가씨를 하코네 변두리까지 데리고 가다니. 남자라도 좀처럼 하기 어려운 일인데."

할멈은 다시 오라치를 보며 말을 이었다.

"당사자는 아무렇지도 않아도 주변 사람들은 놀랐어요. 신바시의 지마 짱도 많이 걱정했어요."

"그랬어? 꼬맹이를 데려갔나 보네."

오라치는 담배를 피우며 대꾸했다. 할멈은 지마지가 자기 집으로 오무쓰를 데려갔다고 하면서 도미에를 찬찬히 바라보았다. 그리고 "도대체 이 자매들은 좀 달라요."라며 눈으로 웃었다.

"도미에 씨는 다르지. 난 그런 점이 좋아."

오라치는 할멈의 비난하는 듯한 말에 맞장구쳐주지 않았다. 도미에는 굳은 얼굴로 할멈을 마주보았다. 그리고 바로 아즈마를 나왔다.

오라치는 우물쭈물 말렸지만, 도미에는 아자부에서도 걱정한다는 핑계를 대고 그 집을 떠났다. 기에는 "안녕."이라는 한 마디만 했을 뿐, 나와보지도 않았다. 도미에가 돌아간 후 어제 일로 잔소리를 듣게 되면,

그것을 가볍게 할 수단으로 거리를 두려는 것이 너무도 빤히 들여다보였다. 도미에는 그런 기에가 불쌍해졌다.

오늘 오라치가 데리러 왔을 때 기에가 자신과 하코네에서 더 놀고 싶다고 말했다면 얼마나 기뻤을까, 하고 도미에는 생각했다. 기에는 어머니와 함께할지 언니와 함께할지를 확실히 구분하지 않았고, 자신의 의지를 드러내 더 놀고 싶다고도 돌아가고 싶다고도 하지 않았다. 그저 부지런히 화장하고 예쁘게 꾸민 모습을 사람들 앞에 드러내며, 언니를 따라갔던 것처럼 다시 어머니를 따라 돌아왔다. 도미에는 기에가 밉지는 않았다. 다만 기에의 동작 하나하나가 불편한 손발을 억지로 움직이려는 장애인의 몸짓처럼 보여 슬펐고, 가여워 견딜 수가 없었다.

22

집에 돌아오자 오키소는 변함없이 친절한 얼굴로 도미에의 시중을 들어주었다. 쓰마코는 아무 말도 없었다. 도미에가 방에 들어가 있는데 잠시 후 형부 료쿠시가 불렀다. 도미에는 2층 서재로 올라갔다.

"요즘 자주 집을 비우던데, 어디를 가는 거야?"

형부는 웃으며 이렇게 물었다. 붉은 붓을 쥔 료쿠시는 책상에 앉아 교정을 보고 있었다. 도미에는 아무런 대답도 하지 않았다.

"응? 어디 가는 거지? 언니가 걱정하니까 묻는 거야. 하지만 크게 문제 없으면 나만 들은 걸로 할게."

형부는 붓을 놓고, 담배를 피기 시작했다. 물론 료쿠시는 도미에가 어디를 가든 수상하게 여기지는 않았다. 언니인 쓰마코보다도 형부가 도미에의 성격이나 품행을 더 잘 이해하고 있었다. 어디 산이랑 물이 있는 근교라도 다녀왔을 거라 생각했지만, 도미에의 외박 때문에 자신도 쓰마코에게서 이상한 말을 들었기에 어쨌든 의심을 풀고 싶었다. 그래서 료쿠시는 스스로 도미에의 행선지를 물어보겠다고 나선 참이었다.

"그런 걸 이야기해주지 않으면 내가 좀 곤란해서 그래."

료쿠시가 말했다.

"미안해요."

도미에는 깨끗이 사과하고, 이제 그런 걱정을 끼치지 않을 거라고 했다. 료쿠시는 웃기 시작했다.

"그렇게 뉘우치면 내가 미안하잖아. 사과할 필요까지는 없어. 하지만 언니한테 말은 해줘. 잔걱정이 많은 사람이니까."

끝말을 묘하게 끌어올리며 료쿠시는 말했다.

"여행이라도 갔다 온 건가?"

"아니요."

두 사람의 대화는 그것으로 끝나버렸다. 이야기가 끊어지자 도미에는 자신의 방으로 돌아갔다. 소메코한테 편지가 와 있었다.

쓰루가다이(駿河台)의 병원에 있다고 했다. 도미에는 내일 아침 일찍 가보기로 하고, 바로 잠자리에 들었다.

다음날 도미에가 병원에 가려고 집을 나서는데, 쓰마코가 형부의 여행 준비를 도와주고 있었다. 쓰마코는 최근 보기 드물게 밝은 얼굴로,

"오늘도 나가는 거니?"라고 물었다. 도미에는 그런 언니의 얼굴을 신기한 듯 쳐다보며, 소메코가 입원했기 때문에 병원에 다녀온다고 모나지 않게 대답했다. 그리고 자신도 "형부는 여행 가는 거예요?"라고 물어보며 친근하게 말을 붙였다.

"당분간 집에 없으니까 잘 부탁해."

료쿠시가 웃으며 대답했다. 도미에는 여행지를 말해주려는 것을 듣지도 않고 나오는데, 쓰마코가 "빨리 돌아와."라며 현관까지 따라나왔다. 그리고 신발까지 챙겨주며, "소메코 만나면 몸조리 잘하라고 전해 줘."라며 기분 좋아서 빈말까지 했다.

도미에는 병원에서 돌아오는 길에 어딘가 작은 집을 찾아볼 작정이었다. 그리고 소개소에 부탁해 집안일을 돌볼 노파도 알아볼 생각이었는데, 언니가 살갑게 굴자 집을 구해 독립하려던 기분이 사라져버렸다. 언니 말대로 빨리 돌아와 오랜만에 얼굴을 맞대고 자매다운 대화를 나누고 싶어졌다. 도미에는 걷는 내내 언니를 정답게 떠올렸다.

도미에가 쓰루가다이의 병원에 도착한 것은 10시경이었다. 소메코는 탕에 들어간 터라 병실에 없었다. 집에서 따라온 나이 많은 여자가 근엄한 얼굴로 의자에 앉아 있었다.

"문병 오신 분입니다."

안내 간호원이 말하자, 노인은 공손하게 서서 도미에를 맞이했다.

"지금 탕에 들어가 계신 중입니다. 편히 앉으세요."

노인은 이렇게 인사를 했다. 목 언저리에서 내놓은 주반의 흰 옷깃이 도미에의 눈에 들어왔다. 노파는 일어나더니, 침대가 있는 옆방으로 가서 커피를 타가지고 왔다. 탁자 위에는 여러 가지 그림 엽서, 병문안 편지, 선물, 명함들이 정리되어 있었다.

"병이 중한가요?"

"아니요. 움직이실 수 있을 정도입니다. 중한 병은 아닌 듯합니다."

"무슨 병인가요?"

노인은 고개를 갸웃거리며, 깎고 나서 열흘 정도 자랐을 것 같은 눈썹을 팔자로 찡그렸다. 그리고는 이내 "잊어버렸습니다."라며 조심스럽게 웃었다.

옆방 문이 열리는 소리와 두세 사람의 발소리가 조용히 났다. 노파는 바로 옆방으로 가면서, 사이에 있는 칸막이 문을 꼭 닫았다. 그 문 너머로 젊은 사람의 목소리가 비단 위를 스치듯 사각사각 들렸다. 다시 한 사람이 밖에서 옆방으로 들어온 듯했고, 구두 소리도 섞여서 들렸다. 노인은 꽤나 오랫동안 부르러 오지 않았고, 도미에는 이상할 정도로 오래 기다렸다.

도미에를 부르러 온 사람은 간호사였다. 따라가 보니 소메코가 야윈 얼굴로 침대 위에 일어나 앉아 있었다. 노인도 옆에 서 있었다. 그 뒤로 간호사가 세 명 있었다. 옷을 잘 차려 입은 젊은 여자가 소메코의 몸을 뒤에서 부축했다. 도미에가 들어간 문 옆에는 양복을 입은 남자와 하녀로 보이는 젊은 여자가 나란히 서 있었다. 도미에는 방 안에 너무 많은 사람들이 서 있어 자기도 모르게 기가 눌려 더 이상 들어가지 못하고 멀리 소메코를 바라보았다. 소메코는 살짝 웃는 듯한 얼굴로 정중하게 인사를 했다. 그 모습을 보고 도미에가 고개를 숙이자, 방 안에 있는 사람들이 서로 짜맞추기라도 한듯 일제히 고개를 숙여 인사했다.

도미에는 소메코 옆으로 다가가기는 했지만, 딱히 할 말이 없었다. 도미에는 이런 경우 주변 사람들이 들어도 좋을 만한 가식적인 말을 하는 게 아무래도 힘들었다. 하는 수 없이 그저 가만히 소매코의 얼굴을 바라볼 뿐이었다. 소메코의 눈에는 눈물이 어려 있었다.

소메코의 몸을 부축하고 있는 여자는 가는 손가락으로 뒤에서 소메코의 긴 머리를 어루만졌다. 그때마다 고급스러운 향기가 풍겼다. 아무도 입을 열지 않았고, 병실에는 소메코를 제외한 사람들이 제 자리에서 선 채로 있을 뿐이었다. 그때 마침 또 누군가 문병을 왔다. 친척인 듯한 부인이었다. 그녀는 병실 안 사람들에게 가볍게 인사하고, 성큼성큼 소메코 옆으로 갔다.

"어때? 좀 괜찮아?"

부인이 상냥하게 물었다.

하녀가 의자를 두 개 가져와 침대 옆에 두었다. 부인은 거기에 앉으며, "자, 여기."라고 도미에게도 권했다.

도미에는 소메코에게 말할 기회를 잡지 못한 채 앉아 있었다. 부인은 쉼없이 이야기를 늘어놓았다. 이런저런 세상사에 대해 이야기했지만, 병실에서 우연히 만난 소메코를 부축하는 여자와 그 외 다른 친척들에 대한 이야기가 대부분이었다. 도미에는 부인의 이야기하는 세계 속으로 들어가지 못하고 겉도는 타인과 같았다. 소메코는 슬픈 듯한 얼굴로 내내 미소지으며 그 이야기에 귀를 기울이고 있는 듯 보였다. 하지만 부인이 옆방으로 가자, "언니." 하고 도미에를 불렀다. 도미에는 의자에서 일어나 소메코 옆에 섰다.

"이런 곳에서… 미안해요."

소메코가 더 이상 말을 잇지 못했다. 도미에도 단지 "치료 잘 받고, 몸조리 잘해. 금방 좋아질 거야."라고 위로할 뿐이었다.

소메코 뒤에서 부축하던 여자도 부인을 뒤따라 옆방으로 가버렸다. 이제 둘이서만 이야기할 수 있는데도 두 사람은 별로 할 말이 없었다. 옆방은 시끌벅적했고, 부인의 웃음소리가 제일 잘 들렸다.

흰 커튼에 닿은 아침 햇살이 아직 흔들리고 있다. 그때 비누 냄새 나는 간호사가 들어와 소메코의 맥박을 쟀다. 부푼 가슴팍 호주머니에서 여자용 시계를 꺼내려고 애쓰는 모습이 도미에의 눈에는 안타깝게 보였다.

"좀 주무셔야 해요."

간호사는 엄한 말투로 이야기한 뒤, 옆에 있는 다른 간호사에게 무언가를 지시했다. 또 다른 간호사는 침대 옆에 있던 차트를 집어 건네주었다.

소메코는 간호사가 정중하게 시키는 대로 누웠다. 그리고 머리맡에서 가루약을 오블라트(녹말로 만든 반투명의 얇은 막. 맛이 쓴 가루약이나 끈적거리는 과자 따위를 싸서 먹기 좋게 한다)에 싸려는 것을 보고, 그것을 도미에가 하도록 부탁했다. 간호사는 웃으면서 그렇게 하라고 했다. 도미에는 오블라트를 물에 담갔다가 안에 가루약을 넣고 싸보려고 했지만 잘 되지 않아 곤혹스러운 표정을 지었다. 소메코는 참기 어렵다는 듯 웃음을 터뜨렸다.

결국 간호사가 싸준 것을 도미에는 이쑤시개 끝에 걸어 소메코의 입안에 넣었다. 그리고 다시 간호사한테 따뜻한 물이 담긴 컵을 받아 소메코의 입가로 가져갔다. 소메코는 똑바로 일어나 앉아 그것을 손으로 받치고 두 모금 정도 마셨다.

문병 손님들이 계속 왔다. 그중에는 노인이 응대만 하고 돌려보내는 사람도 있었다. 도미에 바로 뒤에 왔던 부인은 오늘 하루 종일 간병할 거라며, 신간 소설을 가지고 소메코의 머리 맡으로 다시 왔다. 이 여자는 이곳을 좋은 놀이터로 여기는 것 같다고 도미에는 생각했다.

도미에가 돌아가려고 하자 소메코는 좀 더 있어달라고 했다. 소메코는 도메에가 떠나는 것이 싫었다. 간병하던 부인은 그런 소메코를 이상하다는 듯이 바라보았다.

"볼일이 있는 분한테 왜 그래. 오늘은 숙모가 옆에 있어줄 테니까 이분한테 떼쓰면 안 돼."

부인이 소메코를 말렸다. 도미에가 돌아가는 모습을 바라보며 배웅하는 소메코의 눈에 눈물이 어렸다. 도미에는 따라나와 인사하는 간호사에게 소메코의 병명을 물었다. 간호사는 호흡기 병이라고 대답했다.

23

그날 밤 도미에는 갈 마음이 조금도 생기지 않았지만, 쓰마코에게 이끌려 신바시의 연예관에 갔다. 일류의 만담가들만 나오는 공연이라고 했다.

공연 분위기가 한창 무르익자 쓰마코는 가끔 소리 높여 웃었다. 함께 온 오키소도 누가 옆에서 간지럼을 피우기라도 하는 것처럼 계속 웃으며 만담가들의 이야기를 재미있어했다. 도미에는 두 사람이 웃는 것에 주위를 빼앗겨 만담은 귀에 잘 들어오지도 않았다. 아무 생각 없이 웃으며 자지러지는 두 사람이 부럽기도 했다.

"묘하게 생긴 얼굴이네. 저것 좀 봐."

세 번째 젊은 만담가가 나왔을 때였다. 쓰마코는 이렇게 말하고서 이제는 킥킥대며 웃기 시작했다.

"작은 사기 숟가락에 눈과 코를 얹어놓은 것 같네요."

도미에는 만담보다도 두 사람의 이런 평가가 우스워 웃음을 터뜨리고 싶을 정도였다. 그러나 꽤나 어색해 보였던 그 만담가는 아주 능숙했다. 너무도 평범한 대화를 나누듯이 이야기하면서 일부러 웃기려고도 하지 않았다. 오히려 진지하게 풍자적인 사건을 흥미롭게 엮어가면서 꽤나 비범한 솜씨를 보여주었다. 그가 들려주는 이야기의 흐름은 마치 요즘 대가라 불리는 소설가의 솜씨와 닮은 구석이 있었다. 사건에서 사건으로 연결되는 부분이 자연스러웠다. 그리고 다음 사건을 일으키기 전에 듣는 사람으로 하여금 기대하도록 만들었다. '보통이 아니네.'라고 도미에는 감동하며 들었다. 그 외에는 가벼운 만담도 있었고, 적당히 야해서 쓰마코나 오키소 같은 사람을 웃게 만드는 것도 있었다.

연예관을 나왔을 때 오키소도 쓰마코도 빨개진 눈으로 한바탕 운 듯한 얼굴을 하고 있었다. 시즈코는 무엇이 재미있었는지 엄마 무릎에서 잠들지도 않고 있었다. 일행은 전차를 타고 아자부로 돌아왔다.

돌아오고 나서도 쓰마코는 만담의 줄거리를 반복해 이야기하며, 오키소와 요란하게 웃었다. 도미에는 어떻게 하면 저렇게 웃을 수가 있나 싶어 다시 부러움을 느꼈다.

"도미에는 어쩐지 가라앉아 있어."

쓰마코가 잠자리에 들기 전에 도미에를 보고 말했다.

"아직 몸이 완전히 좋아지지 않았나 봐요."

오키소도 도미에의 얼굴을 보며 말했다.

도미에는 두 사람의 얼굴을 번갈아 보며, "두 사람 모두 태평스러운 데는 당할 수가 없어."라며 웃었다.

"뭔가 걱정이라도 있는 거 아니니?"

쓰마코는 도미에의 얼굴을 살피며 물었다. 도미에는 걱정이 있다면 혼자서 하지 않고, 반드시 상의할 거라고 안심시킨 뒤 자기 방으로 돌아갔다.

가라앉은 기분을 무리하게 휘저었기 때문에, 다시 진흙이 가라앉을 때까지 도미에는 고통스러웠다. 머리로 피가 몰리는 듯한 기분 탓인지 약간 두통도 느꼈다. 오키소는 언젠가 사다놓은 두통약이 남아 있을 거라고 하더니 가져왔다.

약을 건네주며, 지나가는 말로 도리노이치(11월 닭의 날에 거행되는 축제) 축제가 얼마 안 남았다고 말했다. 도미에는 시간이 무서울 정도로 빨리 흘러간다고 느꼈다.

"도리노이치에는 꼭 가보고 싶어."

쓰마코가 이 방의 이야기를 듣고 거실에서 말했다.

"언니는 해가 바뀌어도 언제나 새색시 같아."

도미에는 차분해지지 않는 기분 탓인지 반쯤 장난스럽게 놀리는 말을 내뱉었다.

"시즈코의 동생이 생길 때까지는 새색시로 있을 거야."

언니의 말투로 보아 놀린다고 화내는 것 같지는 않았다. 그리고 내일은 시즈코를 데리고 아사쿠사에서 우에노 쪽으로 갈 건데 같이 가지 않겠냐고 권했다. 료쿠시는 오늘 낮에 중부 지방으로 여행을 갔다. 형부가 집에 없으니 쓰마코가 틈만 나면 외출한다고 도미에는 생각했다.

24

료쿠시가 집에 없으니 좀 쓸쓸하기는 했지만, 평화로웠다. 쓰마코는 화장을 하고 시즈코를 데리고 밖으로 나가 돌아다녔다. 도미에는 거의 집에 있었다. 한 번 병원에서 와달라고 하여 다녀왔을 뿐이었다. 그즈음 소메코의 상태는 꽤 좋아져 있었다.

늘 그렇듯이 소메코의 병실에는 잘 차려입은 두세 사람이 드나들었다. 문에는 하녀와 고용인으로 보이는 사람들이 예의 바르게 지키고 서 있었다. 도미에는 그것이 싫어 소메코를 찾아갈 마음이 나지 않았다. 소 메코도 그런 도미에의 마음을 알고 억지로 부르지 않았다. 도미에는 그 런 소메코가 측은했다. 얼마 전 병원에 갔을 때 소메코는 "얼른 퇴원해 서 오이소 별장으로 갈 거예요. 그럼 한동안 나와 함께 지내줄 수 있어 요?"라고 물었다. 도미에는 꼭 가겠다고 약속했다.

또 소메코는 그곳에서 "내가 언니의 진짜 동생이고, 그리고 가난하다 면, 이렇게 병들었을 때 언니가 괴로워하며 약을 사 오거나 간병해주기 도 하겠지요? 그러면 슬플까요? 기쁠까요?"라며, 즐거워하기도 했다. 하지만 이어서 "차라리 죽을 거라면, 그렇게 가난하게 언니 옆에서 죽 고 싶어. 이렇게 병원에서 많은 사람들에게 시끌벅적 돌봄을 받아도 어 차피 죽을 테니까."라고 말했다. 그리고 소메코는 울었다. 도미에는 어 떻게 위로해야 할지 몰라 아무 말도 할 수 없었다.

그때 옆에 있던 사람들이 환자의 신경을 흥분시키는 것은 몸에 좋지 않다고 하면서 도미에를 옆방으로 불렀다. 병실을 지키는 노인도 와서 다음 번에 소메코의 몸이 나아지면 다시 오는 게 좋겠다고 했다.

도미에는 그날 소메코가 만나고 싶어하니 꼭 와달라는 연락을 받고 달려왔던 길이었다. 그런데도 노인에게 그런 말을 들으니 얼굴 빛이 안 좋아졌다. 노인은 다시 이렇게 말했다.

"당신이 오시면 계시는 동안 아가씨는 매우 기뻐합니다. 하지만 돌아 가시고 나면 의기소침하여 평소보다 상태가 더 나빠져요. 이건 치료에 아주 좋지 않을 것 같습니다. 이미 병원장의 조치로 친한 친구분들의 면회도 삼가하고 있습니다. 마음을 안정시키는 것이 무엇보다 중요하다고 합니다."

도미에는 소메코에게 인사도 하지 못하고, 노인의 말이 옳다고 생각하며 돌아왔다. 그 후로는 편지를 보내는 것도 그만두었다. 단지 매일 예쁜 그림 엽서에 무언가 한 구절씩 적어 보내는 것을 일과처럼 하고 있었다. 소메코한테서는 가끔 흐트러진 글씨체로 몇 글자 적은 편지가 왔다.

도미에의 기분은 다시 안정되었고 그날그날 상황에 따라 몸도 정신도 순리를 따르며 지냈다. 여행 중인 형부에 대해서는 가끔 그립기도 했다. 이즈음 출판된 형부의 작품을 읽었는데, 어떻게 고쳐볼 가망도 없을 정도로 낡고 뻔한 기교투성이 작품이라는 생각이 들었다. 그 순간 이상하게도 눈이 시큰해졌다. 뒤처진 사람에게 보이는 동정의 눈물 같은 것이 어렸기 때문이었다.

자신은 이미 뒤처져 있으면서도 아직 시대에 발맞춰 빨리 따라잡을 수 있다고 확신하는 사람이 있고, 시대는 진보한 것이 아니라 단지 변천한 것일 뿐 자신의 시대는 단지 조금 뒤에 숨었다가 다시 나타날 것이라고 태연하게 구는 사람이 있다. 형부는 전자였다. 뒤처져 있으면서도 자신감에 차 있었다. 뒤처진 주제에 시대와 나란히 가겠다고 설치는 것도 밉지 않아 좋다고, 도미에는 형부에 대해 그렇게 평가했다.

도미에는 마음을 터놓고 이야기할 상대도 없는 나날을 보내고 있었다. 그 사이에 〈진데이〉의 공연이 시작되었다. 아주 많은 사람들이 보러 왔다. 첫날 도미에는 가지도 않았는데 신문에선 여성 각본가 오규노 여사도 왔다고 요란하게 떠들었다. 2, 3일이 지나자 평이 실렸다. 쉬운 작품이지만 여자가 쓴 것치고는 잘 썼다는 평도 있었다. 무리하게 애수를 자아낸 곳이 있어 별로라는 평도 있었고, 반면 장이 바뀔 때마다 변화가 있어 매우 재미있는 데다가 대단원의 소나무 숲 장면은 배우의 기량과 잘 맞아 뛰어났다고 칭찬하는 평도 있었다. 배우에 대해선 대부분 칭찬을 했다. 평을 보고 나서 도미에는 언니와 함께 보러 갔다.

그날도 만원이었다. 도미에는 판자를 깔아서 높게 만든 관람석에 자리를 잡고, 언니 뒤에 숨듯이 앉아 보았다.

한다는 도미에가 언제 보러 올 것인지를 미리 물어보았다. 그때 도미에는 아무 말도 하지 않았는데, 어떻게 알아냈는지 금방 한다가 관람석에 얼굴을 내밀었다. 그리고는 여러 사람들을 데려와 도미에를 소개했다.

자신의 붓 하나로 이렇게 많은 사람들이 열심히 수고하며 움직이고 있다고 생각하니 도미에는 오히려 그들이 안됐다는 생각이 들었다. 다사토가 맡은 고마나 역도 원작보다 나았고, 여제자로 분장한 배우나 단역들도 모두 자신이 쓴 글 이상으로 잘 한다고 생각하며 보았다. 그리고 이 연극을 보고 함께 울거나 웃고, 기뻐하기까지 하는 관객들에게도 감사하는 마음이 들었다. 오늘은 배우의 기량에 갈채를 보낸다기보다는 자신의 작품을 칭찬하며 박수를 쳐주는 것으로밖에 생각되지 않았다.

한다가 옆에서 평을 하며 도미에에게 들려주었다. 3막에서 고마나가 남편이 휘두르는 칼에 상처 입으면서도 남편에게 의지하려는 표정이 아직 부족하다. 그러나 대단원에서 술에 취해 남편을 쫓아가는 장면은 다사토 특유의 기량을 보여주며 종횡무진했다는 식의 평이었다. 쓰마코는 그것을 듣고서 "딱 맞는 말이네요."라고 감동했다.

하지만 도미에는 누가 뭐라 해도 배우의 기량은 모두 뛰어났다고 생각하며 기뻐했다. 관람석에 가득 찬 관객들은 왠지 자신의 명예를 드러내주는 꽃처럼 보였다. 그 꽃이 자기 한 사람을 둘러싸고 반짝거리며 피어 있는 것처럼 눈을 어지럽혔다. 도미에는 득의양양한 기분이 샘솟는 것을 참을 수 없었다.

한다는 수시로 관람석을 나갔다 들어왔다 했다. 막 중간에는 하카마 자락을 휘날리며, 도미에를 부르러 왔다.

"미와가 왔어. 미와가 왔어."

한다가 한쪽 방향을 가리켰다. 그 말을 들은 도미에가 기뻐서 일어나려고 하자, "일행이 있으니 그만둬요."라고 말렸다. 그리고는 "다사토가 만나고 싶다고 하니 잠시 가죠."라며, 함께 가자고 재촉했다. 하지만 도미에는 그런 불편한 자리가 싫어 거절했다.

"잠깐이라도 좋아요. 데려오겠다고 말했어요."

도미에는 한다가 아무리 부탁해도 가지 않겠다고 했다. 이를 지켜보던 쓰마코가 대신 가도 된다면 자기가 가고 싶다고 하자, 한다는 "그럼 같이 가면 좋겠네요. 도미에 씨도 함께."라고 말했다. 그렇게 쓰마코까지 나서서 열심히 부추겼지만, 도미에는 결국 가지 않았다. 쓰마코는 너무나 실망이 컸다.

도미에는 계속 미와가 있는 곳을 한다에게 물었지만, 일행이 있으니 가지 않는 게 좋다며 가르쳐주지 않았다. 결국 직접 미와를 찾아보려고 관람석을 나오다가 생각지도 못한 사람과 마주쳤다. 바로 지마지였다.

신바시(게이샤가 있는 요정과 술집으로 유명한 번화가)에서 일하는 여자들 특유의 요염한 모습이 도미에의 눈에 스며들 듯 들어왔다.

25

도미에는 결국 미와를 찾지 못했다. 그날 밤 집에 돌아와 3시경까지 쓰마코에게 붙들려 연극 이야기와 배우의 소문 등을 들어주어야 했다.

"당신 작품보다 훨씬 좋아요. 돋보이는 연극이니까 봐야 해요."

쓰마코는 이렇게 편지를 써서 료쿠시한테 빨리 보내야겠다며 즐거워했다. 그리고 극장에 있는 동안 다사토가 보내온 선물도 자기 손으로 어딘가에 치워버렸다. 선물은 유명한 장인이 대나무를 엮어 만든 화장품 보관용 바구니였다. 도미에는 그것을 꺼내달라고 했지만, 쓰마코는 듣지 않았다. 그 바구니를 기에를 통해 지마지에게 줄 작정이었는데, 언니한테 빼앗긴 것에 도미에는 화가 났다.

오늘 극장에서 지마지가 다사토 이야기를 하며 다른 예기들에게 조롱당하는 것을 보고 알아차렸다. 지마지는 그때 얼굴이 빨개져서 "어차피 짝사랑이야."라고 말했다. 어찌 된 일인지 도미에는 그 목소리를 잊을 수가 없었다. 지마지의 부끄러워하는 듯한 모습에서 어떤 상냥한 아름다움을 엿본 것 같았고, 그 모습이 눈앞에서 떠나질 않았다. 그래서 도미에는 그 바구니를 지마지에게 보내려고 생각하던 참이었다. 바구니는 다사토가 분장실에서 사용하려고 이번에 두 개를 주문했는데, 그중 하나를 보내온 것이었다. 두 개 중 하나만 선물하는 것은 실례이지만, 고마나의 역을 할 때 처음 사용한 것이라서 기념으로 보낸다는 이야기도 함께 전해왔다. 죽세공품을 만드는 장인이 그 바구니를 완성하는 데 일 년이나 걸렸다고 할 만큼 모든 면에서 정교한 솜씨가 돋보이는 물건이었다.

다음 날 신문에 한다의 기사가 실렸다. 내용은 바구니에 관한 것이었다. 바구니의 그림까지 들어간 기사의 과장된 내용에 도미에는 기가 막혔다. 오규노는 그다지 고맙지 않을지도 모르지만, 다사토는 부부 바구니 중 하나를 여성 작가에게 선물하게 되어 일생의 영광이라며 기뻐했다고 씌어 있었다.

쓰마코는 그 바구니를 집안의 보물로 삼겠다는 듯 종이로 싸기도 하고, 상자에 넣기도 하며 소란을 피웠다.

"그런 거 집에 모셔두어도 쓸모없잖아?"

도미에는 이렇게 물었지만, 쓰마코는 "기념이잖아."라며 마치 자기 것인양 소중하게 지키려 했다.

"그럼 보관하지 말고, 사용해."

"아깝잖아."

쓰마코는 여전히 도미에의 말을 듣지 않았다. 도미에는 그 바구니를 백분으로 더럽히고 싶은 기분이 들었다. 어찌 되었든 바구니를 쓰마코의 손에서 빼내 지마지에게 줄 방법은 없을까 하고 눈여겨보며, 궁리했다.

그날 밤 아즈마에서 생각치도 않게 심부름꾼이 왔다. 신문에 난 바구니를 보고 싶으니 심부름 보낸 사람 편에 보내달라는 전갈과 함께였다. 그 바구니를 보고 그대로 주문하고 싶어하는 사람이 있다면서 제발 보내달라고 몇 번이나 부탁했다. 도미에는 쓰마코에게 심부름꾼을 데려가 화장품 바구니를 찾았다. 하지만 쓰마코는 아즈마로 보내면 그대로 빼앗겨버릴 것이라며 응하지 않았다.

"어쨌든 보고 싶다고 하니까 빌려줘."

도미에는 웃으면서 바구니가 있는 곳을 물어본 뒤 스스로 꺼내와 심부름 온 사람에게 주었다. 그때 편지도 함께 주며, 지마지에게 전해달라는 말도 했다. 편지에는 '바구니를 지마지 씨에게 드릴 테니 소중히 여겨달라'고 썼다.

그날은 저녁까지 모르는 사람한테 편지가 몇 통이나 왔다. 여자한테서도 온 것도 있었고, 제발 답장을 받고 싶다는 것도 있었다.

밤늦게 한다가 와서 연극이며 미와 이야기를 하고 갔다. 미와는 지하야 문학사의 아버지라는 유명한 실업가와 수상한 관계라며, 그의 첩이 확실하다고 했다. 그리고 어제도 그 사람과 연극을 보러 온 것이라고 덧붙였다. 도미에는 자신이 극장에서 미와를 찾으러 다녔던 일을 떠올리며, 마침 한다가 말렸던 것은 세상 물정을 아는 사람다운 처신이었다고 감탄했다.

26

기후의 계모가 상경한 것은 이미 11월도 끝날 무렵이었다. 마침 소메코가 퇴원해 오이소로 가게 되었다는 편지를 소메코의 어머니로부터 받은 지 3일째 되는 날이었다. 소메야의 집에는 막 여행에서 돌아온 료쿠시에게 많은 손님이 찾아오고 있었다. 오키소도 쓰마코도 다쓰키(襷, 일본 전통 옷의 소매를 걷는 끈)를 걸치고 손님 상을 차리느라 분주했다. 도미에는 자신의 방에서 쓰다 만 단막물 각본을 마무리하려고 책상 앞에 앉았지만, 거실이 소란스러워 조금도 생각이 정리되지 않았다. 멍하니 허공을 보고 있으려니 오이소에 가고 싶어졌다. 얼어붙은 듯한 흐린 하늘은 벌써 오이소 산골짜기에 내리는 눈을 떠올리게 할 정도로 추운 저녁이었다.

오이요는 그날 저녁 갑자기 소메야의 집을 찾아왔다. 그녀가 대문 앞에 인력거를 세워두고 짐을 내려도 집안 사람들은 아무도 몰랐다. 문이 열리고 나서도 짐을 가지고 들어오는 인력거꾼만 보여 누가 온 것인지 알 수가 없었다. 오키소가 손님이 온 것 같다고 해서 뛰어나온 쓰마코도 짐에 놀라며 인력거꾼이 하는 행동을 지켜만 보았다. 손님은 문 밖에서 인력거꾼에게 돈을 지불하고 나서야 집안으로 들어왔다. 오이요였다. 방에 있던 도미에도 밖에서 부를 때까지 몰랐다.

"미리 알리려고 했지만…."

오이요는 집안사람들을 보며 말했다. 아무리 보아도 헤어졌을 때보다 열 살은 더 늙어 보이는 모습이었다.

도미에는 오랫동안 계모에게 아무 소식 없이 지냈다는 사실이 너무도 미안했다. 오이요는 기에가 두 살부터 여섯 살이 될 때까지 보살폈다. 쓰마코는 열네 살부터 열여덟 살이 될 때까지 오이요와 아침 저녁을 함께 먹으며 지냈다. 도미에는 아홉 살부터 열일곱 살이 될 때까지 오이요와 함께 지냈기 때문에 가장 친했다. 그래서 오이요의 눈에는 도미에의 모습이 가장 먼저 들어왔다.

"아주 많이 컸네."

오이요 역시 태어난 고향은 기후였다. 오래 도쿄에 살았기 때문에 사투리는 대부분 없어졌지만, 한동안 고향의 공기를 마셔서인지 원래의 말투가 나왔다. 도미에는 까무잡잡하고 조금도 모난 데 없이 밋밋한 오이요의 평범한 얼굴을 바라보았다. 그리고 오이요는 자신과는 떨어지기 어려운 인연으로 엮인 사람이란 사실을 일부러 의식하려고 노력했다.

"엄마는 나이를 잡수셨네요."

어떤 인사도 없이 쓰마코는 다쓰키도 벗지 않은 채 이렇게 말했다. 오키소는 우선 서생을 도와 짐을 거실로 옮기고 있었다. 마실 것을 내올 때까지는 다들 어수선하게 있었고, 쓰마코는 바쁘다며 멀리서 온 손님을 내버려두고 부엌으로 갔다. 만나기 어려운 사람과 뜻하지 않게 만나 기쁘다는 기색을 보이는 사람은 아무도 없었다.

오이요는 도미에의 방에 들어가 잠깐 앉아 있다가 바로 일어났다. 짐 쪽으로 가서 선물을 꺼내려는 듯했다. 도쿄에 함께 있을 때는 목소리도 카랑카랑하고, 눈치도 빠른 사람이었는데 이렇게 우물쭈물하는 모습은 정말 시골 사람 같다고 도미에는 생각했다. 땅이 사람을 바꾸어놓는 힘에 놀랄 수밖에 없었다.

"그런 것은 나중에 해도 괜찮잖아요?"

도미에는 계모가 안절부절못하는 모습이 딱해서 말렸다.

"난 바로 야마오(山尾)한테 갈 거야."

오이요가 우물쭈물 짐 속에서 여러 가지를 꺼냈다.

야마오라는 사람은 오이요의 남동생으로 후카가와(深川)에서 술집을 하고 있었다. 소메야 집과는 명절에만 겨우 인사하고 지내는 사이였고, 그것도 이쪽에서 먼저 하는 일은 드물었다.

오이요는 미농지(기후 현의 특산물인 종이)를 스무 첩이나 신문지로 싼 것에 기후산 부채 두 개를 올려 도미에게 건넸다.

"겨울 선물로 부채는 이상하지만 특산물이라 가져왔어. 여름이 되면 필요할 거야."

검게 물들인 치아(메이지 시대 초기까지 주로 기혼 여자들이 했던 풍습)를 보이며 오이요는 웃었다.

"미농지도 특산물인가 봐요."

도미에는 신문지로 싼 종이를 펼치며 말했다.

그날 밤 오이요가 야마오한테 간다는 것을 료쿠시도 함께 말려서 결국 그냥 묵기로 했다. 도미에는 오이요를 근처 목욕탕으로 데려갔다. 얼마 뒤 두 사람은 돌아왔고, 도미에는 앉기도 전에 "엄마는 완전히 시골 사람이 되어버렸어. 어떻게 된 거예요?"라고 웃음을 터뜨렸다. 오이요는 그 모습이 재밌다는 듯이 사람 좋게 웃었다. 그리고 밥을 먹은 뒤엔 쓸어올린 젖은 머리 밑으로 귀를 보이며 "잘 먹었네."라고 고개 숙여 인사했다. 이 모습을 보고 쓰마코도 "정말 어디 내어놓아도 간사이 사람이야."라며 웃었다.

오이요의 이야기는 온통 고향에서 장사하는 거울 가게나 할머니에 대한 것이었다. 올해 예순셋이 되는 지배인 부부가 선대부터 가게를 운영하고 있어 자신은 편하다고 오이요는 태평하게 말했다.

"시골 사람들은 충성스러워. 나한테 정말 주인 대접을 해주지. 나도 거울을 닦고 있어. 내 손 좀 봐. 이렇게 되었어."

오이요는 두 손을 내밀었다. 목욕을 마친 손가락은 습진이 생긴 곳의 껍질이 벗겨져 물고기 비늘 같았다.

할머니도 이제 여든 살이었다. 그래도 능숙하게 빨래도 하고 옷감에 풀 먹이는 일도 한다면서, 오이요 자신도 놀란 얼굴을 했다.

"다만 때때로 정신이 오락가락하실 때면 곤란하기는 해. 얼마 전에는 이런 일도 있었어. 한 손에는 담배그릇을 들고, 또 한 손에는 찻잔을 들고 이렇게 하는 거야."

오이요는 어느새 그 모습을 흉내 냈다.

"아무리 봐도 차를 따르려는 것 같아서, '어머니 뭐하시는 거예요?' 하고 물었더니 '이 주전자에서 차가 안 나오는구나. 네가 따라봐라' 하시더라구. 주전자와 담배 그릇을 혼동한 거야. 눈이 꽤나 나빠지셨나보다 하면서 크게 웃고 말았어."

이 이야기에 모두가 웃었다. 현관에 있던 서생 미키까지 웃는 소리가 들렸다. 도미에는 할머니의 노쇠한 모습이 눈앞에 보이는 듯해 슬펐다. 작은 주름진 눈을 깜빡거리며 뭐든 제대로 보이는 게 없는데도 차를 마시고 싶다는 생각에, 80년 동안 살아온 습관대로 했을 것이다. 그리고 마시고 싶은 차가 왜 나오지 않는지 이상해하며, 담배그릇을 쳐다보는 목각 같은 노파 얼굴이 도미에게는 선명히 보였다.

"그럼 엄마도 난처하죠?"

쓰마코는 애써 동정하는 척하며 말했다. 료쿠시는 당분간 여기서 보양하면서 쉬어가라고 친절하게 말했다.

"저도 2, 3일 전에 여행에서 돌아왔습니다. 어머님도 멀리서 오셔서 피곤할 테니 푹 쉬는 편이 좋아요."

료쿠시는 침상의 상태 등을 쓰마코에게 물었다.

"고마워. 이번에 온 것은 이 애가 학교를 그만두었다고 해서 앞날에 대한 이야기를 한번 해야 할 것 같아서야."

오이요는 그 이야기도 오늘 밤 하고 싶어했지만, 료쿠시는 "아직 시간이 있으니까…"라고 이야기를 끊으며 잠자리에 들도록 권했다. 오이요는 2층에서 자기로 했다. 도미에는 오이요를 2층으로 데려다주고 곧 자기 방으로 들어가버렸다.

27

도미에는 평소 계모의 처지에 연민을 느꼈고, 자신이 짊어져야 할 책임도 알고 있었다. 하지만 생각지도 못한 때 상경한 그녀를 보자 갑자기 문제라도 생긴 것 같아 성가신 기분이 들었다.

그날 밤 도미에는 잠을 이루지 못했다. 자신이 도쿄에 있으면서 좋아하는 일을 하려면, 역시 형부에게 의지하고 보호받으며 살아갈 수밖에 없었다. 자신은 남자가 아니다. 젊은 여자다. 도미에는 스스로의 처지가 너무나 슬펐다.

다음 날 아침 도미에는 약간 우울한 기분으로 계모를 만났다. 오이요는 도미에가 있는 방으로 들어가 옷을 정리해주며, 하오리로 고쳐입을 것과 속옷으로 입을 것 등을 구별하여 말해주기도 했다. 역시 오랫동안 부모 자식으로 지내온 정이 사소한 것에도 드러난다는 생각이 들었다. 도미에는 마음이 누그러졌고, 그래서 기뻤다.

〈진데이〉는 아직 막을 내리지 않고 있었다. 고향에 돌아가면 무엇보다 좋은 이야깃거리가 될 거라면서, 료쿠시는 일부러 오이요를 데리고 공연을 보러 갔다.

두 사람이 집을 비운 사이 도미에는 지루한 시간을 보냈다. 언니도 도미에가 생각하는 바에 대해선 전혀 말이 없었다. 저녁 식사 때에는 아즈마에 빌려준 화장품 바구니에 대해 물었다. 료쿠시가 오이요와 연극을 보러 가자, 갑자기 생각난 듯했다.

"어떻게 된 건지 몰라?"

쓰마코는 화난 얼굴로 물었다.

"그건 줘버렸어."

"누구한테?"

"달라는 사람이 있었어."

도미에는 더 이상 아무 말도 하지 않았다. 쓰마코는 남에게 쉽사리 줘 버릴 물건이 아니라는 이야기를 조목조목 오래도록 늘어놓았다.

"그보다 내 신상에 대해서도 생각 좀 해줘."

도미에는 금방 한숨이라도 내쉴 듯이 말했다.

"자신의 일은 자신이 알아서 처리해야지."

쓰마코는 일부러 냉담하게 말했다. 화장품 바구니에 대한 복수를 하려는 것이었다. 도미에는 화난 언니의 얼굴을 보며, 잠자코 있었다.

오이요는 료쿠시를 따라 돌아왔다. 그리고 이렇게 말했다.

"도미에가 무엇을 만들었다는 거니?"

누구도 대답하는 사람이 없었다. 단지 모두가 서로 얼굴을 바라보며, 오이요가 던진 질문의 뜻을 다른 사람의 눈에서 읽어내려는 듯했다.

"모두 도미에가 만들었어요."

료쿠시가 한참 있다가 믿어지지 않는다는 말투로 말했다.

"이 아이의 손 하나로 만들었다는 거지?"

"그럼요. 누구도 도와주지 않았어요."

료쿠시는 다시 이렇게 말하고 오이요의 기색을 살폈다. 오이요는 무언가 한참 생각하고 있었다.

오이요는 어릴 때부터 엄한 부모 손에 자라 연극이란 것을 본 적이 없었다. 오이요의 부모는 신분은 낮았지만 무사였기 때문에 무사 가문의 가풍을 지키며, 가정 교육을 했다. 연극 관람 같은 나약한 일은 허락되지 않았다. 그런데 도미에 자매의 계모로 들어오기 전 죽은 남편이 연극을 좋아했다. 자주 연극 이야기를 했고, 연극을 본 적 없는 오이요에게 그 재미를 설명해주어 두어 번 정도 함께 보러 간 적도 있었다. 남동생과 동업으로 술집을 하던 남편이 일찍 죽은 뒤 오이요는 도미에의 아버지와 재혼했다.

도미에의 아버지도 연극에 조예가 깊었다. 하지만 오이요가 시집 왔을 때쯤에는 부부가 함께 연극을 보러 갈 여유가 없었고, 오이요는 세상에 연극이란 것이 있다는 사실조차 잊어버리게 되었다.

도미에가 무엇을 만들었는지 오이요는 좀처럼 이해되지 않았다. 하지만 식구들은 연극을 보고 나서도 오이요가 도미에를 칭찬하지 않는 것이 오히려 이해되지 않았다.

"그 정도로 만들 수 있는 건 만 명 중 한 명 정도예요."

칭찬을 재촉하는 쓰마코의 말도 오이요의 아둔한 머리에는 먹혀들지 않았다. 답답해진 쓰마코는 며칠 전 신문을 찾아 오이요에게 내밀었다.

"자, 사진도 있지요. 오규노 도미에라고 이 애의 이름이에요."

쓰마코는 또 하나의 증거물로 배우한테서 온 화장품 바구니를 보여주려 했지만 없었다. 그러자 원망 어린 눈으로 도미에를 째려보았다.

"대체로 배우란 가와라코지키(가와라거지, 에도시대 때 연극배우나 광대를 낮추어 부르던 말)라고 하지 않냐. 그런 자에게 받은 거라면 그리 고마울 것도 없겠지만, 신문에까지 나오다니 훌륭하네."

오이요는 이렇게 결말을 지었다. 하지만 여전히 도미에가 어떤 대단한 일을 한 것인지 납득이 되지 않아, 그 공을 충분히 인정해줄 수가 없었다. 쓰마코는 가와라코지키라는 말을 듣고 협박이라도 당한 사람처럼 놀랐다. 료쿠시도 물론 그 이상 설명할 용기가 나지 않았다.

연극 보는 곳에서 진수성찬으로 대접을 받았다며 오이요는 사양했지만, 집에서는 다시 메밀국수 등을 주문하여 대접했다. 그러는 사이에도 쓰마코는 끈질기게 연극에 대한 이야기를 했다.

"그래도 재미있었지요?"

오이요는 꽤나 재미있었다고 했다. 쓰마코는 포기하지 않고, 그 정도로 재미있는 줄거리를 도미에가 만들었다고 강조했다. 하지만 오이요는 그다지 감동받은 얼굴도 하지 않고, 그저 고개만 끄덕거렸다.

그날 밤도 이런 일들로 오이요는 하고 싶은 이야기를 할 기회를 잡지 못했다. 다시 내일로 미루고 이층으로 자러 가자, 그 뒤에서 쓰마코가 분한 목소리로 말했다.

"저렇게 모르는 사람이 있을까요? 산속에서 한평생 살았다 해도 설마 저럴 수는 없어요."

"무리는 아니야."

료쿠시는 그럴 수도 있다고 가볍게 받아들였다. 하지만 쓰마코의 비난은 그칠 줄 몰랐다. 장님에게 다이아몬드를 주는 것과 같다며, 저런 사람의 딸이라고 말하고 싶지도 않다고 했다. "저 사람이 진짜 엄마라면 얼마나 기뻐했을까? 도미에도 불쌍해."

쓰마코는 오이요가 계모라서 도미에가 얼마나 대단한 일을 했는지 알아주지 않는 것이라고 했다. 다른 사람의 자식보다 내 자식이 잘 보이는 법인데, 오이요에겐 진짜 부모 자식의 정이 없어 도미에가 세운 공에 대해 냉담한 것이라고 덧붙였다. 하지만 료쿠시도 도미에도 더 이상 그 일에 대해 옳다 그르다를 이야기하는 게 귀찮았다. 특히 도미에는 각본을 썼다는 것에 대해 어떤 감정도 느끼지 못하는 오이요의 태도가 자신에 대한 보통 사람들의 생각으로 느껴져 스스로 부끄러웠다.

쓰마코는 잘 때까지도 화가 나서 혼자 펄펄 뛰었다. 저렇게 무얼 모르는 사람을 평생 상담 상대로 삼으며 살도록 도미에를 내버려둘 수 없었기 때문이었다.

오이요는 자신이 연극에 대해 잘 모르는 것이 그렇게까지 쓰마코를 진저리치게 만드는지는 조금도 몰랐다. 도미에의 범접하기 어려운 과묵한 모습을 보고, 차분한 젊은 여자아이의 믿음직스러움에 완전히 눈도 마음도 빼앗기고 말았다. 오랜만에 도미에를 만난 것만으로도 어깨가 가벼워졌을 정도로 의붓딸에게 큰 희망을 걸고 기뻐했다.

28

다음 날 오이요는 야마오한테 가기 전에 도미에를 찾아와 앞날에 대해 넌지시 물어보았다. 도미에는 할 수 없이 아직 아무 생각도 없다고 대답했다.

"생각도 없이 그렇게 있어도 될 일이냐?"

오이요는 거듭 물었다.

"공부하고 있어요."

"하지만 학교를 그만두었다고 하던데."

도미에는 갑자기 좋은 생각이 나서 이렇게 말했다.

"그건 제가 직업을 가졌기 때문이에요. 돈을 벌기 시작했기 때문에 학교를 그만두게 된 거예요."

어린 아이에게는 불이 뜨거운 이유를 말해도 모른다. 이 빨간 것을 만지면 데어서 아프다고 가르칠 수밖에 없다. 그래서 도미에도 예술을 좋아한다는 것이 무엇인지 설명하기보다는 오이요가 이해할 만한 말로 간단히 대답했다. 돈을 번다고 하니 오이요도 이해가 잘 되는지 도미에의 그 직업이 무엇이냐고 물었다.

"어제 엄마가 본 것을 계속 만들어 돈을 받는 거예요."

도미에는 이렇게 말은 했지만, 괴로웠다. 현상금을 약간 받긴 했지만, 공연과 관련해선 아직 한 푼도 받지 못했다. 앞으로 잡지 등에 실리게 되면 돈을 받게 될지 어떨지도 확실하지 않았다.

처음으로 오이요는 도미에의 일에 대해 어렴풋이 겨우 알게 되었다. 도미에가 한 사람 몫의 벌이를 한다고 하니, 안심도 되고 존경하는 마음까지 생겼다. 학교를 그만둔 것에 대해서는 더 이상 물어볼 필요도 없어졌다.

"그런데 그 일은 도쿄에서만 할 수 있는 것이냐?"

오이요가 이렇게 묻자 도미에는 쓴웃음을 지으며 대답하지 않았다.

"너의 그런 모습을 보고 있으니…. 엄마도 분별력은 있어."

오이요는 무언가 결심한 듯한 표정으로 말을 이었다. 그리고 할머니도 이제 여생이 얼마 남지 않았으니 살아 계실 때 꼭 한 번은 도미에의 보살핌을 받아야 한다고 몇 번이나 강조했다. 노인이 살아 있을 때 도미에를 데려와 하루라도 모시도록 만들지 않으면, 오이요는 죽은 남편에 대한 의무를 지키지 못하는 것이라고 생각했다.

"이번에는 너를 데려올 거라고 할머니는 기대하고 있어. 지금은 가게에 지배인 부부가 있어 생활에 불편은 없지만, 내가 할머니의 친자식도 아니고… 너도 생각해봐. 할머니가 얼마나 쓸쓸하실지. 평소 밤이나 낮이나 손녀 이야기만 하고 계셔."

도미에는 공연히 눈물이 흐르려 했다. 오이요도 아침저녁으로 보아온 늙은 시어머니의 모습을 떠올라 눈물을 보였다.

"할머닌 의지할 데가 아무 데도 없어."

오이요는 이렇게 말하고 코를 풀었다. 그리고 생각나는 대로 평소 할머니의 모습이나 생활에 대해서도 이야기했다. 도미에는 그 이야기를 듣고, 할머니를 상상할 수 있었다. 깨끗하게 머리를 깎아 스님 같은 모습, 이는 앞니가 하나밖에 남지 않은 모습, 앉을 때 옷자락을 오비에 질러넣는 모습, 앉아 있을 때는 양손을 무릎 위에 올려놓은 채 눈을 감고 고개를 숙인 모습 등이 떠올랐다. 오이요는 할머니가 독실한 불교 신자로 늘 염불을 외우고 있다고 했다. 근처 절에서 설법이 있으면 지팡이를 짚고 나가는데, 마치 땅 위에 이마를 찧을 듯하는 모습으로 걸어간다며,

오이요는 웃었다.

도미에는 자신보다는 기에를 할머니에게 보여주고 싶다고 생각했다. 예쁘게 꾸민 어린 기에가 당신의 손녀라고 보여드리며 기쁘게 해주고 싶었다.

"엄마, 아즈마에도 갈 거예요?"

도미에가 묻자, 오이요는 꼭 들러야 하느냐고 되물었다.

자신의 일은 시골에서도 할 수 있다고 하면서, 도미에는 망설이지 않고 오이요와 함께 고향으로 돌아가겠다고 약속했다. 그날 오이요는 소메야 집을 떠나 동생 야마오에게로 갔다.

29

아즈마에서 도미에한테 엽서가 왔다. 그것을 쓰마코가 먼저 읽고서 도미에에게 주었다.

"왜 너를 부르는 걸까. 꼭 가지 않아도 돼."

쓰마코가 강하게 말했다. 엽서는 쓰마코의 말대로 아즈마로 와달라는 내용이었다.

도미에는 기후로 떠나기 전까지 잠깐 동안이라도 만나고 싶은 사람들을 서둘러 만나야 했다. 마침 좋은 기회라 생각하고, 아즈마에 다녀오기로 했다. 그리고 쓰마코에게 처음으로 오이요와 함께 기후로 가겠다는 이야기를 했다. 쓰마코는 당장 아무 말도 못할 정도로 놀랐다.

"왜 가는 거야?"

떼지어 몰려오는 혼란으로 어지러운 마음을 추스르며, 쓰마코는 겨우 이 한 마디를 내뱉었다.

"엄마는 날 데려가려고 온 거야."

"데리러 왔다 해도 안 가면 되잖아."

쓰마코는 입술에 경련이 일어 생각대로 말이 나오질 않았다. 전에 쓰마코는 도미에를 의심하며 기후로 가라고 화를 낸 적도 있었다. 그 일을 떠올린 도미에는 자기도 모르게 미소를 지었다.

"아무래도 내가 같이 가지 않으면 엄마가 가여워. 할머니가 돌아가실 때까지는 기후에서 살 생각이야."

"왜 엄마가 가엽니?"

쓰마코는 마치 싸우기라도 할 듯 이야기했다. 도미에는 긴 말은 하지 않았다. 단지 자신은 그렇게 해야 할 의무가 있고, 의무만 다하면 다시 도쿄로 돌아올 거라고 했다. 그리고 마침 계모가 찾아왔으니 함께 가기로 결정했다고 알려주었다.

쓰마코는 바로 료쿠시를 불러 도미에의 결심을 들려주고, 우선 어떻게 생각하는지 물었다.

"그렇게 하는 게 좋겠어."

료쿠시는 대답했다.

쓰마코는 남편마저 자기 마음을 알아주지 않자, 발을 동동 구르며 도미에가 시골로 가는 것을 반대했다.

"도미에가 간다고 했으니까 그걸로 이야기는 끝난 거 아니야?"

료쿠시는 쓰마코의 반대가 이해되지 않았다. 쓰마코는 도미에가 이제 막 작가가 되었는데, 모두 헛일이라며 분하게 생각했다. 하지만 료쿠시는 시골로 간다고 해서 못할 일은 아니며, 할머니가 돌아가실 때까지 있다가 돌아온다는데 네가 왈가왈부할 일은 아니지 않느냐고 진정시켰다.

"도미에가 기후로 가기로 결정한 것에 대해 그동안 돌봐준 우리도 한마디 할 수 있다고 봐요. 도미에가 기후로 가면 할머니가 더 오래 살기라도 하나요?"

쓰마코는 료쿠시에게 덤비듯 하더니, 말을 이었다.

"물론 도미에도 잘 생각하고 시골로 가기로 한 거겠죠. 하지만 모처럼 사람들로부터 평판을 얻었는데, 허무하게 전부 버리고 시골 같은 데 가는 게 분해요."

쓰마코는 거의 이를 갈 정도로 속상해했다. 쓰마코가 자신만의 이유를 말하며 화를 내는 동안 늘 료쿠시도 도미에도 그렇듯이 흘려들을 뿐, 그렇다고도 아니라고도 하지 않았다. 도미에는 적당히 이야기를 마치고, 아즈마로 갔다.

하코네 이후 처음으로 도미에의 얼굴을 본 오라치는 그동안 왜 안 왔느냐고 원망하기도 하고, 연극에 대한 칭찬을 들을 때마다 자신의 일처럼 기뻤다며 즐거워하기도 했다. 그리고 매일매일 도미에 이야기를 하며 지낸다고 했다.

어찌된 일인지 가게의 여종업원들이 일부러 도미에를 보러 왔다. 전부터 잘 알고 지내던 사람까지도 도미에가 왔다고 하니 신기하다는 듯 보러 왔다. 얼마 전 연극을 보고 처음으로 도미에 씨가 작가란 사실을 알았고, 오늘은 작가를 직접 보니 신기한가 보다며 오라치는 웃었다. 기에는 무언가를 배우러 가서 없었다.

"너무 오래 도미에 씨가 안 오니까 기에도 보고 싶어하고, 나도 그렇고…."

오라치는 웃으며 말을 이었다.

"그래서 엽서를 보낸 거야. 독립한다더니 어떻게 되었어?"

오라치는 그 일이 얼마 전부터 신경 쓰였다. 사소한 감정을 이야기하는 것 이상으로 좋은 판단을 해주지 못했던 것이 계속 마음에 걸렸다.

도미에는 이번에 계모가 찾아온 이야기를 하고, 할머니가 돌아가실 때까지 기후에서 지낼 작정이라고 했다. 그 말을 들은 오라치는 뜻밖이라는 얼굴을 했다.

"그건 생각지도 못했네. 도미에 씨가 가지 않아도 어떻게든 되겠지."

오라치가 말했다.

도쿄가 싫어서 떠나는 것이 아니었고, 또 반드시 기후에 가야만 할 정도로 절박한 사정이 있는 것도 아니었다. 가기 싫으면, 가지 않아도 되는 상황이었다. 물론 기후가 흥에 겨워 찾아갈 만한 그런 장소도 아니었다.

도미에가 오이요와 함께 가려는 이유는 단지 할머니 때문이었다. 30년이나 외아들과 떨어져 외롭게 살아온 할머니는 이제 명목뿐인 인연을 가진 남이나 마찬가지인 오이요의 손에서 홀로 세상을 떠나려 하고 있다. 도미에를 기후로 부른 것은 바로 그런 할머니에 대한 사랑이었다.

"가지 않아도 되지 않을까?"

오라치가 다시 말했다.

도미에는 특별히 할머니의 상태가 어떻다는 이야기까지 하고 싶지는 않았다.

"엄마도 같이 가자고 했어요."

"오이요 씨도 늙었겠어."

오라치는 이렇게 말하고 시골 사람의 마음은 잘 모르겠다는 듯한 얼굴을 했다. 오라치의 눈에는 도미에도 속을 알 수 없는 사람 중 한 명이었다.

오라치는 갑자기 생각난 듯 화장품 바구니 이야기를 꺼냈다. 바구니가 인연이 되어 지마지는 다사토와 만나게 되었다고 했다. 도미에는 흥미를 느꼈다.

도미에가 돌아가려는데, 마침 기에가 돌아왔다. 오라치는 바로 기에에게 "언니는 기후로 가버린대. 당분간 만날 수 없겠어."라고 말해주었다. 기에는 "그래?"라고 한 마디 할 뿐이었다. 그리고 얼마 전에 본 〈진데이〉 공연이 재미있었다고, 아부하듯 도미에가 아니라 오라치를 향해 말했다.

"기에 짱은 재미있었구나."

기에는 고개를 끄덕였다. 도미에는 쓸쓸히 아즈마를 나와 아자부로 돌아갔다.

도미에가 기후로 돌아 가는 것에 반대하는 언니는 도미에의 얼굴을 보자마자 "난 찬성하지 않아. 할머니가 불쌍하다면 도쿄로 모시고 와도 좋아."라고 했다.

"여든이 된 할머니를 기차에 태울 순 없잖아."

도미에는 웃었다. 쓰마코는 도미에를 기후로 보내는 것이 무턱대고 안타까울 뿐이었다. 다시는 도쿄로 나올 수 없는 사람이라도 된 것처럼 소란이었다.

"엄마도 억지로 나를 데려가려고는 하지 않았어. 하지만 언니도 생각해보면 알 거야. 친엄마가 돌아가실 때 그렇게 하라고 모두에게 부탁하지 않았어?"

"그래. 하지만 지금 새엄마가 돌봐주고 있잖아. 할머니가 당장 돌아가시는 것도 아니고."

쓰마코가 다시 말했다. 도미에는 더 이상 이런 일로 언쟁하는 것이 귀찮았다.

"그럼 도미에는 기후 사람이 되려고 하는 거네. 괜찮은 남편감이라도 구해 결혼하라면 결혼하겠네."

조금 비웃듯 말하며, 쓰마코는 도미에의 얼굴을 바라보았다. 도미에는 오히려 우스웠다. "언니도 알다시피 난 어디에 가더라도 혼자야. 할머니도 엄마도 내 일신상의 문제에 끼어들게 하지 않을 거야. 난 그냥 할머니를 돌보러 가는 것뿐이야."

아무리 이렇게 말해도 쓰마코는 도미에가 이해되지 않는 모양이었다. 어젯밤 도미에를 몰라준다고 오이요를 비난했던 사람이 오늘 밤은 자신이 그와 똑같은 행동을 저지르고 있었다. 도미에는 주변을 정리하고, 짐을 꾸릴 작정으로 자신의 방으로 갔다. 벌써 짧은 해가 저물었고, 덜 마른 세탁물은 처마 밑으로 옮겨져 있었다. 도미에는 방에 들어오자, 준비해놓은 화로의 불을 지폈다.

현재 도미에의 욕망과 자유는 모두 단념의 그늘에 숨어 있었다. 그것이 도미에의 마음을 그대로 그려낸 형상이었다. 굳이 드러내놓고 말하고 싶을 만한 불만은 없다. 마침 오이요가 원하고 있을 때 가방 하나에 짐을 챙겨 들고, 아직 가본 적 없는 기후에 계신 할머니를 만나러 가, 그 땅에서 할머니가 돌아가실 때까지 세월을 보내려고 하는 것뿐이었다.

잠시 후 오키소가 손님이 왔다고 했다. 도미에는 밖으로 나가보았다.

칼라에 댄 흰 보아(양털처럼 폭신폭신한 천)로 목을 감싼 사람이 격자 문 밖에 서 있었다. 도미에는 게다를 신고 격자 문 밖으로 나갔다. 문 밖에 서 있는 사람은 소메코였다. 오이소에서 곧장 왔다고 했다.

도미에는 우선 소메코를 자신의 방으로 데려가 언 몸을 따뜻하게 녹여주었다. 병을 앓고 난 뒤 소메코는 눈이 퀭하니 들어가 있었다. 야윈 손을 화로 위에 가지런히 놓고 쬐며, 도미에를 향해 미소를 지어 보였다.

"오이소에서 잘도 나왔네. 아무한테도 말하지 않고 온 거니?"

"어머니가 마침 집에 가셨기 때문에 잠깐 온 거예요. 언니를 데려가려고 왔어요."

소메코는 이렇게 말하고, 또다시 미소를 지었다. 아직 몸이 충분히 낫지도 않았는데 무리하는 소메코의 행동에 도미에는 반쯤 질린다고 해야 할 정도로 어이가 없었다.

"그래서 오늘 밤은 어떻게 하고 싶은 거야?"

도미에가 물었다. 지금 언니와 함께 오이소로 돌아가고 싶다고 소메코는 거리낌없이 그렇게 대답했다.

그날 밤엔 오이요가 동생 집에 머물 것이라고 했다. 도미에는 마침 잘되었으니 소메코를 그냥 이 집에서 재울까 생각했다. 아니면 아카사카의 본가로 보내야 하는 것인지, 고민도 되었다. 하지만 정작 소메코 본인은 어떻게 해서든 오이소로 돌아가지 않으면 그곳 사람들이 걱정할 것이라고 했다.

소메코를 혼자 오이소로 돌려보낼 수는 없었다. 도미에는 그날 밤 안에 오이소까지 소메코를 데려다주고 와야만 했다.

"언니가 약속해놓고도 오지 않으니까…."

소메코가 원망을 했다. 도미에는 그런 소메코를 데리고 집을 나왔다.

신바시까지 가는 인력거를 타고 있으려니 배 속까지 추웠기에 도미에는 뒤에 오는 소메코를 몇 번이나 돌아보았다. 정류장에 도착해 인력거에서 내리는 소메코는 춥지도 않은지 코트의 소매끝을 접어 입고, 작게 기침했다.

정류장의 시계가 두드러지게 크게 보일 정도로 역 안에는 사람이 적었다. 대합실의 난로 앞에는 짐꾼들이 모여 있었다.

조금 기다리다가 두 사람은 기차를 탔다. 소메코는 도미에에게 착 달라붙어 있었다.

271

"데리러 오지 않아도 보러 갔을텐데… 어디 아픈 데는 없어?"

도미에는 가능하면 상냥하게 말했다. 소매 안에 넣고 있는 소메코의 손을 잡아주려다가 그 차가운 손에 장갑도 끼지 않은 것을 처음 알았다. 도미에는 잠깐 그 손을 잡고 데운 뒤, 자신의 장갑을 끼워주었다. 소메코는 그 장갑 위로 자신 손을 가만히 어루만졌다.

객차에는 두 사람 외에 아무도 없었다. 소메코는 발을 의자 위로 올려 편하게 앉았다. 앉을 때 기차가 덜컹거려 쓰러지는 것을 도미에가 오른손으로 받쳐주었다. 그 순간 소메코는 가만히 미소를 지어 보였다.

두 사람은 오랫동안 만나지 못했지만, 병이 빨리 나아 다행이라는 이야기를 했다. 그런데 소메코는 말없이 있을 때가 많아 도미에는 그것이 이상했다.

오이소 역에 내리자, 흰 옷을 입은 간호사와 도쿄 본가에서 따라온 하녀가 구내에서 기다리고 있었다.

"지금 도쿄로 전보를 칠까 하던 참이었어요."

하녀가 말했다. 간호사는 소메코의 어머니가 도쿄로 돌아가면서 고용해 보낸 사람인데 와보니 환자가 없어서 놀랐다고 했다. 모두 별장을 비운 소메코가 도쿄의 본가에 갔을 거라고 생각하고 있었다.

"아직은 혼자 멀리 가는 건 좋지 않아요."

직업인 만큼 간호사는 바로 소메코의 맥박을 쟀다. 소메코와 도미에는 인력거를 탔다. 간호사도 하녀도 느린 인력거와 비슷한 속도로 걸어갔다. 오이소는 돌도 바다도 소나무도 모두가 검었다.

두 사람은 옆에 사쿠라즈미 숯(치바현 사쿠라 지방에서 나는 참나무로 만든 숯. 품질이 좋아 다도 등에 이용된다)를 피워두고 마주 앉았다. 장식장 위에 올려둔 탁상 시계의 시곗바늘이 8시 30분을 지나고 있었다. 도미에는 소메코의 기분을 살피며 이것저것 물었다. 하지만 소메코는 "괜찮아요."라고만 대답하며, 창백한 얼굴에 미소를 띨 뿐이었다.

30

지난밤 내내 소메코가 열에 들떠 고통스러워했다. 도미에도 밤을 새며 잠을 못 잤다. 옆에서 돌봐주는 간호사의 고마움이 절실히 느껴지는 시간이었다. 별장 사람들은 본가에 알려야 하지 않느냐며 소란스러웠다. 하지만 간호사는 그 정도는 아니라며 모두를 조용히 시켰다. 병을 앓고 난 사람이 격렬한 운동을 한 뒤 곧잘 생기는 일이라며, 걱정할 정도는 아니라고 했다. 도미에는 간호사의 말이 너무도 믿음직스럽게 들려 절로 감사하는 마음이 생겼고, 그녀의 인격까지 칭찬해주고 싶은 기분이었다.

좋은 날씨였다. 툇마루의 닫아둔 유리문을 통해 맑게 갠 하늘이 흘러가고 있는 듯 보였다. 도미에는 그다지 졸리지도 않았고, 오히려 정신이 맑아지는 기분이었다. 소메코는 도미에가 보이지 않는 것 같으면 그때마다 불렀다. 도미에가 달려가면 소메코는 불안한 눈으로 주위를 둘러보고 있었다.

"가지 말아요. 애써 내가 가서 언니를 데려왔잖아요."

소메코는 이렇게 부탁했다. 어쩔 수 없이 도미에는 꼼짝 않고 소메코의 머리맡에 붙어 있었다.

간호사도 가까이에서 자리를 지켰다. 빨간 시곗줄이 흰 옷의 허리띠와 선명한 대비를 보였다. 걷어올린 통소매 밖으로 두꺼운 팔뚝을 내놓고, 간호사는 부지런히 일하고 있었다. 소메코가 자리에서 일어나보려고 하자, 강하게 말리며 소메코가 원하는 대로 들어주지 않았다. 그러자 소메코는 옆에서 보기 미안할 정도로 간호사에게 불쾌한 표정을 지어보였다.

낮이 되어 따뜻한 해가 집 전체를 비추기 시작하자, 간호사는 정원을 산책해도 좋다고 했다. 도미에는 소메코를 데리고 정원 안을 거닐었다. 소메코의 몸에는 이제 더이상 열은 없었다. 소메코는 둘이서만 어딘가로 가고 싶다며, 자신에게 왜 별장 따위가 있는지 모르겠다고 했다.

"자유롭게 되어 언니가 있는 곳은 어디든 가고 싶어요."

도미에는 그 이야기를 듣고, "너처럼 병을 앓게 된 사람이 경제적으로 어려운 집에 태어났다면 틀림없이 불행했을 거야. 지금 신분을 저주해선 안 돼."라고 타일렀다.

"가난한 집에 태어나도 언니가 내 옆에 있을 거잖아요. 나는 아무것도 필요 없어요. 언니만을 원해요."

"이미 네 옆에 있잖아."

도미에는 웃었다. 소메코는 기쁜 듯한 표정을 지어보였지만, 이렇게 말하고 있는 중에도 도미에가 그리웠다.

"나, 언니의 머리카락이 되고 싶어요."

소메코는 햇살에 반짝반짝 빛나는 도미에의 탐스러운 머리카락을 보았다.

"네가 머리카락이 되면 나는 온종일 두통에 시달릴 거야."

"왜요?"

소메코는 궁금한 표정이었다.

"우리 둘이서만 여기로 가요, 저기로 가요, 하면서 잡아당길 테니까."

소메코는 소리를 내 웃었다. 활짝 핀 듯한 소메코의 얼굴을 보니 도미에는 기뻤다.

소메코의 오빠가 어머니를 따라 그날 저녁 문병하러 왔다.

"집에 가신 지 얼마나 되었다고."

소메코는 어머니가 빨리 돌아온 것이 불만이었다. 어머니는 간호사로부터 소메코의 상태를 듣고, 어제 어딘가 다녀왔다는 것을 알게 되었다. 도미에를 부르러 일부러 도쿄까지 갔었다는 이야기를 듣고, "정말 묘한 아이네요."라고 딱하다는 듯 도미에를 보며 웃었다. 그리고, "네가 몸이 나았다고 해도 상대가 바쁠지도 모르지 않니?"라고 소메코를 꾸짖었다.

소메코의 오빠는 저녁 식사로 양식을 먹겠다고 해 어머니를 번거롭게 만들었다. 그리고 밥을 먹자마자 바로 기차를 타고 도쿄로 돌아가버렸다.

소메코의 어머니는 자신의 딸이 왜 그토록 도미에를 사모하는지 궁금해하며, 오늘 밤은 전에 없이 도미에를 찬찬히 살펴보았다. 도미에는 그런 눈빛이 불쾌했다.

어머니는 소메코에게 정혼한 사람이 있다는 이야기를 해주었다. 도미에는 오늘 처음으로 이 사실을 들었다. 정혼자가 지금은 독일에 가 있는데 내년에 귀국하면 바로 결혼시킬 거라고, 어머니는 친한 사람에게 하듯 이야기했다.

"지금 소메코는 병에 걸려 약해요."

어머니의 기분이 어느새 침울해졌다.

도미에는 극진하고 정중하게 손님 대접을 받으며, 안쪽의 조용한 방에서 자게 되었다. 다음 날 아침 소메코는 울며 잠든 듯 눈이 부어 있었다. 도미에가 먼저 일어나 도쿄로 돌아갈 준비를 하고 있을 때였다. 잠에서 깬 소메코가 도미에가 묵고 있는 방으로 찾아왔다.

다다미 여섯 장짜리 방의 한쪽 구석에는 도미에가 개어놓은 이불과 요기가 각을 맞추어 쌓여 있었다. 밖을 내다보니 창 아래로 큰 밭이 펼쳐져 있었고, 밭 너머로 솔숲이 보였다. 오늘 아침엔 빗줄기에 가려져 솔숲이 보일 듯 말 듯 줄무늬 천을 펼친 것 같았다. 흐린 날씨 때문에 방 안도 어두웠다. 도미에는 머리를 빗고, 빌려입은 기모노도 벗어서 개어놓고 있었다.

소메코는 떠날 준비를 마친 듯한 도미에의 모습을 보더니 꼼짝 않고 서 있었다. 도미에는 소메코가 춥겠다는 생각에 창을 닫았다.

"몸은 괜찮아? 어젯밤엔 잘 잤어?"

도미에가 이렇게 묻자, 소메코는 눈물을 떨궜다. 도미에도 더 이상 아무 말도 하지 않았다.

조금 있다가 소메코를 부르는 어머니의 목소리가 들렸다. 도미에가 방에서 나가려고 손을 잡아끌자 소메코는 벽에 기대어 울기 시작했다. 소리를 낮추어 울다가 가끔 흑흑 억지로 참는 소리를 내는 모습이 너무도 가여웠다. 결국 하녀가 두 사람을 데리러 왔다. 소메코는 억지로 눈물을 훔치면서 도미에의 손에 이끌려 어머니가 있는 데로 갔다.

도미에가 정중하게 아침 인사를 하고 있는 동안 어머니는 소메코의 울다 그친 얼굴을 바라보았다.

"손님에게 식사 대접을 하자꾸나."

어머니는 상냥하게 말했다. 소메코는 아무런 대꾸도 하지 않았다. 밥을 앞에 두고도 젓가락을 들지 않자, 어머니는 이런저런 말로 달래며 소메코의 기분을 맞추었다.

비가 내리고, 하늘은 여전히 흐렸다. 도미에는 이제 돌아가려고 했다.

소메코의 어머니는 당분간 딸아이의 병으로 변변한 대접을 할 수 없으니 완쾌한 뒤 다시 천천히 놀다 가라고 했다. 도미에가 가서 다행이라는 듯한 말투였다. 어머니의 얼굴에서 유쾌하지 않은 기색을 확연하게 느낄 수 있었다.

도미에가 가려고 하는데도 소메코의 모습이 계속 보이지 않자, 집안 사람들이 찾아 나섰다. 그 사이에 도미에는 현관으로 나와 소메코를 기다렸다. 결국 하녀가 와서 "저쪽 방에 계세요."라고 알려주었다. 어머니가 거기서 무엇을 하느냐고 물으니, 개어놓은 요기에 기대어 울고 있는 것 같다고 했다.

도미에는 어젯밤 자신이 잤던 어두운 방을 떠올리고 쓸쓸해졌다. 어머니는 바로 그 방으로 갔지만, 혼자서 돌아왔다.

"실례지만 인사를 대신 전해달라고 합니다."

소메코의 어머니는 미안하다고 하면서, 도미에가 인력거를 타고 나가도록 배웅해주었다.

인력거는 별장 저택을 돌아 솔숲 옆으로 난 길을 달렸다. 별장 안의 밭이 보였고, 자신이 묵었던 방의 창문도 하얗게 보였다. 하지만 곧 인력거의 덮개가 그것을 가렸고, 눈앞으로 넓은 길만 보일 뿐이었다.

도쿄도 비가 내리고 있었다. 도미에는 인력거를 잡아타고 아자부로 갔다.

"기후로 간다고 해놓고 오이소로 가선 오지도 않다니, 참 태평한 사람이네."

쓰마코는 도미에를 보며 어이없어하며 웃었다. 오이요도 동생 집에서 돌아와 있었다. 료쿠시는 도미에가 기후에서 읽을 만한 책을 챙겨두었다고 말했다.

도미에는 기분이 우울했다. 오이요를 보더니, 내일이라도 기후로 떠나자고 했다. 그러자 료쿠시가 당분간 도미에와 만나기 어려우니 다함께 어디 가서 외식이라도 하자고 했다. 하지만 도미에는 나가고 싶지 않았다.

언니 부부는 오이요만 데리고 어딘가로 식사를 하러 나갔다. 비는 여전히 부슬부슬 내리고 있었다.

도미에는 소메코한테 편지를 썼다. 당분간 기후에 있는 할머니를 간호하러 갈 것이다. 도쿄든 오이소든 거리가 멀어지니 앞으로 오랫동안 만나기 어려울 것이다. 제발 주변 사람들 말을 잘 들어 빨리 나아서 안심시켜주지 않으면 여러 사람에게 미안한 일이 된다. 나는 너와 떨어져 지내지만 늘 네 건강을 생각할 뿐이다, 이런 내용이었다. 쓰고 나니 눈물이 봉투 위로 뚝 떨어졌다.

도미에는 그동안 소메코가 보낸 편지를 전부 모았다. 보라색, 흰색, 파란색, 여러 가지 편지지마다 그립다는 말이 그때그때 다양한 글씨체로 씌어 있었다. 도미에는 잠시 그 편지들을 읽어내려 갔다.

도미에는 섬세하게 만든 작은 목공예 상자에 모은 편지들을 넣고, 자물쇠를 잠갔다. 그리고 방금 쓴 편지를 그 상자 위에 올려놓고 오래도록 생각에 잠겼다.

오키소가 차라도 드릴까 물으러 왔다. 도미에는 평소 자신을 잘 돌봐준 오키소에게 보답으로 무언가를 사주고 싶어졌다. 거실로 나가 이런저런 이야기를 하다보니 도미에는 기분이 좀 나아져 우산을 쓰고, 선물을 사러 나가기로 했다.

도미에는 오키소에게 옷감을 사주고 싶어 긴자 거리의 작은 포목점으로 들어갔다. 메이센 한 필과 시즈코가 입을 겉옷용 치리멘 반 필을 산 뒤, 그것을 보자기에 싸서 밖으로 나왔다. 그리고 다시 전차를 타고,

하이바라(榛原)까지 갔다. 기에가 갖고 싶다고 했던 말이 떠올라 그곳에
선 무용 부채를 샀다. 부채는 나중에 다른 사람을 통해 전해주어야겠다
고 생각했다.

시골로 갈 자신이 갖고 싶은 것은 없었지만, 무언가 할머니를 기쁘게
해드릴 만한 것이 없을까 하고 도미에는 고민했다.

옷을 살까 했지만, 그저 따뜻하면 될 텐데 싶어 고르기가 어려웠다.
염주를 좋아하시니 그것을 사 갈까 생각하니 왠지 스스로 우스웠다. 한
참을 생각하다 도미에는 갓난아이가 쓸 것 같은 털실로 짠 모자를 두
개 샀다. 염주를 생각하다가 할머니도 스님처럼 머리카락이 거의 없다
는 말을 들었던 기억이 났기 때문이다. 그리고 시오세(塩瀬, 14세기 중반
일본 최초로 팥만주를 만든 장인의 전통을 잇는 제과 회사)에서 만든 과자를
깡통에 담아 포장했다. 늙어갈수록 식욕만 남는다는 말을 들었기 때문
이었다.

과자 때문에 짐은 더욱 부피가 커지고 무거워졌다. 마침 비가 개어 다
행이었지만 우산까지 들고 가려니 도미에는 어깨가 뻐근할 정도였다.
겨우 전찻길로 나와 차를 타려고 하는데, 우연히 지나가던 지마지와 만
났다. 그녀는 미용실에서 머리를 올리고 돌아가는 길이었다. 청록색으
로 홀치기 염색을 한 장식용 깃이 요염하게 보였다. 지마지는 도미에에
게 자기 집에 들렀다 가라고 간곡하게 말했다.

"도미에 씨한테 진작 감사 인사를 했어야 했는데 그러질 못했으니까
꼭 들렀다 가요. 그때 이후로 왠지 빚을 진 기분이에요."

지마지는 부탁하듯 말했다. 짐이 있으니 다음에 가겠다고 해도 듣지 않았다. 오히려 자신이 짐을 들어주겠다고 했다. 하지만 지마지는 얼굴과 외모가 빛나야 될 직업을 가진 사람이었다. 도미에는 그런 그녀에게 이런 큰 짐을 들게 하면 너무 미안한 일이라고, 속으로 생각했다.

"그리고요. 당신에게 할 말도 있어요."

지마지는 요염한 미소를 띠며 말했다.

가슴 언저리에 놓인 코트의 깃은 가늘었다. 긴 옷자락 아래로 보이는 스마카와(爪革, 진흙이나 물이 튀는 것을 막으려고 나막신 앞에 댄 천이나 가죽)는 너무 작았다. 그 스마카와 위에 자노메우산 끝을 대고, 우산 손잡이에 양손을 포개고 선 지마지의 모습이 도미에의 눈에는 퍽이나 인상적이었다.

"언제라도 만날 기회는 많잖아요."

도미에는 이쯤에서 지마지와 헤어지려고 했다.

"당신이 들어주었으면 하는 이야기가 있어요."

지마지는 다시 이렇게 말했다. 다사토와 사랑하는 사이가 되었다는 이야기일 것이다. 지마지는 자신의 사랑을 동정해줄 유일한 한 사람으로 도미에를 미덥게 생각했다. 도미에 말고는 애절하고 미묘한 사랑을 이해해줄 만한 사람은 어디에도 없는 것 같았다. 하지만 도미에는 할 말이 있다는 이야기를 들은 것만으로도 충분하다고 생각했다.

언니 부부는 아직 돌아오지 않았다. 옷감을 오키소에게 주자, 오키소는 두 손을 바닥에 짚으며 감사하다고, 깍듯하게 인사했다.

다음 날 도미에는 오이요와 함께 도쿄를 떠났다. 그날 아침 미와로부터 엽서가 왔다. 12월 며칠인가에 일본을 떠난다는 내용이었다. 일부러 소식을 전하려고 보낸 편지가 달랑 엽서 한 장이라니. 도미에는 그것이 형식적이고 진부하게만 느껴졌다.

신바시의 정류장에는 언니가 울며 서 있었다. 도미에는 그 모습을 물끄러미 바라보며, 이제 오이소도 지나가게 될 것이라고 생각했다. 어느새 기차는 출발했다.

옮긴이의 말

·

다무라 도시코(田村後子, 1884~1945)는 일본 근대 여성 소설과 페미니즘 소설의 개척자입니다. 앞서 번역한 히구치 이치요의 『해질녘 보랏빛』은 현대 소설이라 보기에 어려운 점이 몇 군데 있었습니다. 일단 고문(古文)의 흔적이 남아 있었고, 지문과 대화문의 구별도 없었습니다. 따라서 번역할 때 고문을 현대문으로 바꾸고, 문장을 끊어 적절한 대화문을 만드는 작업이 쉽지 않았습니다.

그에 비해 다무라 도시코의 작품은 근대적인 문장과 화법을 구사하고 있습니다. 현대어 역본이 따로 필요하지 않을 정도였습니다. 또 주인공의 개성이 뚜렷하고, 다루는 주제 또한 지금까지도 계속 중요하게 여겨지는 것들이라 100여 년 전 작품이란 느낌이 거의 들지 않았습니다. 아동 성폭력, 가정폭력, 불륜, 여성과 일, 동성애에 대한 작가의 시선이 한 세기 뒤에 태어난 역자보다 오히려 더 열려 있었습니다.

물론 작품 곳곳에서 어찌할 수 없는 시대적 한계와 마주칠 때마다 다무라 도시코가 메이지 시대 사람임을 기억해내긴 했습니다. 하지만, 그럴 때도 역시 놀랍긴 마찬가지였습니다. '현모양처가 되어라. 앞으로 절대 나서지 말라'고 여성에게 강요하던 시대에 어떻게 이런 작품을 썼을까, 정말 자유로운 영혼으로 태어난 분이구나, 하고 번역하는 내내 고개를 끄덕일 수밖에 없었답니다.

다무라 도시코의 본명은 사토 도시입니다. 1884년 도쿄의 부유한 상인 가문, 사토 집안에서 태어났습니다. 도시코의 어머니는 외동딸로 자라 거침없고 자유분방한 성격이었습니다. 데릴사위로 들어온 남편과 사이가 좋지 않은 데다가 애인에게 빠져 집안일이나 육아에는 거의 신경을 쓰지 않았습니다. 때문에 어린 시절 도시코는 외할아버지의 첩이나 하녀와 같은 여자들의 손에 자라며, 다양한 삶의 모습을 관찰할 수 있었습니다.

히구치 이치요가 초등학교만 겨우 졸업했던 것에 비해, 다무라 도시코는 일본여자대학교 국문과 1기생으로 입학했을 정도로 당시로선 최상의 고등교육을 받았습니다.

그러나 학문에 별로 뜻이 없었던 다무라 도시코는 건강에 문제가 생겨 1학년을 겨우 마치고 중퇴했습니다. 대신 당대 유명한 소설가였던 고다 로한의 문하에 들어가 로에(露英)라는 필명으로 작가 활동을 시작했고, 함께 습작을 하던 다무라 쇼교(田村松魚)와 결혼했습니다.

다무라 도시코의 소설가로서 정식 데뷔작이자 출세작인 「단념」은 1910년 11월, 《오사카아사히신문(大阪朝日新聞)》의 현상모집 당선작입니다. 당시 다무라 도시코는 배우로도 활동중이었고, 같은 해 10월엔 〈파도〉란 연극의 주인공을 맡기도 했습니다.

다무라 도시코의 몇몇 작품들엔 「단념」을 쓰게 된 배경과 작품을 둘러싼 남편과의 갈등이 적나라하게 나옵니다. 「단념」은 소설을 써서 돈을 벌라고 압박하는 남편에게 하루가 멀다 하고 맞아가며 쓴 작품이라고요.

요즘도 많은 여성들이 가정폭력에 시달리지만, 자녀들을 위해 참고 사는 경우가 많습니다. 그런데 자녀도 없었던 다무라 도시코가 10여 년 동안 결혼 생활을 유지했던 것은 의외입니다. 아무래도 오늘날처럼 이혼이 쉽지 않았을 테고, 가정폭력은 범죄로도 취급하지 않았던 사회 분위기 탓도 컸으리라 봅니다. 사실 우리나라도 가정폭력에 경찰이 개입하기 시작한 것은 최근 일입니다.

'남편에게 채찍으로 맞으며 쓴 소설'이라는 엽기적인 수식어가 붙는 「단념」은 의외로 내용이 담백합니다. 가정폭력을 담은 「태워 죽여줄게」나 아동 성폭력을 다룬 「구기자 열매의 유혹」에 비하면 그렇다는 것이지요.

하지만 독자에 따라 「단념」에 더 눈길을 줄 수도 있다고 봅니다. 왜냐하면 일본 문학사에서 이 작품은 '동성애 문학의 효시'로 손꼽히고 있으며, 또 당선 심사평에서도 '탐미적이고 관능적인 세계를 그린 점이 돋보인다'고 한 바 있습니다.

저는 주인공 도미에를 향한 소메코의 사랑이 좀 낯설면서도 어여뻤고, 한편으론 이루기 어려운 사랑이 모두 그러하듯 안타까웠습니다.

「단념」에는 동성애뿐만 아니라 도미에의 형부와 그보다 스무 살 어린 막내 처제 사이에 선을 넘어 흐르는 감정도 나옵니다. 피해자인 언니는 '불륜'이라고 주장하며, 소란을 피웁니다. 심지어 또 다른 동생인 도미에의 친구가 남편을 유혹했다고 의심하며 소란을 피우기도 합니다. 이렇게 써놓고 보니 매번 남편을 의심하는 언니가 문제인 듯합니다. 하지만 양녀로 들어간 처제나 처제 친구의 집까지 찾아다니며, 추파를 던지다가 궁지에 몰리면 상대방에게 죄를 뒤집어씌우는 형부의 솜씨가 보통이 아닙니다. 그런 남편에게 매번 속으며(속는 척하며), 남편을 위해 화장을 하고 남편 때문에 울고 웃는 언니의 인생이 갑갑할 뿐입니다. 남편과 자식이 전부였던 당시 여성들의 어쩔 수 없는 처세술이겠지만요.

주인공 도미에는 이런 형부로부터 독립하고 싶지만, 여자 혼자서는 세대를 이룰 수 없기에, "나는 여자다. 그러므로 나의 거처에 대해 형부에게 부탁할 수밖에 없다. …여성이라는 것이 너무나 슬프다."라고 한탄합니다. 그리고 대학 동기인 미와가 남자의 힘을 빌려 '이름도 지위도 없는 부녀자의 몸으로 구미로 날아가는 행복'을 만들 때, 자신은 단념하고 고향으로 내려가기를 선택합니다. 전통적인 가치인 '효도'를 다하기 위해서였습니다.

도미에에 비하면, 「태워 죽여줄게」에 나오는 류코는 단념을 모르는 여성입니다. 어쩌면 20대의 도미에가 30대가 되어 게이지 같은 남편을 만나면, 변할지도 모르겠습니다. 인생의 후반부로 갈수록 자신이 원하는 것을 분명히 알게 되니까요.

이 작품에서 게이지가 내내 주장하는 한 마디는 이것입니다. "감히 나 말고 다른 남자를 좋아해? 빨리 잘못했다고 빌어." 심지어 게이지는 온 집안의 하녀들이 떨 정도로 류코에게 폭력을 휘두르고, 죽이겠다고 협박합니다. 하지만 류코는 사과하지도 빌지도 않습니다. "누군가를 좋아하는 게 왜 잘못이지? 차라리 나를 죽여."

물론 게이지에게 전혀 미안하지 않은 것은 아닙니다. 이렇게 독백을 했으니까요.

"한 사람에게 마음을 빼앗기면서, 다른 한 사람에게도 마음이 남아 있었다. 그것은 한 사람을 속이고 그의 삶을 우롱하는 것이다. …그의 영혼을 짓밟았다."

류코는 분명 자신이 무엇을 잘못했는지 알고 있었지만, 끝내 사과하지 않습니다. 다른 남자를 사랑하는 마음을 부정하라며 폭력을 휘두르는 남편의 의도를 알기 때문입니다. 남편은 그저 그녀의 마음을 지배하고 싶을 뿐입니다. 지긋지긋한 부부 싸움 중에 사랑은 이미 증발한 지 오래입니다.

류코는 누구보다 자유로운 영혼을 가진 사람입니다. 그래서 남편의 폭력 앞에 자신의 마음을 무릎 꿇게 하느니 차라리 "태워 죽이라"고 외칩니다.

'태움의 벌(포락지형)'은 중국 은나라 시대 주왕이 즐겨 사용하던 형벌입니다. 자신의 정치를 비방하는 자들을 잡아들여 기름을 칠한 구리 기둥 위를 걷게 만드는 벌이었습니다. 기름에 미끄러져 아래로 떨어지면, 그곳엔 뜨겁게 타오르는 숯불이 기다리고 있었습니다. 죄수들이 숯불에 타죽으면, 주왕 옆에서 지켜보던 애첩 달기가 깔깔거리며 웃었다는 일화로도 유명합니다.

사실 태움의 벌을 받는 사람들 대다수가 주왕을 조종하던 달기에 맞서는 자들이었을 것입니다. 그러니 태움의 벌로 정적을 제거한 달기는 기뻐서 웃을 만도 했겠지요. 포락지형이 여성 상위의 상징이라는 평이 나오는 이유도 그 때문입니다.

불행히도 류코는 폭력을 휘두르며 지배하려는 남편에게 태움의 벌을 내릴 권력이 없었습니다. 하긴 달기도 남편인 주왕에겐 태움의 벌을 내리지 못했으니까요. 그런데 막상 주왕은 전쟁에 패한 뒤 스스로 몸에 불을 붙여 죽고 맙니다. 자신에게 태움의 벌을 내린 셈이지요.

그러고 보면, "태워 죽여줘"라고 외치는 류코의 마음엔 '너도 주왕처럼 스스로 타죽고 말 것'이라는 저주가 스며든 것 같습니다. 「태워 죽여줄게」는 이처럼 파멸을 두려워하지 않고 거침없이 폭력에 맞서는 강렬한 자의식이 돋보이는 작품입니다.

「구기자 열매의 유혹」에서 구기자 열매를 따준다고 해서, 또 큰오빠를 닮은 모범생 이미지가 친근해서, 정말 아무 의심 없이 따라갔는데, 주인공을 기다리는 것은 잔인한 성폭행이었습니다. 큰오빠를 닮았던 그는 결국 잡히지 않았으니 무사히 학교를 졸업하고, 사회 어디선가 살고 있겠지요. 작가가 자세히 묘사하진 않았지만, 자신의 욕망을 위해 남을 거침없이 짓밟는 스타일이니 평생 주변에 자기보다 약한 여자들을 괴롭히며 살지도 모릅니다.

이상 이 책에 실린 세 편의 작품을 간단히 소개해보았습니다. 만일 일본 문화에 관심이 많은 독자라면, 이 책을 통해 100년 전 일본으로 시간 여행을 떠날 수 있을 것입니다. 기모노 차림으로 삐걱거리는 목조 주택에 머물며 온천을 즐길 수도 있고, 창밖으로 흩날리는 하얀 눈송이를 연인과 함께 하염없이 바라볼 수도 있을 겁니다. 이런 간접 경험이야말로 문학작품을 읽는 자만이 누릴 수 있는 소소한 행복이 아닐까요.

수록 작품의 원제명

―――――――――――

· 구기자 열매의 유혹 枸杞の実の誘惑 (1914)

· 태워 죽여줄게 炮烙の刑 (1914)

· 단념 斷念 (1910)

다무라 도시코가 걸어온 길

<table>
<tr><td>

1884년

</td><td>

도쿄 아사쿠사(淺草)의 부유한 미곡상(米穀商) 집안에서 태어났다. 본명은 사토 도시(佐藤 とし)다. 당시 사토 집안은 영주나 영주를 모시는 무사들의 쌀을 관리하고 있었다. 그리고 이를 담보로 대출해주는 금융업도 하며, 대를 이어 부를 쌓았다. 도시코의 어머니는 이 집안의 외동딸이었다. 사토 집안은 여성에게 가업을 물려주지 않는 관습 때문에 데릴사위를 맞아들였는데, 도시코의 어머니는 이를 너무 싫어해 평생 부부관계가 좋지 못했다. 불행한 결혼 생활 때문인지 어머니는 딸 도시코를 외면했고, 도시코는 할아버지의 첩이나 하녀 등 집안 여자들의 보살핌을 받으며 자랐다.

도시코의 어머니는 연극 배우와 정사를 벌이며 재산을 탕진한 뒤, 샤미센을 켜며 이야기를 들려주는 일로 생계를 유지했다. 이런 어머니를 보고 자란 도시코 역시 자유분방한 성격을 물려받아 사회적 인습의 틀에 갇히기를 거부했다.

</td></tr>
<tr><td>

1896년

</td><td>

도쿄여자고등사범학교 부속 고등여학교에 입학했지만, 불과 한 학기 만에 그만두었다. 이후 도쿄 부립 제일고등여학교로 전학해 졸업한 뒤, 일본여자대학교 국문과를 중퇴한 것으로 알려져 있다.

학업보다는 작가가 되는 것에 뜻을 두고, 당대 대표 사상가이자 문학가인 고다 로한(幸田露伴)의 문하생으로 들어갔다. 고다 로한을 스승으로 택한 이유는 신문 기사 때문이었다. 작품이 연극으로 공연될 때 간섭과 비난이 심한 유명 작가들과 달리 고다 로한은 전혀 관여를 하지 않는다고 나와 있었다. 도시코는 고다 로한의 인격에 반해 그의 제자로 들어가기로 결심했다.

</td></tr>
<tr><td>

1902년

</td><td>

고다 로한이 지어준 필명 로에이(露英)로 소설을 쓰기 시작했다. 첫 작품 「쓰유와케고로모(露分け衣)」는 여성 문제를 다루기는 했으나, 아직 작가로서 개성이 드러나지 않은 습작 수준이었다.

이즈음 다무라 도시코는 낡은 관습을 벗어나지 못한 고다 로한의 지도법과 스스로의 창작 능력에 의문을 품고, 스승 곁을 떠나기로

</td></tr>
</table>

결심했다. 이후 오카모토 기도(岡本綺堂) 등의 문인들과 함께 연극배우로 활동하기 시작했다. 배우로 활동할 때에는 하나후사 쓰유코(花房露子)라는 예명을 썼다.

1909년

고다 로한의 문하생이자 선배였던 다무라 쇼교(田村松魚)와 결혼했다. 소설이 팔리지 않아 가난을 벗어나기 어렵자, 다무라 쇼교는 도시코에게 소설을 써 돈을 벌도록 압박을 가했다. 이때 폭력과 강압을 못 이겨 억지로 소설을 써야 했던 경험을 나중에 「미라의 립스틱(木乃伊の口紅)」에서 다룬다.

1911년

다무라 쇼교의 강압 아래 쓴 「단념(あきらめ)」이 《오사카 아사히 신문》 현상공모에 1등으로 당선되어 문단에 데뷔했다. 자신은 상금을 목적으로 쓴 소설은 문학작품이 될 수 없다고 부정했지만, 당시 신문에선 일본 최초로 본격적인 여성 작가가 등장했다고 크게 다루었다.

이후 잡지 《세이토》 창간호에 「생혈(生血)」을 발표했다. 이 작품에선 여성 스스로 성을 선택하는 문제를 다루어 주목을 받았다.

1912년~1917년

대표작 「서언(誓言)」, 「미라의 립스틱」, 「태워 죽여줄게(炮烙の刑)」, 「그녀의 생활(彼女の生活)」, 「산길(山道)」, 「구기자 열매의 유혹(枸杞の実の誘惑)」 등을 발표하며 인기 작가로 자리잡았다.

작품에서 주로 다룬 주제는 자의식에 눈뜬 여성의 자립 의지와 그것을 꺾는 현실의 대립, 남성과 대등한 입장에서 살기 위해 끝까지 타협하지 않는 여성의 절규에 가까운 반항의식 등이었다. 대부분 여주인공들은 파멸을 두려워하지 않을 정도로 강렬한 자의식을 보여주고 있으며, 자신의 내면을 지배하려는 타인과 사회를 완강하게 거부한다.

작품마다 다무라 도시코 특유의 관능적이고 탐미적인 정서가 살아 있고, 다양한 연모의 감정을 폭넓은 스펙트럼으로 펼쳐내 대중적 인기를 끌 만한 작품들을 많이 발표했다. 노골적인 묘사는 없지만 여성이 느낄 수 있는 다양한 욕망들에 대해 섬세하고 솔직하게 다루었으며, 일반적이지 않은 만남들에 대해서도 개방적인 시각으로 거침없이 다가간 작품을 많이 썼다. 예를 들어, 동성인 후배의 아름다움에 홀리는 여자, 형부와 아슬아슬하게 육체적이고 감정적인 줄타기를 하는 처제, 남편이 아닌 남자를 향해 정열을 태우는 유부녀, 가는 곳마다 남자에게 반하는, 남자 없이는 못 사는 여자 등의 다양한 욕망을 아름다운 풍경화처럼 묘사하고 있다.

잇따른 작품 발표 후 창작의 침체기가 찾아왔고, 이 무렵 남편과의 사이도 나빠졌다. 이때 이런 위기를 벗어날 수 있도록 도와준 사람이 당시 《아사히 신문》의 기자였던 스즈키 에쓰(鈴木悅)였다. 도시코는 그에 대해 "태어나서 지금까지 그 사람만큼 온화하고 너그러운 사람을 알지 못한다."고 했다. 스즈키 에쓰는 천성적으로 자유로운 영혼을 가지고 태어난 사람이 바로 도시코라고 했으며, "당신이 얼마나 온화하고 아름다운 사람인지를 알고 스스로를 나쁜 사람으로 만들지 마시오."라고 위로했다고 전해진다.

결국 도시코는 다무라 쇼교와 헤어지면서 문단과의 관계도 끊기게 되고, 한동안 전통인형을 만들어 팔며 생계를 유지했다.

1918년   스즈키 에쓰를 쫓아 캐나다로 건너가 밴쿠버에 정착했다. 그리고 그가 일본어로 발행하는 신문에 '도리노코(鳥の子)'라는 필명으로 시, 평론, 에세이 등을 발표했다. 이 무렵 스즈키 에쓰 덕분에 도시코는 살면서 처음으로 마음의 안정을 얻었다고 한다. 때문에 갈등으로 점철된 내밀한 영혼의 고백이었던 작품은 더 이상 쓰지 않게 되었다.

도시코는 스즈키 에쓰와 함께 사회주의 사상을 받아들였고, 일본계 이주민 중에서도 특히 여성들의 권리를 확보하는 데 헌신했다. 노동조합 활동과 여성들의 산아 제한 운동을 소개하며, 스즈키 에쓰와 함께 활발한 노동운동을 했다.

1932년   잠시 일본으로 귀국했던 스즈키 에쓰가 갑자기 사망했다. 그에게 많은 의지를 하고 있었던 다무라 도시코는 충격에 빠졌다.

1936년   도시코는 18년 만에 캐나다 생활을 정리하고 귀국했다. 당시 일본은 완전한 군국주의 체제였기 때문에, 사회주의자가 된 도시코는 이런 분위기를 견디기 힘들어했다. 사토 도시코(佐藤俊子)라는 이름으로 평론과 소설을 발표했지만, 예전과 같은 창작 능력을 발휘하기도 어려웠다.

1938년   지인인 사타 이네코(佐多稲子)의 남편이자 좌익 평론가인 구보카와 쓰루지로(窪川鶴次郎)와 불륜 관계인 것이 문단에 알려지게 되었다. 비난과 지탄의 대상이 된 도시코는 중국 상하이로 도망가듯 떠났다. 구보카와 쓰루지로는 무려 스무 살 가까이 어렸는데, 소설가에서 노동운동가로 변신해 좌익평론가가 된 그에게서 죽은 스즈키 에쓰의 모습을 찾았던 것으로 보인다. 도시코는 이때의 연애를 소재로 마지막 작품 「산길(山道)」을 썼다.

상하이에서 중국어로 된 여성 잡지 《여자의 목소리(女声)》를 창간해 여성 계몽 운동에 앞장섰다.

1945년   중국인 작가이자 친구인 도정손(陶晶孫)의 집에 머물다 인력거를 타고 돌아가는 길에 뇌출혈로 쓰러졌고, 사흘 후 병원에서 사망했다. 향년 62세였다.

《여자의 목소리》는 그녀가 사망할 때까지 3년이 넘게 발행되고 있을 정도로 자리매김을 하던 중이었다. 그녀의 장례식에는 추운 날인데도 조문 온 중국 여성들이 끊이지 않았다고 한다. 도시코는 모든 인간은 평등하다는 진리를 실천하기 위해 문학과 사회운동을 통해 헌신하는 삶을 살았다. 그리고 당시 여성으로선 드물게 국경을 넘어 다른 나라들에서 활동하며 큰 영향력을 끼쳤다.

1961년

일본 내 여성작가의 작품을 대상으로 한 다무라도시코 상이 제정되어 1977년까지 수여되었다.